SWINDLER HOUSE
SOICHIRO NEMOTO

# スウィンダラーハウス

根本聡一郎

祥伝社

# スウィンダラーハウス

装丁=川名 潤

スウィンダラーハウス　目次

## 主要登場人物

**スウィンダラーハウスの「掛け子」**

アオイ（26）　配達サービス「ミスターイーツ」などの仕事でなんとか生計を立てている個人事業主。

アスマ（28）　遊び人風の長身の男。「遊ぶ金欲しさに闇バイトに応募した」と話す。

イツキ（21）　慶楼《けいおう》大学の4年生。SNSの投稿を見て自ら志願してハウスに来ている。

影石《かげいし》綾子《あやこ》（23）　保険営業員。上司から飛び込み営業をするよう命令され、ハウスに閉じ込められた。

カンナ（2?）　髪をピンクアッシュに染めたバンギャ。「推し活」のために闇バイトを始める。

湊谷《みなとや》英里香《えりか》（24）　闇バイトのリクルーター。SNSを使って、ハウスに若者を集めている。

**UDアプリに登録されている「受け子」「出し子」**

桝井《ますい》伸一郎《しんいちろう》（22）　私立大学に通う4年生。卒業までに200万円の借金を完済するため闇バイトをしている。

真島《まじま》竜二《りゅうじ》（25）　母子家庭で育った青年。暴力事件で高校を退学となり、闇バイトを始める。

**警察関係者**

綿貫《わたぬき》隆司《たかし》（45）　警視庁捜査二課所属の警部補。特殊詐欺撲滅のため、警察の威信をかけて捜査をしている。

桑原《くわばら》康弘《やすひろ》（25）　警視庁捜査二課所属の巡査。元陸上部。綿貫に指導を受けながら捜査にあたっている。

忍山《おしやま》薫《かおる》（51）　警視庁組織犯罪対策部所属。いわゆる「マル暴」。ぱっと見ヤクザと区別がつかない。

**「スウィンダラーハウス」主催者**

道化の看守（?）　美しい声と容姿の持ち主。慇懃な態度で「掛け子」たちに接し、詐欺を成功に導く。

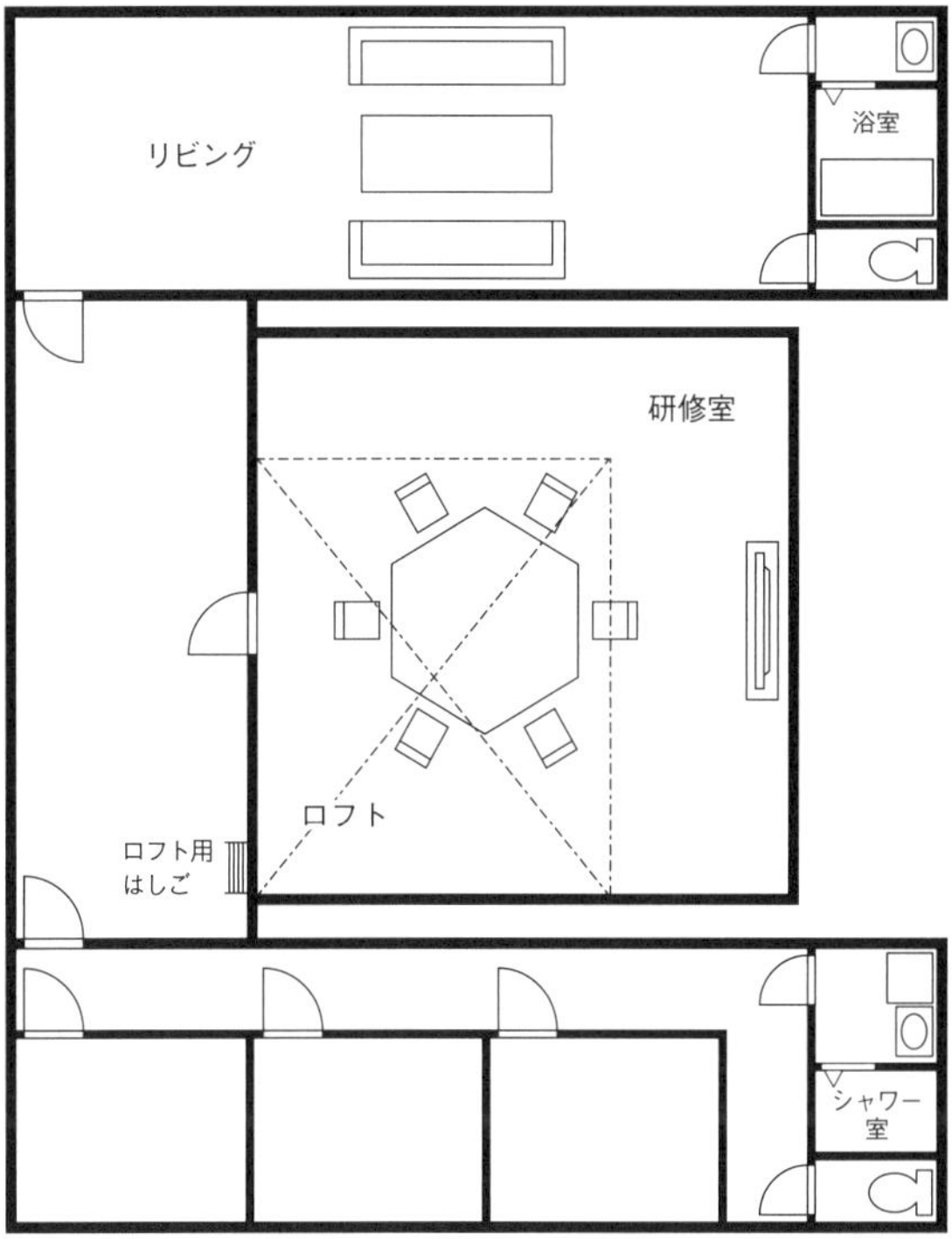


「スウィンダラーハウス」間取り図

All the world's a stage,
And all the men and women merely players.

—— William Shakespeare, As You Like It

この世は舞台だ。
男も女も、その役者に過ぎない。

——ウィリアム・シェイクスピア『お気に召すまま』

# 序幕　-Prologue-

『振り込まれた百万円に、心当たりはありますか？』

若い男性の声が、受話器越しに響く。

柳瀬昭子《やなせあきこ》は固定電話のコードを握ると、やっとの思いで声を絞《しぼ》り出した。

「……ありません」

生気《せいき》の乏《とぼ》しい、かすれた声。ナンバーディスプレイに浮かぶ数字は、霞《かす》んでしまってよく見えない。この電話を受けてから、昭子は自らの老いを否応《いやおう》なしに思い知らされていた。

『であればやはり、柳瀬様の口座は、特殊詐欺グループに利用された可能性があります』

「詐欺……」

『柳瀬さん？　すみません、お電話少し遠いようです』

昭子は受話器を顔に寄せると、震える声で答えた。

「すみません、少し、動揺していて……」

『あぁ……お気持ち、お察しします』

信用金庫の青年は同情したように言うと、やや間《ま》を置いて説明を始めた。

『ご本人から確認が取れましたので、この件は当金庫から警察にご連絡させていただきます』

「警察、ですか？」

『はい。捜査協力のため、届け出る決まりがあるんです』

青年は申し訳なさそうに昭子へ告げる。

『これから、警察の方から柳瀬様にお電話があるかと思うのですが……その際は、ご対応のほどお願い致します』

「……わかりました」

電話が切れた後も、昭子は受話器を握ったまま、その場から動けずにいた。リビングに置かれた六十インチの大型テレビは、他人事《ひとごと》のように呑気《のんき》なグルメ番組を垂《た》れ流している。

特殊詐欺。その言葉自体は、昭子も連日、ワイドショーなどで聞いていた。でもまさか、自分がその当事者になるなんて──

思考を遮《さえぎ》るように、着信音が鳴る。ナンバーディスプレイには、見覚えのない電話番号が表示されていた。昭子は動悸《どうき》が速まるのを感じつつ、恐る恐る受話器を取った。

「……はい、柳瀬です」

『もしもし。玉川《たまがわ》警察署生活安全課のミナトと申します。城萬《じょうまん》信用金庫のアオキ様から情報提供いただき、お電話差し上げました。今お時間よろしいですか？』

電話口から聞こえてきたのは、ハキハキとした女性の声だった。

警察と聞いて、動悸が激しくなる。昭子は小さく頷《うなず》くと、受話器を両手で包むように握った。

「……大丈夫です」

『ありがとうございます。柳瀬様の口座には──本日十二時二十五分に、タギシケンゾウ様から百万円のお振込みがあったということです。タギシというお名前に、心当たりはありますか？』

昭子は逡巡《しゅんじゅん》した後、電話口を顔に寄せて答えた。

「……ありません。タギシなんて知り合い、主人にもいなかったと思います」

『かしこまりました。それでは、今後の捜査ですが――』

「あの、すみません」

『……どうされました？』

女性警官の声に警戒の色が滲《にじ》む。昭子は息を吸うと、信金から電話を受けてから、ずっと疑問に思っていたことを口にした。

「私の口座に……知らない人から、百万円が振り込まれているんですよね？」

『ええ、そうです』

「でも……どうして詐欺の方は、そんなことをされるんですか？　振り込めって言うならわかりますけど……」

見知らぬ人物から、昭子の口座に百万円が振り込まれている。異様で不気味な出来事だが、それが詐欺グループの仕業《しわざ》だと言われると、ますます意味が分からなかった。

『実は最近、こういったケースが増えていまして……』

ミナトと名乗った女性警官は、声のトーンを落として昭子へ告げた。

『口座に振り込まれたのは、おそらく、別の詐欺事件で盗まれたお金です』

「……え？」

『特殊詐欺グループは、盗んだキャッシュカードを使って、別のターゲットの口座にお金を振り込むことがあるんです。カードが凍結される前に、中の預金を移すためです』

「そう、なんですか……」

全てが呑《の》み込めたわけではなかったが、自分の口座に振り込まれた百万円が、危険なお金であることは理解できた。同時に昭子は、ミナトが発したある単語がひどく気になった。

「ターゲットって……それじゃあ今は、私が狙われてるんですか？」

『口座情報が漏《も》れていますから、その可能性は高いです』

ミナトは重々しい口調で告げると、さらに説明を続けた。

『詐欺グループは、盗んだお金を柳瀬さんの口座に一旦集めて、これからまとめて回収するつもりかもしれません』

「回収……」

昭子の脳裏《のうり》には、一時期ワイドショーを賑《にぎ》わせた高齢者を狙った強盗事件のニュースが浮かんでいた。

『柳瀬さん、落ち着いてお聞きください。ちょうど近くに所轄《しょかつ》の者がおりましたので、あと十分程度で、マシタという警官がご自宅に向かいます。その警官が、柳瀬さんを詐欺グループからお守りいたします』

昭子は黙って頷く。感謝を伝えようとしたが、恐怖で喉《のど》が詰まってしまい、言葉がうまく出てこなかった。

『ご自宅には、柳瀬さんお一人ですか？』

「……はい、今は一人です」

やっとの思いで答えながら、昭子は、視線を仏壇に向ける。夫が亡くなったのは、もう五年も前のことだった。二人の息子は進学を機に昭子の住む自由《じゆう》が丘《おか》の家を離れ、渋谷《しぶや》のマンションで暮らしている。盆と正月はこの家で家族揃《そろ》って過ごすのが柳瀬家の習わしだったが、夫が他界し、新型コロナウイルスの騒動が始まってからは、その習慣も失われていた。

『わかりました。今はご不安かと思いますが、マシタが着くまでは、私が一緒です』

情けないくらい動揺している昭子を、ミナトは何度も励ましてくれていた。昭子はその声に、救われたような気持ちになる。

「ミナトさんは……声はずいぶんお若いですけど、本当にしっかりしてらっしゃいますね」

『いえ、そんなことは』

ミナトの声からは、わずかに戸惑《とまど》いが感じられた。警察相手に言うようなことではなかったかもしれない。それでも黙っているのが不安で、昭子はつい弱音を漏らしていた。

「私なんて、今年で七十八になるのに、今も、足が震えてしまって……あなたみたいな立派な方とは、大違いだわ」

ミナトが何か言いかけたところで、ふいに玄関のチャイムが鳴る。その音に、昭子は思わず身を竦《すく》めた。

「誰かしら……」

『マシタが到着したようです。思ったより早かったですね』

昭子のつぶやきに、すかさずミナトが答える。その声には、安堵《あんど》の色が浮かんでいた。

「よかった、あなたが呼んでくださった方ね……」

警察が来てくれたと分かり、昭子はほっと胸を撫《な》でおろしていた。

「ミナトさん、どうもありがとう。あなたのおかげで、助かりました」

『いえ、これが仕事ですから――ここから先は、マシタの指示に従ってください』

ミナトは謙遜《けんそん》した後、昭子に念を押す。昭子は重ねて礼を言うと、受話器を置いて玄関を見た。磨りガラスには、ワイシャツを着た男性の影がおぼろげに浮かんでいる。

昭子は廊下を恐る恐る進むと、内鍵を解き、静かに引き戸を開けた。

「……はい」

玄関口には、鋭い目つきの若い男性が立っていた。肩からは、頑丈《がんじょう》そうな黒いショルダーバッグを掛けている。

「玉川警察署のマシタです。不審な振込の件で、捜査協力のお願いに参りました」

真新しいワイシャツに、黒のスラックス。右手には、写真入りの黒い手帳が握られていた。実物を見るのは初めてだったが、昭子はこれが警察手帳なのだとぼんやり思う。

「柳瀬昭子さんですね？」

「ええ、そうです」

写真の下に「真下竜一《ましたりゅういち》巡査」の文字があるのを確認しながら、昭子は頷く。真下と名乗った警官は最低限のことしか話さなかったが、その硬派な態度が昭子には好ましく映った。真下巡査は鋭い目で昭子の背後を一瞥《いちべつ》すると、さっそく本題を切り出した。

「振込のあったキャッシュカードは、どちらですか」

「あっ……ちょっと待ってくださいね、いま持って来ますから」

昭子はそう言うと、財布を取りに電話台のある居間へ向かう。城萬信用金庫のキャッシュカードが財布に入っていることは、信金の担当者から電話があった際に確かめていた。

電話台にベージュ色の財布を見つけ、昭子は急ぎ足で玄関へ戻る。

この財布は、古希《こき》のお祝いに息子たちから貰《もら》ったものだ。息子たちから何かを贈られたのは、これが最後だった。

「お待たせしてすみません」

玄関に戻ると、真下は鋭い視線で周囲の様子を窺《うかが》っていた。見た目は息子たちよりも若く見えるが、その眼差《まなざ》しには、凶悪事件を何度も解決してきたような迫力がある。

「こちらが……振込のあった、信金さんのカードです」

昭子はそう言って、エンボス加工の施《ほどこ》された藍色《あいいろ》のキャッシュカードを差し出す。真下は頷くと、ショルダーバッグから一枚の茶封筒を取り出した。

「こちらの封筒へ入れていただけますか」

昭子が言われるままにカードを封入すると、真下は封筒を軽く掲げた。

「詐欺グループが引き出せないよう、これから柳瀬さんの口座を凍結します。捜査終了まで、こちらの封筒は柳瀬さんご自身で保管いただきます」

真下は論《さと》すように言うと、掲げた封筒を昭子に差し出す。昭子は、その封筒と真下の顔を恐る恐る見比べた。

「でも、このカードには、盗まれたお金が入ってるんですよね？　警察の方に保管いただいた方が、安心な気がしますけど――」

「警察が、個人のカードを預かることはできません」

真下ははっきりとした口調で言うと、昭子の目をまっすぐに見た。

「もし、柳瀬さんのカードを預かろうとする警官が来たら、そいつは偽者です。絶対に従わないでください」

警察が、個人のキャッシュカードを預かることはない。その言葉は、ATMなどで耳にタコができるほど聞かされていた。それでも、カードを渡すところだったことに気づき、昭子は危ないところだったと思う。真下は昭子の目を見つめたまま、静かに続けた。

「こちらの封筒は、柳瀬さんご自身で大切に保管してください。捜査が終わるまでは、我々が柳瀬さんを守ります」

「……それなら、安心ですね」

自分を励ましてくれたミナトの声を思い出し、昭子は安堵する。真下は深く頷くと、ショルダーバッグから白い付箋《ふせん》を取り出した。

「次に、口座の暗証番号をこちらに書いてください」

「暗証番号、ですか？」

「これまでの捜査では、凍結解除後に元の暗証番号が思い出せず、お金が引き出せなくなってしまう方が何人もいらっしゃいました。この付箋は、そうならないための保険です」

真下の淡々とした説明を聞き、昭子は納得する。最近、デジタル化がどうとかで、役所でもパスワードや暗証番号を要求されることが増えていたが、昭子には、その数字を思い出せずに苦労した経験が何度もあった。

「私に見えないように書いてください」

そう言い添えて、真下は昭子に付箋とサインペンを渡す。昭子は頷くと、玄関脇の靴箱を机がわりにして、付箋に小さく四桁《けた》の暗証番号を書いた。真下は、こちらを見ないように目を逸《そ》らしている。真面目な人だと思いつつ、「真下さん」と名前を呼び、裏返しにした付箋を渡す。真下はまた頷くと、付箋をそのまま封筒に入れた。

「最後に、こちらの封筒へ割印をしていただきます。ハンコをお持ちいただけますか」

「割印って……契約書なんかでする、あの？」

そこまでする必要があるだろうか。昭子の気持ちが伝わったのか、真下は言葉を加えた。

「そのまま保管するようお伝えしても、お金を引き出してしまう方がいらっしゃるんです」

「でも……引き出したら、いけないんですか？」

「この口座からお金を引き出した場合、柳瀬さんは、詐欺の共犯として逮捕されます」

「え？　そんなこと——」

「詐欺で得られた金を引き出したことになりますから、犯罪になるんです。以前も山口県の方で、役所が間違って振り込んだお金を引き出して、捕まった若者がいましたよね」

真下にそう言われ、昭子は曖昧《あいまい》に頷く。そういえば、そんなニュースを見た気がする。

「……それじゃあ、絶対に引き出しちゃいけませんね」

「はい。そのための割印です」

真下はそう言って、カードの入った封筒を再び掲げる。封筒に入ったカードの口座は貯蓄用に作ったもので、夫の退職金の一部、八百万円程度が入っていた。今の昭子には、お金を引き出さなければいけないような用事はない。真下の指示を断る理由もなかった。

「わかりました。それじゃあ……いま印鑑を持って来ますね」

昭子は真下にそう告げると、今度は和室の方へ向かう。

印鑑は、仏壇脇にある小簞笥《こだんす》の奥に、通帳と一緒に収納していた。昭子は引き出しの奥から印鑑入れを取り出すと、急ぎ足で真下の待つ玄関先へ戻る。

真下は右手に茶封筒を持ったまま、俯《うつむ》き気味に腕を組んでいた。

「……すみません、お待たせしました」

昭子が声をかけると真下はぱっと顔を上げ、仏頂面《ぶっちょうづら》で頷いた。

「では、こちらに割印をしてください」

真下は持っていた茶封筒を玄関脇の靴箱に置き、糊付《のりづ》けされた部分を示す。昭子は持ってきた象牙《ぞうげ》の印鑑で、真下の示す箇所に判を捺《お》した。

「あ、ちょっと曲がっちゃったかしら……これでも平気ですか？」

「ええ。問題ありません」

昭子の捺した印鑑は不格好に傾いていたが、真下は気にしていないようだった。そのまま封筒に触れられずにいると、真下が封筒を摑《つか》み取り、昭子の胸元に差し出した。

「こちらの封筒は、人目に触れない場所で、大切に保管してください」

「……わかりました」

「捜査の進展あり次第、こちらからご連絡します」

真下はぶっきらぼうな口調で言うと、頭を下げ、大股で玄関を出て行った。

昭子はしばらくその背中が小さくなるのをぼうっと見ていたが、ふと我に返り、引き戸を閉めて鍵を掛ける。真下から受け取った封筒に目をやると、そのまま和室へと向かった。

このキャッシュカード入りの封筒は、人目に触れないところで、大切に保管しなければいけない。それが真下からの言いつけだった。逡巡した後、封筒は仏壇脇の小簞笥にしまおうと決める。昭子は仏壇脇のこの場所を、我が家でいちばん安全な場所だと信じていた。

封筒を引き出しにしまいかけたところで、ふと、真下の凜々《りり》しい横顔が浮かぶ。

あんなに若い男の人と話したのは、もう何年ぶりだろう。友人の少ない昭子にとっては、真下と交わした事務的な会話さえ、どこか温かいものに思えた。

「柳瀬さーん、いらっしゃいますか？」

ふいに男の声が聞こえ、昭子は身を固くする。

和室から玄関の方をそっと覗《のぞ》き込むと、引き戸の磨りガラスには、スーツ姿の影が二つ映っているのが見えた。

「警察です。今お時間よろしいでしょうか？」

「え……？」

警察なら、今来たばかりだった。服装を見る限り、玄関先にいるのは真下ではない。返事をすべきか迷っていると、また別の声が聞こえた。

「この近辺で発生した、詐欺事件の捜査で参りました」

詐欺の捜査。その言葉を聞き、昭子は玄関の方へ慎重に近づく。引き戸の前まで来たところで、昭子は恐る恐る、扉の向こうの影へ尋ねた。

「……真下さんの、お知り合いですか？」

もしかすると、真下の同僚が詳しい捜査のために昭子の家を訪れたのかもしれない。もしそうなら、真下の名前を知っているはずだ。

予想とは裏腹に、柳瀬家の玄関前には、奇妙な沈黙が広がっていた。

昭子は急に怖くなり、震える声で質問を重ねる。

「じゃあ、ミナトさんのお知り合い？　玉川警察署の……」

玄関の影は、なおも沈黙を続けていた。その様子に、昭子は耐えきれないような不安を覚える。後ずさり、電話のある居間へ向かおうとしたところで、ついに沈黙が破られた。

「玉川警察署に、マシタやミナトという名の者はおりません」

聞こえてきたのは、信じがたい言葉だった。

「でも私、お電話をいただいて、ここでお話も――」

「その警官に、封筒を渡されませんでしたか？　割印をしろという指示は？」

「……どうして、それを」

「柳瀬さん、落ち着いてお聞きください」

警察を名乗る男は、そこで言葉を切ると、玄関の磨りガラスへ一歩近づく。

「柳瀬さんがお名前をあげた警官は……おそらく、詐欺師です」

扉の向こうの男は、再び信じられないことを言った。

「……だって、信金の方が警察に連絡してくださって、それでお越しいただいたんですよ？　そんな方が、詐欺師なわけ――」

「おそらく、その信金の方も詐欺師です」

この人は、いったい、何を言っているのだろう。昭子は、ひどい眩暈《めまい》を覚えていた。

「もし信じていただけない場合は、その警官から受け取った封筒を開封してください。開封いただければ、我々が正しいことがわかるはずです」

「でも、この封筒は開けちゃだめって、真下さんが――」

「それが奴《やつ》らの手口なんです。柳瀬さんが躊躇《ちゅうちょ》している間に、詐欺師の連中は口座から全ての金を抜き取る気なんです」

「でも、私のカードなら、ここに……」

「柳瀬さん。封筒を今すぐ開けてください。それで全て、はっきりします」

男の剣幕《けんまく》に圧《お》され、昭子は罪悪感を覚えながら、割印をした封筒を恐る恐る破っていく。

封筒を傾けると、中から一枚のカードが滑り落ちた。

「どういう、こと……」

玄関口に落ちたものを見て、昭子は我が目を疑う。

封筒から現れたのは、近所にあるドラッグストアのポイントカードだった。

「すり替えられたんです。本物のキャッシュカードは、詐欺師の鞄《かばん》の中です」

こちらの様子が全て見えているかのように、男の声が告げる。その声と同時に、後ろに控えていた影がどこかへ走り去る音が聞こえた。

「柳瀬さん、扉を開けてくださいますか？　一刻も早い捜査が必要です」

昭子は、ふらふらと玄関の扉へ辿《たど》り着くと、震える手でその鍵を開けた。

引き戸の開く音。玄関には、一人の男が立っていた。がっしりとした体軀《たいく》。髪には、白いものが交じっている。真下と年の頃はずいぶん違ったが、鋭い目つきは似通っていた。

「あなたは……」

「警視庁捜査二課の綿貫《わたぬき》です」

白髪交じりの男はそう言って手帳を取り出す。写真の下には「警部補 綿貫隆司《たかし》」の文字と、金色のエンブレムが見えた。

「お話、詳しく聞かせてください」

# 第一幕　誘拐 -Kidnap-

ここは地蔵がいないからいい。

令城学園前駅《れいじょうがくえんまえ》の南口。ロードバイクに跨《また が》り、向かいの通りを見渡しながら僕は思った。

飲食店が立ち並ぶ駅前付近のロータリーは、配達ドライバーには絶好の待機場所だ。特に渋谷・新宿《しんじゅく》・池袋《いけぶくろ》は激戦区で、駅周辺には、一刻も早く注文を物にしようと店舗のすぐそばで待機する配達ドライバーが出没する。道の脇に並び、じぃっと動かず待つ姿から、そうしたドライバーは陰で「地蔵」と呼ばれていた。

大手ファストフード店が密集する令城学園前駅は、条件的には「地蔵」が群《むら》がっていてもおかしくない場所だったが、都心からやや離れていること、名門私立学校のお膝元《ひざもと》という土地柄もあってか、同業者の姿はない。この駅周辺は、配達ドライバーにとっては穴場だった。

通知音が鳴り、バイクのハンドルに視線を落とす。中央に取り付けたスマートフォンには、フードデリバリーサービス『ミスターイーツ』のアプリから配達リクエストが届いていた。

『配達 ￥672 合計15分（3・4キロ）
マクドナルド 令城学園前店 ―― ガレージハウスSW』

表示されたリクエストに、アオイの鼓動が速まる。――その注文は、一般的に好条件と言っていいリクエストだった。令城学園前駅店であればピックアップに時間がかからず、マクドナルドなら、運ぶのに厄介《やっかい》な汁物が出てくる心配もない。グズグズしていれば、他のドライバーに取られてしまうだろう。

逸《はや》る気持ちを抑え、「配達」のボタンを確実にタップする。無事にリクエストは受託され、スマートフォンの地図上に、オレンジ色のピンが立った。僕は小さく息をつくと、ペダルに右足を掛け、店舗へ向けて漕《こ》ぎ出した。


「こっちにパティお願いします！」

客入りはまばらにもかかわらず、マクドナルド令城学園前駅店のキッチンは慌ただしかった。誰かが大量のバーガーを注文しているらしい。厄介な客がいるなと思いつつ、「ミスターイーツ」のアプリを開く。

『ガレージハウスSW Erika.M　CB89CB6
ダブルチーズバーガー 30個』

「えっ」

思わず声が出る。厄介な客は、僕の依頼主だった。リクエスト時には見えなかった異様な注文内容を知り、不安が募《つの》る。注文主の欄《らん》には「Erika.M」という女性らしき名前があったが、そのことが、余計に謎《なぞ》を深めていた。

「すみません、ミスターイーツです」

気を取り直して、僕はカウンターに配達サービス名を告げる。手前にいる制服姿の女性店員は、ものすごいスピードで紙袋に次々チーズバーガーを詰めていた。

「ミスターさんですね……少々お待ちください！」

心なしか、店員の声には怒気がこもっている気がした。軽く頭を下げ、見たことのない量のチーズバーガーが袋へ詰められていくのをそばで待つ。

いつからか、ミスターイーツの配達員は、飲食店の店員から「ミスターさん」と呼ばれるようになっていた。その呼称には、自分が人間ではなくサービスの一部として扱われているような感覚があったが、やめてくれとはまさか言えない。

「ミスターさん、注文番号をお願いします」

店員に尋ねられ、アプリに記載された注文番号をそのまま伝える。チーズバーガー三十個が詰まった袋は、思いのほか軽かった。僕は背負っていた配達バッグを降ろし、他の客の邪魔にならない位置で荷物を詰める。店員が次の客に応対しているのを確認すると、カウンターへ頭を下げ、足早に店舗を去った。

『ピックアップはいかがでしたか？』
「ミスターイーツ」アプリからの質問に、無言でGoodボタンを返す。「配達を開始する」と書かれたボタンをスライドすると、現在地から配達目的地への最短ルートが表示された。
『Erika.M へ配達に向かっています
お客様からのご要望　・玄関先で受け渡し（直接配達）
建物名／部屋番　ガレージハウスSW２０１
〒１５７－００××　東京都世田谷《せたがや》区令城10丁目×－×』

配達先の住所を確認し、僕は小さく頷く。リクエストで気になったのは「お客様からのご要望」として「玄関先で受け渡し」が選択されていることだった。

これまでの配達では、注文者側が直接やりとりすることを嫌い、「玄関先に置く」オプションが選択されていることがほとんどだった。今回の依頼主は、注文内容といい、直接配達の希望といい、普通ではない気配があった。

配達バッグを背負い直し、車道をロードバイクで進む。

駅から十分ほど走ると、剝《む》き出しの鉄骨で支えられた建設中の道路が見えてきた。白い仮囲いのパネルには、「東京外郭環状道路《がいかくかんじょう》 TOKYO RING ROAD」の文字。この高架下をくぐると、また土地の雰囲気が変わる。僕はその瞬間に、「東京」という結界から抜け出すような感覚を抱いていた。

再び地図画面に目を落とす。目的地「ガレージハウスSW」は、産業廃棄物処理場の付近にあった。処理場の緑の壁に沿って、さらに南の方へ向かう。壁には白いパネルに赤字で「ドロボー絶対捕まる」の文字。不穏なものを感じていると、ふいに通知音が鳴った。

『目的地周辺です』

周囲を見渡すと、それらしい建物の駐車場が左手に見えた。ロードバイクを降り、慎重な足取りで建物へ向かう。

「ガレージハウスSW」は横に長い物置のような建物だった。一階部分には灰色のシャッターが二つ取り付けられていて、今は黒塗りのハイエースが一台停《と》まっているのが見える。

奇妙な外観の建物に不安がないわけではなかったが、今はとにかく、配達リクエストに応えることが先決だ。建物の正面にはシャッターと車庫があるだけで、入口らしいものは見えない。恐る恐る建物の側面へ回ると、グレーのドアが二つ並んでいた。

ドアの脇には銀色の表札プレートとインターフォン。左のドアには「201」、右のドアには「202」とだけ書かれている。ドアが一階の位置にあるにもかかわらず部屋番号が「2」から始まるのは少し奇妙だったが、今は考えている暇はない。僕は全ての疑問を呑み込むと、「201」のインターフォンを押した。

『……はい』

雑音交じりに聞こえてきたのは、若い女性の声だった。

「ミスターイーツです。お食事のお届けにあがりました」

型通りの挨拶《あいさつ》をして相手の反応を窺う。注文者らしき女性は、わずかに間を置いて、落ち着き払った声で言った。

『――階段の上まで持ってきてくださいますか？　いま、扉を開けますので』

チーズバーガー三十個を背負ったまま、僕は固まる。家主は、部屋の中まで配達物を持って来て欲しいらしい。配達の仕事は半年近く続けていたが、こんなケースは初めてだった。

「……では、お邪魔します」

疑問は山ほどあったが、これ以上、依頼者を待たせるわけにもいかない。僕はインターフォンにひとこと告げると、意を決してドアを開く。すぐ目の前に飛び込んできたのは、無垢《むく》フローリングの階段だった。変わった構造の玄関に面食らいつつ、依頼者の言葉を思い出し、僕は靴を脱いで階段を上る。螺旋状《らせんじょう》になった階段を上り切ったところで、正面と両脇にドアが見えてきた。正面のドアをノックすると、その向こうから声がした。

「どうぞ」

インターフォンごしに聞いたのと同じ、落ち着き払った女性の声。言い知れぬ不安を抱きながら、僕はドアノブに手をかける。

扉の先に待っていたのは、深紅《しんく》のワンピースに身を包んだ女性だった。女性は北欧調のダイニングテーブルの傍《かたわ》らに立ち、二組のティーカップに紅茶を注《そそ》いでいる。髪色は紅茶に馴染《なじ》むダークブラウンで、切れ長の眼《め》とすっと通った鼻梁《びりょう》が、怜悧《れいり》な印象を与えていた。

「お入りください。荷物も、降ろしていただいて」

女性はティーポットを携《たずさ》え、微笑《ほほえ》みながらそう告げる。僕は狐《きつね》につままれたような気持ちで部屋に入ると、言われるまま、背負っていた配達バッグを降ろす。バッグを開きかけたところで、僕は思わず女性へ尋ねた。

「あの……配達先、間違ってませんか」

配達物は、チーズバーガー三十個だった。目の前で紅茶を淹《い》れてくれているこの怜悧な女性が、こんな乱暴な注文をするはずがない。

「合ってますよ。ダブルチーズバーガー、三十個ですよね?」

「あっ……はい」

注文内容を正確に言い当てられ、僕は二の句が継げなくなる。この注文が彼女の要望通りなら、これ以上、何か言うのは失礼だった。

「紅茶、温かいうちにどうぞ」

「……では、いただきます」

女性に勧められ、僕は出された紅茶を立ったまま飲み干す。こんなもてなしを受けるのは初めてだったが、母からは、出先で出されたお茶やお菓子は残さずいただくのが礼儀だと教わっていた。女性は向かい合う形で椅子《いす》に座ると、僕の顔をじぃっと見つめ、ふいに口を開いた。

「アオイさん、ですよね」

「アオイ」は僕の本名だった。配達リクエストを送った側には、配達ドライバーのプロフィールが見える。僕の場合は「Aoi.F」という文字が表示されているはずで、その情報があれば、名前を知ることは不可能ではない。

問題は、なぜ今、彼女が僕の名前を呼んだかだ。

「私は、英里香《えりか》です。湊谷《みなとや》、英里香」

女性はそう言うと、口元だけを歪《ゆが》めて笑った。突然の自己紹介に面食らっていると、英里香は僕の目を見据《みす》えて言った。

「……ごめんね。恨《うら》みはないけど、仕事だから」

英里香はふいに敬語を崩してつぶやいた。その表情を見つめるうちに、部屋の輪郭《りんかく》が急激にぼやける。意識が遠のいていく中、どこからか、笑い声が聞こえた気がした。

# 第二幕　監禁 -Confinement-

瞼《まぶた》を開けると、天井が目の前に迫っていた。

訳が分からぬまま、眼だけで周囲を見回す。僕は今、チョココロネのような寝袋に包まれ、見知らぬ床に横たえられていた。

「……ここ、どこ？」

答える声はない。それでも、漏れ入る明かりのおかげで、部屋の造りは理解できた。

僕が寝かされているのは、屋根裏のような場所だった。天井が極端に低いため、満足に上体を起こすことすらできない。だが、床面積には余裕があり、僕の他にあと二人程度は横になれそうな広さがあった。

目の前に迫った天井を見つめながら、考える。なぜ僕はここにいるんだろう。最後の記憶は、ボルドーのワンピースを着た女性が、不敵に微笑《ほほえ》む横顔だった。

手足を動かしてみる。どうやら、身体の自由までは奪われていないらしい。

僕は体を反転させると、寝袋から這《は》い出る。死角になっていた方向に視線を向けると、部屋の片隅《かたすみ》に、白い梯子《はしご》が架かっているのが見えた。

「……誰か、いるんですか？」

突然聞こえた女性の声に、僕は身をすくめる。その声は、床の下から聞こえた気がした。恐る恐る梯子の方へ目を凝《こ》らすと、ふいに視線がぶつかった。

「ひッ」

次の瞬間、目の合った誰かは、短い悲鳴を上げて消えた。

「あ、あの！」

転がり落ちるように降りていった誰かを追って、梯子に足を掛け、後ろ向きに降りていく。梯子を降りて左を向くと、二つの扉があった。右にある扉は固く閉じられたままで、正面に見える扉は、半開きになっている。僕は恐る恐る進むと、正面の扉を開けた。

扉の先にあったのは、奇妙な細長い部屋だった。部屋には数人の男女が立っている。その全員が不審者そのものを見る目つきでこちらを窺っていることに気づき、僕は静かに両手を上げた。

「……あ、怪しい者では、ありません」

室内には、胡乱《うろん》な空気が流れていた。

リビングらしき空間には細い長机が中央に据えられていて、机を挟むような形で二人掛けのソファが二脚置かれている。部屋の角には真っ黒なモニターが天井から吊《つ》るされていて、そのモニターに見守られるように、四人の男女が立っていた。

はじめに目を引かれたのは、机の右側にいる男たちだった。どちらも身長が高く、並んでいる姿には威圧感がある。二人の背丈はほとんど同じだったが、その印象は大きく違っていた。

奥にいる男は、グレーのセットアップに縁《ふち》なし眼鏡をかけ、二言目には「ビジネス」と言い出しそうな雰囲気を醸《かも》し出していた。目元が涼しげで、薄い唇を一文字に結んだ表情は、どこか冷徹そうな印象を受ける。

手前の男は、柄物の開襟《かいきん》シャツを着て、無造作《むぞうさ》に髪を伸ばしていた。顔の彫りが深く、二重《ふたえ》瞼《まぶた》の眼が華やかな印象を与えている。口元には、この状況を面白がるような笑みを湛《たた》えていた。

反対側のソファには、やはり対照的な容姿の女性が並んでいた。

手前にいる女性は黒のスーツに身を包み、長い黒髪を首の後ろで束《たば》ねていた。睫《まつ》毛《げ》の長い、驚いたような眼には見覚えがあり、屋根裏で見かけたのはこの人だと思う。黒髪の女性は、隣に立つ派手な女性の肩を、両手で細かく揺すっていた。

「警察！　警察呼びましょ！」

「ムリでしょ。スマホないし、うちら閉じ込められてるし」

派手な髪色の女性は、けだるそうな口調で黒髪の女性に答えつつ、品定めするように僕を見ていた。その髪は毛先までピンクアッシュに染まっており、オーバーサイズのトレーナーにデニムのホットパンツという格好をしている。袖口《そでぐち》からは、髪色と同じピンクアッシュのネイルが覗いていた。

「……すみません。今、閉じ込められてるって言いましたか？」

僕は思わず話しかける。黒髪の女性はわずかに身を縮ませると、警戒心のこもった表情でこちらを見た。

「言ったけど、だったら何？」

「だったら……大変じゃないですか」

噴き出すような音が聞こえ、全員の視線が集中する。見ると開襟シャツを着た長髪の男性が、口元を押さえて笑っていた。

「な、なんで笑ってるんですか？」

黒髪の女性が、動揺しきった口調で言う。開襟シャツの男性は、顔の前で手を振った。

「いや、また変なのが来ちゃったなと思って」

黒髪の女性は、理解できないという表情で対面の男の顔をまじまじと見つめる。おそらく、「変なの」の一人は彼女で、もう一人は僕だったが、今は何も言わない方がいい気がした。

「閉じ込められる程度のことは、想定内じゃないですか」

これまで一度も発言していなかったセットアップの男が口を開き、部屋の空気が変わる。男の言葉を誰も否定しないのを見て、僕は、何かがおかしいと感じ始めていた。

「あの……これ、何の集まりですか？」

僕が知る限り、閉じ込められると分かっていて人がこれだけ集まるのは、脱出ゲームの受付くらいだった。ピンクアッシュの女性は僕の顔を探るように見つめた後、けだるそうに答えた。

「うちらは、闇バイトだけど」

「えっ」

声を上げたのは、僕とスーツの女性だった。その反応に他の三人が驚く。お互い顔を見合わせた後、全員を代表するように、ピンクアッシュの女性が口を開いた。

「え、待って。そっちはなんでここ来たの？」

「僕は……ミスターイーツの配達で」

「ミスターイーツ？」

「はい……配達に行ったら、部屋まで持ってきてって言われて……それで、部屋に入ったら、綺《き》麗《れい》な女の人がいて……気づいたら、ここに」

話しながら、なんて不審な説明だと思う。だが、これが今の僕にできる最大限の説明だった。

「みなさんは、違うんですか？　そちらの方は……」

自分に注目が集まらないよう、スーツを着た女性に水を向ける。女性は弱り切った表情で僕を見ると、かすかに震える声で言った。

「私は……保険の、飛び込み営業です」

一瞬、室内が静まり返る。彼女の回答も、僕に負けず劣らず不可解だった。

どうしようもない空気が流れる中、再びピンクアッシュの女性が口を開く。

「え、あれガチで言ってたの？　ネタじゃなくて？」

「私、ネタなんか、言ったことないです……」

黒髪の女性は、そう言ってうなだれる。開襟シャツの男性は、見かねたように手を挙げた。

「あのさ、自己紹介しない？　みんな闇バイトかと思ったけど、なんか違うっぽいし。名前と歳《とし》と、なんでここ来たか。順に言ってったら、少しは状況分かるだろ」

四人の男女は、お互いの顔を見やりながら、わずかに頷いた。程度の違いこそあれ、この場にいる全員が、理解不能なこの現状をなんとかしたいと思っているらしい。開襟シャツの男性は満足げに頷くと、笑みを湛えて話し始めた。

「じゃあ、俺からいくわ。アスマっていいます。歳は二十八で、遊ぶ金欲しさで闇バイト応募した感じ。こんなかだと一番おっさんかもだけど、気軽にアスマって呼んでね。そんじゃ、みんなよろしく」

アスマと名乗った開襟シャツの男は、どこまでが本気か分からない軽薄そうな口調で言った。拍手をするわけにもいかず、数人が曖昧に頷く。

「じゃ、左回りでいこっか。そっちのお兄さんよろしく」

指名されたセットアップの男は、鋭い眼差しで全員を一瞥すると、低いトーンで話し始めた。

「イッキです。歳は、今年で二十二です。闇バイトは、今日が初めてじゃありません。一回やって……タイパが良かったから、また応募してます。自分のビジネスやるのにまとまった金が要《い》るのと……いい経験になるから、続けてます。よろしくお願いします」

イッキと名乗った男は、見た目の印象よりかなり若かった。その物腰はやけに落ち着いていて、世間を一歩引いて見ているような雰囲気がある。闇バイトが「いい経験になる」という感覚は僕には一切分からなかったが、嘘《うそ》をついている気配はなかった。

「イッキくん、すげー若いんだね。もっと歳いってると思ったわ、いい意味で」

アスマは年長者の余裕を見せつつ、あけすけに物を言う。イッキは何も言わなかったが、表情を見る限り、まんざらでもなさそうだった。

「じゃあ、そのまま女性陣いこっか」

アスマは、コンパの司会でもするような調子で進行を続けた。ピンクアッシュの髪をした女性が顔のあたりに手を挙げる。

「カンナでーす。歳は言わないけど、そっちのおじさんよりは下。推《お》しに貢《みつ》ぎすぎて、お金なくなっちゃったからとりま闇バイトしてる感じ。お願いしまーす」

カンナと名乗った若い女性は、けだるそうに言った。髪色も強烈だったが、彼女がこの部屋に来た理由も強烈だった。この年齢不詳の女性は、「推し活」のために闇バイトを始めたらしい。

「おじさん」と名指しされたアスマは苦笑していた。

「カンナちゃんよろしくー。おじさんっぽいとこあったら言ってな」

「てか、『カンナちゃん』って呼び方がもうおじさんじゃない?」

「……マジで？」

助けを求めるようにアスマは隣に視線を送る。イツキが興味なさそうに頷くのを見て、アスマはショックを受けているようだった。

「えーと、そんじゃ気を取り直して……スーツのお姉さんどうぞ」

アスマに促《うなが》され、黒髪の女性が伏し目がちに頷く。女性は、盗み見るように全員の顔色を窺うと、わずかに震える声で話し始めた。

「影石《かげいし》綾子《あやこ》と申します。年齢は……今年で、二十四です。普段は……保険の営業をしています。どうしてここにいるかは……分かりません。今は……本当に帰りたいです。よろしくお願いします……」

綾子と名乗った女性は消え入りそうな声でそう言って、深々と頭を下げた。本当に帰らせてほしい。そんな願いがひしひしと伝わる挨拶だった。

「うん、だいぶツッコミどころあった気ぃするけど、とりあえず最後まで自己紹介しちゃおっか。じゃあお兄さん、お願い」

「アオイフミヤです。普段はミスターイーツの配達員をしていて、今日はチーズバーガー三十個届けに来たんですけど……気づいたらここにいました。よろしくお願いします」

自分でも何が「よろしく」なのか分からなかったが、流れを汲《く》んで自己紹介を済ませる。伝えた名前は、偽名だった。闇バイトの面々が誰もフルネームを名乗らないのを見て、改めてリスクを感じたからだ。この部屋ではおそらく、影石綾子以外、誰も本名を口にしていなかった。

「じゃ、自己紹介も終わったし、質問タイムにしよっか。最後の二人とか、ツッコミどころしかなかった気ぃするし」

アスマは相変わらず、コンパのように場を仕切る。はじめに口を開いたのはカンナだった。

「呼び方、綾子でいい？」

「あ、えっと……はい」

急に呼び捨てで呼ばれ、綾子は動揺しているようだった。

「綾子、保険の営業やってるって言ってたよね？」

「あ、えっと、そうですね……」

「うちの友達もやってるよ、保険の営業」

「……そうなんですか？」

綾子が意外そうに尋ねる。その反応も無理はなく、カンナの風貌《ふうぼう》と「保険の営業」という職種はかけ離れてるように見えた。

「うん。元々キャバやってたんだけど、コロナで全然お店入れなくなって、そっから昼職やってんの。でもなんか、営業キツいっていうよね」

「そうですね……向いてる人は、楽しいらしいですけど……私は絶対、向いてないです」

綾子は、「絶対」という言葉に力を込めて言った。対面にいたアスマが再び口を開く。

「綾子ちゃん、さっき飛び込み営業とか言ってたよね」

「あ、はい……」

綾子は頷くと、虚空《こくう》を見たまま答える。先ほどから綾子は誰とも目を合わせていなかった。

「私……あまりに営業成績が悪いので、じょ、上司から、命令されまして……」

「飛び込みとか、ありえなくないですか？　客からしたら無視が安定だし、コスパ悪すぎますよ」

これまで黙っていたイツキが、吐き捨てるように言う。綾子は、自分が叱責されたと思ったのか、怯《おび》えた顔で固まってしまっていた。

「そんで、ここに飛び込んじゃったの？」

硬直してしまった綾子に、アスマが助け舟を出す。綾子はイエスともノーともつかない顔をしていた。

「正直、わからないんです。インターフォンで、『保険の営業なんですけど』って言ったら、珍しく、ドアを開けていただいて……ワンピースを着た、綺麗な方が出てきたんですけど……」

綾子の話には、聞き捨てならない言葉が混じっていた。

「その方が着てたワンピースって……赤でしたか？」

僕はとっさに綾子へ尋ねる。綾子は大きな瞳を瞬《しばたた》かせた後、記憶を辿るように話し始めた。

「赤、だったと思います……ワインみたいな、深い色の……あっ、ちょうど、向こうに見え……あぁッ！」

廊下の方を見ていた綾子が、突然、素《す》っ頓狂《とんきょう》な声をあげて固まる。慌てて振り返ると、そこには深紅のワンピースを着た女性が、不気味なまでの無表情で立っていた。

「自己紹介、私もいい？」

絶句する綾子をよそに、深紅の女性は落ち着き払った声で尋ねる。

ボルドーのワンピース、ダークブラウンの髪、切れ長の眼。間違いない。目の前にいるのは、僕が記憶を失う前に、あの部屋で出会った女性——湊谷英里香だった。

「……お姉さん、どっから入ってきたの」

そう尋ねたのはアスマだった。僕たちと話していたときより声のトーンは一段低かった。

「向こうの部屋に寝かされてた。たぶん、その子がいた隣の部屋」

英里香は綾子を右手で指しながら、あくまで淡々と答える。その声はわずかに不服そうで、この部屋にいること自体、彼女としては不本意のようだ。

「ねえ、綾子がめっちゃ怯えてんだけど……綾子に何かした？」

「別に。私は私の仕事をしただけ」

英里香は、こともなげにそう答える。その口調からは強い自我と、高いプライドが伝わってくる。カンナの目がギラリと光ったのを見て、僕は急いで間に入った。

「あの、すみません。たしか……英里香さん、ですよね」

僕は記憶を辿りながら、改めて英里香に尋ねる。英里香は返事をしなかったが、否定もしなかった。口元は笑っているが、その目は笑っていない。

「もしよければ、教えてもらいたいんですけど……英里香さんのお仕事って、何ですか」

彼女には、「仕事だから」という理由で訳も分からず気絶させられていた。どれだけ邪険《じゃけん》にされようと、僕にはこの質問をする権利があるはずだ。英里香は切れ長の眼で全員を一瞥すると、開き直るように言った。

「闇バイトのリクルーター。この部屋に五人連れて来るのが、私の仕事だった」

「リクルーター？」

綾子は鸚鵡《おうむ》返しに尋ねたが、闇バイトの面々は、何かを察したように視線を交わしていた。彼ら三人には、聞き馴染みのある言葉らしい。

「でも、リクルーターがなんでいるわけ？」

カンナが唇を尖《とが》らせて尋ねる。嫌味《いやみ》ではなく、素直に理由が知りたい様子だった。

「そんなの私が聞きたいけど……他のリクルーターが用意した子が、飛んだのかもね」

「とぶ？」

「逃げたってこと」

綾子の疑問に、英里香は面倒くさそうに答える。どうやら彼女は、専門用語を使いこなす程度には今の仕事に精通しているようだ。

「あ、あの！」

綾子が食い下がるように声を上げる。英里香は面倒臭そうに綾子を見た。

「……英里香さんは、この部屋に、人を集めるのが、仕事だったんですよね？」

「そうだけど」

英里香は相変わらず、そっけない口調で答える。綾子は英里香の「塩対応」にもめげず、これまでにない熱量で質問を続けていた。

「じゃ、じゃあ！　英里香さんは、この部屋で……何やらされるか、知ってるんですか？　もしかして、どうやったら出られるかも、全部知って――」

そこまで言ったところで、ふいに綾子が口を噤《つぐ》む。不思議に思って尋ねかけたところで、僕にもその理由が分かった。

リビングに、音楽が流れている。

クラシックであることは分かるが、曲名までは分からない。音源を探して周囲を見渡すと、部屋の隅にあるモニターに、何かが映っていることに気づいた。

「……おい、見ろ」

アスマがそう言って、モニターを指し示す。画面の中心にいるのは、仮面を被った道化だった。道化は看守のような真っ黒なレザージャケットに身を包み、軍帽を被っている。仮面の片側には不気味な笑みが、もう片側には泣き顔と涙が描かれていた。

「ひッ」

「なに、あれ……」

「ピエロ、じゃないですか」

カンナの疑問にイツキが短く答える。隣の英里香は無言でモニターを見つめている。反応の大きさに濃淡はあったが、今部屋にいる全員が、モニターから目を離せなくなっていた。

BGMがフェードアウトし、軍帽を被った道化がモニターに大写しになる。全員が固唾《かたず》を呑んで見守る中、前触れなく、透き通った女性の声が聞こえた。

『スウィンダラーハウスへようこそ。皆様は、十三組目の挑戦者です』

道化の看守は、言葉に合わせて両手を広げた。

『皆様にはこれから、ここで詐欺師として働いていただきます。このハウスからは、一億円稼ぐまで出られません』

# 第三幕　詐欺 -OS- 第一場

道化の仮面が虚構の笑みを振りまく中、室内には異様な空気が流れていた。

「スウィン……なんて？」

「挑戦者とか、言ってましたけど……」

アスマと、聞こえた単語について会話を交わす。そうしていないと、不安で胸が押しつぶされてしまいそうだった。

「待って……あの人、何言ってんの？」

「詐欺師として、働くって……ど、どういうことですか？」

カンナと綾子が顔を見合わせて不安げにつぶやく。モニターの道化は、愉快そうに答えた。

『言葉通りの意味です。皆様には、ここで詐欺師として働いていただきます』

「そんなこと、できるわけ——」

『できなければ、一生ここから出られません。ただそれだけのことでございます』

僕の声を遮って、道化は慇懃無礼《いんぎんぶれい》に言った。絶望的な宣告に、室内は一時静まりかえる。

「……皆様って、どういうこと？」

発言したのは英里香だった。私は他と違うと言いたげな口調に、カンナの目つきが鋭くなる。

道化の看守はゆっくり頷くと、左手の人差し指を立てた。

『詐欺はチームプレイです。皆様には、今日からチームとして生活を共にしていただきます。この六人で一億円を稼ぐことができれば、皆様は晴れて部屋から脱出することができます。稼げなければ、永遠にこの部屋から出られません』

乾いた笑い声が聞こえ、部屋中の注目が集まる。笑い声の主は、アスマだった。

「あのさ……あんた、頭おかしいだろ。こんな訳分かんねえ部屋に閉じ込められたままで、どうやって詐欺なんかやるんだよ」

アスマはモニターを見上げながら、道化の看守を詰問する。口元には笑みを浮かべていたが、その眼には、威嚇《いかく》するような光が宿っていた。

『ご安心ください。皆様が一流の詐欺師となれるよう、我々は、充実したマニュアルとツールをご用意しております。ソファの中をご覧ください』

道化は動じず回答すると、芝居がかった仕草で手袋を付けた両手を広げた。

「ソファの……中？」

「あっ、待って。このソファ、バコッて開くようになってる」

カンナはそう言うと、背後にあったソファの下部を掴み、持ち上げる。カンナが口にした通りの音を立て、ソファのクッションは斜めに持ち上がった。

「えっ………なんか、いっぱい入ってます……」

綾子は言いながら、後ずさるようにソファから離れていく。ソファの収納部には、一昔前の携帯電話、いわゆるガラケーが数台と、真っ赤なタブレット端末が入っていた。

「え、マニュアルなんかなくない？」

『現代はペーパーレスの時代でございます。赤いタブレット端末をご覧ください』

道化の看守は慇懃に言うと、軽く両手を広げる。タブレット端末を手に取り電源を入れると、齧《かじ》られた林檎《りんご》のロゴが浮かび上がった。

「ね、何書いてあんの？」

端末が起動したのを見てカンナが頭を寄せてくる。僕がまごついていると、道化の声がした。

『ご安心ください。端末は、人数分ご用意しております』

道化のアナウンスで、部屋にいた全員がにわかに動き出す。対面でアスマがソファを持ち上げると、やはりその中にも真っ赤なタブレットと折り畳み式の携帯電話が安置されていた。全員がタブレット端末を手にしたところで、看守は再び口を開いた。

『皆様には、こちらのタブレット端末に格納されたマニュアルと名簿、それに携帯電話を使って、「ＯＳ」と呼ばれる詐欺を実行いただきます』

「オーエス……？」

「『オレ詐欺』の略ですよ」

綾子がつぶやいた言葉に、反応したのはイツキだった。再び固まる綾子。イツキは小さく溜息《ためいき》をつくと、ソファの中身に目をやりながら低い声で言った。

「ここは……『詐欺部屋』ってことですか」

イツキの発言に全員の注目が集まる。視線に気づいたイツキは、大儀《たいぎ》そうに解説をはじめた。

「闇の仕事で用意される部屋ですよ。『掛け子』を集めて、ひたすら詐欺の電話を掛けさせるんです。趣向は変わってるけど、要はそういうことでしょ」

イツキはそう言ってモニターの方へ視線を向ける。道化の看守は、満足そうに頷いた。

『皆様にはこれから、この部屋で掛け子として詐欺を仕掛けるお電話を掛けていただきます。マニュアルは全て、タブレット内の「Sアプリ」に格納してあります。必ずお目通しください』

「えっ、すご……」

道化の看守が言い終わらないうちに、カンナがつぶやく。さっそくアプリを開いたらしい。

「質問があります」

真っ先に手を挙げたのは、やはりイツキだった。

『どうぞ』

道化の看守は、イツキの方へ左手を差し出す。道化には、こちらの部屋が見えている。

「僕らは部屋から出ないんですよね。案件が刺さったマトが出たら、どうするんですか」

イツキの質問には専門用語らしき言葉がいくつも出てきていたが、道化の看守には意味が伝わっているようだった。道化は、再び指を一本立てる。

『既《すで》にご承知の方もいらっしゃるかと思いますが、OSでは、ターゲットの自宅を訪れてキャッシュカードや現金を受け取る「受け子」、手に入れたキャッシュカードを使ってATMから現金を引き出す「出し子」が必要となります。これらの駒については、迅速に詐欺が進められるよう、我々がご用意しております。Sアプリの隣にある「UDアプリ」をタップください』

タブレットのホーム画面には、黒背景に白字で「UD」と書かれたアイコンがあった。道化の指示通り、僕はアプリをタップする。

起動した「UDアプリ」内には、ゲームのキャラクターを選択するような画面が設けられていた。ディスプレイには、眼鏡をかけた青白い青年と、目つきの悪い若者の写真が、白背景の前に並んでいる。写真の下にはそれぞれ「桝井伸一郎《ますいしんいちろう》」「真島竜二《まじまりゅうじ》」と名前が表示されていた。

『無事にターゲットを騙《だま》すことができましたら、このＵＤアプリから受け子、出し子を呼び出し、遠隔操作で資金の獲得を行ってください。出し子がライダーの下まで現金を運ぶことができたら、案件は成功です。皆様の下に、ライダーが獲得した現金をお持ちします』

「え、待って……どゆこと？」

「俺たちが電話で老人騙したら、ここから外にいる連中に指示を出して、カードと金を運ばせるってことです」

道化から答えがないのを察して、イツキが面倒くさそうに解説する。イツキの顔を穴が開くほどじっと見ていたカンナは、「あ、そゆこと」とつぶやき、小さく頷いた。

「うちらがこっから動かすんだ。なんか、クレーンゲームっぽいね」

カンナの言葉はあまりに軽かったが、表現は言い得て妙だった。この部屋から遠隔で対象の人間をドローンのように操作し、目標物を特定の位置まで運ぶ。歴《れっき》とした犯罪だったが、やること自体はクレーンゲームに近いのかもしれない。

「『ライダー』っていうのは？」

質問したのは英里香だった。お金に関わる話題には、敏感に反応しているように見える。道化の看守は、あくまで落ち着いた様子で答えた。

『ライダーは、この部屋に現金を運ぶ役職の者です。獲得した資金は、一定の時間を経《へ》て、中央の研修室に届くシステムとなっております。研修室では、その資金を使ってお食事をご注文いただくことも可能です』

道化が説明をする間、スクリーンにはこの奇妙な家の間取り図が表示されていた。

左右の細長い空間をつなぐように、中央に大きな部屋が一つ用意されている。今、僕たちがいるのは右側の空間で、綾子や英里香が寝かされていた寝室は左側にあるようだった。

「あのさ、ひとつ聞いていいか」

『どうぞ』

アスマの声に、道化は即座に反応する。アスマはわずかに笑みを湛えたまま質問した。

「今あんた、研修室では金を払って食事を頼めるみたいなこと言ったよな。で、その金は詐欺が成功すれば手に入るって話だった。じゃあ……俺たちは、詐欺をやらない限り、メシにもありつけないってことか？」

「……えっ？」

アスマの質問を聞いた綾子が、遅れて驚きの声を上げる。全員が不安や猜疑心《さいぎしん》のこもった視線を向ける中、道化はかぶりを振った。

『我々も、鬼や悪魔ではありません。皆様が戦力化するまでの研修期間は、健康で文化的な最低限度の生活をしていくための食事をご用意させていただきます』

「研修期間って……いつまで？」

『本日まででございます』

道化の看守は、満面の笑みのまま告げた。その一言で、途端にリビングはざわつき始める。

「え、待って……うちら、戦力になんの早すぎじゃない？」

「それだけ聞く限り、あんたら鬼だし悪魔だよ」

カンナとアスマが口々に文句を言う。道化は、全く動じない様子で仮面の笑顔をこちらへ向けた。

『食事は、我々から皆様へのおもてなしです。オモテナシとは、常にウラがあるものです』

道化は、道化らしい空虚なジョークで二人の不満を受け流す。抗議するアスマとカンナを傍目《はため》に、イツキと英里香は黙ってモニターの様子を窺っていた。

『研修は一〇分後に、中央の研修室にて開始いたします。終了後にはお食事をご提供させていただきますので、皆様、ふるってご参加ください』

道化の看守は一方的にアナウンスすると、唐突にモニターから姿を消した。わずかな沈黙の後、不満を口にしていたアスマとカンナが口を開く。

「……向こうで話を聞けば、メシぐらい食わしてやるって訳か」

「ご飯もらえるなら、行くしかないよね……」

「でも、研修って、詐欺の研修するんですよね？　そしたら私たち、詐欺をやらなきゃいけないんですよね？」

綾子の質問に、アスマとカンナが困ったような顔を見せる。やること自体は薄々分かっているが、はっきり言葉にされると気が引ける。そんな表情だった。室内に気まずい沈黙が流れる中、僕は、綾子の自己紹介を聞いてからずっと考えていたことを口にした。

「……ここから、逃げるって手はありませんか」

全員の視線が僕に集まる。無言の圧力を感じつつ、僕は続けた。

「今ならまだ、何も犯罪はしてないですし……警察だって、助けてくれますよ」

ひとたび詐欺を始めれば、ここにいる全員が犯罪者になる。この部屋には綾子のように、元々犯罪をやる気ではなかった人物も閉じ込められている。全員が犯罪者にならないためには、今立ち止まる必要があった。

「……そ、そうですよ！　警察に電話しましょ！」

お互いの出方を窺うような沈黙を、綾子の声が破る。綾子は自分の発言に何度も頷くと、一度は離れたソファに近づき、わずかに震える手でガラケーの端末を一つ掴む。

「ほ、ほら、ソファの中から携帯も出てきましたし……これ使えば、警察が私たちのこと、助けに――」

「どこに来てくれるんですか」

冷たい声に遮られ、綾子が硬直する。声の主はイッキだった。

「助けを呼ぶにしたって、ここがどこだかわからないでしょ」

「そ、それは……ほら、タブレットとかのGPSで……」

「ここにある携帯も、タブレットも、全部GPS機能がついてない。おそらく、そういう端末だけが、意図的に選ばれているんです」

綾子が、助けを求めるように僕の方を見る。反論するつもりでタブレットを開いたが、表示されたのは「GPS信号がありません」というポップアップだった。

「それに……あのピエロは僕らの話や動きに反応して、話をしていた。この部屋は間違いなく監視されていますし……僕らのこのやり取りも当然把握した上で、何かあれば対応する気でいる」

「でも、みんなで逃げれば……」

『――当ハウスでは、脱走行為を禁じております』

室内に冷たい声が響く。ディスプレイには、再び道化の姿が映し出されていた。

『違反者には、厳しいペナルティが課せられます。画面にご注目ください』

道化が告げると同時に、画面が切り替わる。映し出されているのは、スマートフォンで撮影したらしい縦長の動画だった。

『はい、緊急で動画回してまーす』

やけに軽薄な男の声。画面中央には、顔面を黒い袋で覆《おお》われた男が映し出されていた。男は囚人服のようなオレンジ色の作業着姿で、その両腕は、椅子の肘《ひじ》掛《か》けに固定されている。

『こいつは、僕らが用意した素敵なお家から逃げ出そうとした裏切り者です。裏切り者には、きつーいペナルティを受けてもらいましょう』

軽薄な口調の男はそう言って、スマートフォンを固定する。まもなく画角内に入ってきた男は、道化の仮面をつけ、片手にネイルハンマーを手にしていた。仮面の男は椅子の隣まで来ると、持っていたネイルハンマーで肘掛けの脇をコツンと叩いた。

『じゃあ、指一本もらうね』

仮面の男は、お菓子を分けてもらうような気軽さで言った。

『や、やめてくれ……逃げたのは謝るから……何の仕事でもするから……』

縛られた男は、くぐもった声で必死に哀願していた。話しながら両腕を肘掛けから外そうと暴れるが、鉄製の椅子はびくともしない。

『なんか勘違いしてるみたいだね』

冷たい声。仮面の男は縛られた男ににじり寄ると、囁《ささや》くように言った。

『指潰《つぶ》れたって、お前は詐欺やるんだよ。当たり前だろ？』

途端に荒い呼吸が聞こえる。男は縛られたまま、動かせる限界まで首を振った。

『つ、潰れたら、詐欺なんて、無理……』

『だいじょーぶ。三本あれば、電話は掛けられるから』

『む、無理です、お願い……ああああああああああああああ！』

耳をつんざくような悲鳴。仮面の男は、相手の言葉を最後まで待たずにハンマーを振り下ろしていた。綾子が目を伏せ、両手で耳を塞ぐのが見える。動画は、唐突に終わりを迎えた。

『――ご覧いただいたのは、実際に脱走を試みた元メンバーの映像です。同じ轍《てつ》を踏まないよう、くれぐれも注意ください』

道化の看守は、澄んだ声でそう言ってディスプレイから姿を消す。

室内には、しばらくの間、痛いほどの沈黙が広がっていた。

「……ねえ、そんなに詐欺嫌？」

ふいに声が聞こえ、全員が振り返る。発言したのは、英里香だった。

「私、詐欺ぐらいなら普通にやるけど」

「詐欺ぐらいって……」

「だってそうでしょ。短い時間でお金稼ごうと思ったら、ある程度のリスクは、覚悟しないと」

英里香の言葉は辛辣《しんらつ》だったが、「リスク」という言葉を口にした際に視線がわずかに揺らいだのが気になった。この人は、本心を話していない。自分を無理やり納得させようとしているような口ぶりだった。

「でも、本当にいいんですか。本当に、詐欺を――」

「いいも悪いもないですよ」

遮ったのはイツキだった。僕が二の句を継げないでいると、イツキは僕の目の前にまで詰め寄って来た。

「アオイさんは、警察が来れば助けてもらえるかもしれないですけど……この部屋にいるのは、そういう方ばかりではないですよ」

イッキは、薄ら笑いを浮かべていた。既にこの部屋には、警察に来られては困る人間がいる。

イッキの指摘に、僕は言葉を失っていた。

「やらなきゃここから抜け出せない。だったら……犯罪だろうが、やるしかないでしょ」

英里香は低い声で、自らに言い聞かせるように言う。イッキは無言で頷いた。

『――そろそろ、お話し合いはよろしいでしょうか』

これまで不気味な沈黙を保っていた道化がモニターに現れる。異を唱える者は、いなかった。

道化は満足げに頷くと、仮面の笑みをこちらへ向けた。

『それではこれより、研修を開始します。中央の研修室へお越しください』

# 第三幕　詐欺 -OS- 第二場

『去年、全国で発生した特殊詐欺の被害金額は、八年ぶりに増加に転じていたことが警察庁のまとめで分かりました』

定食屋の隅で、型落ちの液晶テレビが昼のニュースを流している。綿貫隆司は耳だけを傾けながら、小皿の沢庵《たくあん》に箸《はし》を伸ばした。

『――二〇二二年に全国の警察が認知した特殊詐欺の被害件数は前の年より三〇七二件増加し、一万七五七〇件でした。被害金額は、三七〇億八千万円にのぼっています』

対面では、今年から警視庁捜査第二課に配属された桑原康弘《くわばらやすひろ》巡査が、唐揚げを頬張《ほおば》りながら、テレビ画面を見つめている。学生時代は陸上部で二〇〇メートルの選手だったという桑原は今も浅黒い肌をし、髪を短く刈り込んでいる。元々「知能犯」を担当する捜査二課では珍しいタイプだが、三鷹《みたか》警察署での検挙実績が買われ、今回の転属が決まったらしい。今年で四十六歳になる綿貫とは、親子ほどの歳の差があった。

『最も被害件数が多かったのは、詐欺師が身内などを騙《かた》る、いわゆる「オレオレ詐欺」で、被害額は前の年より四二・七パーセント増加し、一二九億三千万円となっています』

「『オレ詐欺』の数字、えげつないですね」

桑原が素朴《そぼく》な感想を漏らす。綿貫は、周囲に他の客がいないことを確認した上で口を開いた。

「……『オレ詐欺』なんて言い方すんな。言うなら『オレオレ』か、『特殊詐欺』だ」

「あ、すんません。半グレの連中がよく言ってるんで、つい……」

「気をつけろよ。公務員が連中に影響受けたって、いいことなんか一つもねえからな」

話しながら、綿貫の脳裏に取調室でうなだれる男たちの姿が浮かぶ。捜査二課の刑事として、綿貫は罪を犯した公務員を何人も見てきていた。そのうち数人は、いわゆる「反社会的勢力」に関わってしまったことをきっかけに、犯罪へと手を染めていた。反社と関わることは簡単だが、失うものはあまりにも大きい。それが綿貫の実感だった。

『ここからは、スタジオの皆様にお話をお聞きします。水曜日のコメンテーターは、経済ジャーナリストのジェーン城崎《きのさき》さんです。こちらのニュース、ジェーンさんはどう見ますか？』

どこか胡散臭《うさんくさ》い経済ジャーナリストは、深みのあるバリトンでゆっくりと語り出した。

『やはり、コロナ禍《か》の影響というのは大きいと思われますね。ここ数年、コロナで実家への帰省を自粛《じしゆく》した方々が出たことによって、親子の間に、一種の空白が出来てしまった。この空白を、息子のふりをした詐欺師が埋めてしまった。こうした見方もできるかもしれません』

司会者はさも世を憂《うれ》いているという顔で頷くと、アナウンサーにまとめを促す。

『詐欺グループは、うその電話を車で移動しながら掛けたり、拠点を海外に移したりするなど、摘発が容易ではないケースが増えているとのことです。警察庁は詐欺グループの末端だけでなく、幹部や暴力団などの上位組織を特定し検挙するため、通信会社などと連携を図っています』

『詐欺は我々にとっても身近な問題です。ぜひ気を付けていきたいですね。さぁ、ＣＭの後は海外からの明るいニュースです。今日もあの人がやってくれました！』

「……仁村《にむら》のニュース、出なかったっすね」

「仁村」とは、綿貫たちが警視庁組織犯罪対策部と協力して逮捕した「名簿屋」の名前だった。

「詐欺は一万七千件もあるんだ。一件程度の逮捕じゃニュースにもならねえよ」

自嘲《じちょう》気味にそう言いつつ、綿貫は隔世の感を覚える。

綿貫が大学を卒業し、警視庁玉川警察署の所轄刑事として働き始めた頃、捜査二課の刑事といえば「サンズイ」が花形だった。サンズイとは「汚職」を示す警察用語で、「汚」の部首がサンズイであることがその由来だ。二〇〇一年に約七億円もの公金を詐取《さしゅ》していた外務官僚の汚職を暴き、官房機密費の存在を世間に知らしめたのも、警視庁捜査二課だった。

『体制を外から破壊するのが革命だが、サンズイは内側から体制を蝕《むしば》んでいく。これを摘むのが俺たちの仕事だ』

「ナンバー」と呼ばれる第四知能犯に属していた、先輩の言葉がよみがえる。当時の感覚からすれば、ゴンベン——詐欺は数ある犯罪の一つであり、汚職の根絶こそが捜査二課の使命だった。だが今は、日々押し寄せる膨大《ぼうだい》な特殊詐欺事件によって、二課の人員はほとんどが詐欺に割かれつつある。綿貫が所属し、特殊詐欺の捜査を担当する「知能犯特別捜査係」も、元は一つの係だったが、現在では第十七係まで存在していた。

『——もっと自分を好きになる。美藤《びとう》クリニックは、綺麗になりたい貴女《あなた》の味方です』

今はこの国そのものが、内側から詐欺に蝕まれているのかもしれない。嘘の気配を纏《まと》ったCMに辟易《へきえき》していると、ふいに綿貫の携帯電話が震えた。画面には「四課　忍山《おしやま》」の文字。電話を取るとまもなく、聞き馴染んだ濁声《だみごえ》が聞こえた。

『綿貫。帳場《ちょうば》が立つぞ』

# 第三幕　詐欺 - OS - 第三場

研修室は、僕が寝かされていた屋根裏部屋の下に位置していた。扉の前にはアスマとカンナが、そのすぐ後ろにイツキと英里香が、その一団から距離を置いて、僕と綾子が立っている。

「あれ……開いてる」

ドアノブに手を掛けたアスマが、少し驚いたように言った。

「きっとあの看守が開けたんですよ」

イツキが淡々と告げる。アスマは頷いたが、まだ入室をためらっていた。

「……いったん、ドアだけ開けてみるのはどうですか？」

僕は、頃合いを見計らって提案する。相手は見ず知らずの若者を密室に閉じ込める異常者だ。どれだけ警戒しても、し過ぎることはないはずだった。

「まあ、一応そうしとくか」

アスマは僕の提案に頷くと、ドアノブを摑む。息を小さく吸い込むと、扉を一気に開けた。

はじめに飛び込んできたのは、奇妙に歪《ゆが》んだ六角形の机だった。その机は部屋の中央に位置していて、机の各辺には、上等そうなコーデュロイの椅子が置かれている。正面の壁には、リビングにあったものより一回り大きいディスプレイが、部屋の隅には監視カメラが、これ見よがしに吊るされている。カメラがある壁の高い位置には、排気口のような奇妙な穴が開いている。部屋は綺麗に整頓《せいとん》されていて、人影は、どこにも見当たらなかった。

「ビビりすぎだったね」

カンナは僕の目を見て明るく笑うと、大股で部屋に入っていく。すぐ後にイッキと英里香が入室し、僕とアスマ、それに綾子が恐る恐る続いた。

「結局、この家には俺たちだけってことか」

アスマがまだ警戒心の滲む声で呟く。その言葉に呼応するように、正面のディスプレイが点灯した。

『アスマ様の仰《おっしゃ》る通りです。ここは、スウィンダラーハウス。詐欺師のためだけに用意された、プライベートハウスでございます』

道化の看守が再び画面に現れたことで、室内の空気がぴんと張りつめる。その雰囲気を感じ取ったかのように、道化はおどけて手を広げた。

『そんなに肩肘《かたひじ》を張らないでください。さあどうぞ、皆様お座りになって』

他に選択肢もないため、僕らは用意された椅子に各々《おのおの》腰を掛ける。着席すると同時に、ディスプレイが切り替わった。

『さっそくですが、皆様にクイズをお出ししましょう』

ディスプレイには、どこかで見たことのあるフォントで「ニュース そうだったんだ‼ 誰かに話したくなる世代格差SP」と書かれていた。

『皆様は、我が国の「タンス預金」の総額がいくらかご存じですか？』

「……タンス預金って、なに？」

『いい質問ですねぇ』

カンナの初歩的すぎる質問に、道化は愉快そうに反応した。

『タンス預金とは、個人が家庭内などで保有している現金を指します。銀行など、金融機関に預けられているお金と区別するために、このような単語が使われるんですねぇ』

道化の口調は、妙に優しげなものに変わっていた。どうやら、ニュース解説番組の司会者を気取っているらしい。

『さあ、カンナさん。このタンス預金の金額、日本全国合わせると、どのくらいになると思われますか?』

道化の看守は、カンナを生徒役として狙い定めたようだった。

「え……全然わかんない。百億円くらい?」

『いいえ。その程度ではございません』

道化は教鞭《きょうべん》の端を両手で握ると、少し俯いて首を振る。

『正解は……百兆円です』

道化は、噛《か》んで含めるように解答の金額を口にした。小さなざわめきが室内に広がる。

『日本銀行の調査によれば、我が国のタンス預金は、二〇二〇年に初めて、百兆円の大台を超えました』

道化は淡々と解説を続ける。その数字には、カンナや綾子だけでなく、部屋にいる全員が驚いていた。

「兆って……やばくない?」

『仰る通りです。我々も、カンナさんと同様「やばい」と考えました』

道化はカンナの言葉を引用すると、ぐっと画面に近づいた。

『国内に、百兆円のタンス預金があるとはどういうことか？　この国では、百兆円ものカネが、消費も投資もされず、家庭の中で眠っている……いえ、腐ってしまっているということです』

道化は、熱を帯びた口調で断じる。データを交《まじ》えた説明には説得力があり、初めは斜に構えて聞いていたアスマも、今は聞き入っているように見えた。

『では……いったい誰が、これほどのお金を溜《た》め込んでいるのか？　参考に、我が国の世代ごとの貯蓄額を見ていきましょう』

ディスプレイに棒グラフが現れる。黄色で示されたグラフは、右へ行けば行くほど値が大きくなっていた。

「こちらは、令和三年における世代別の平均貯蓄額です。最低額は、二十代の三三九万円。最高額が、七十代の二三六〇万円となっています」

道化が数字を読み上げた後、室内には束《つか》の間《ま》の沈黙が流れた。メンバーの表情は様々だったが、カンナは憤《いきどお》りを感じているようだった。

「え、平均って……だいたいみんなこんぐらい持ってるってこと？」

「えぐい数字だな」

アスマは、腕を組んだままぽつりとつぶやいた。

「いやエグすぎでしょ」

カンナは組んだ両腕を机につきながら、ディスプレイを睨《にら》む。

「二十代で三百万とか無理だし……七十代の二千万ってなに？」

僕は周囲を見渡しながら、危うい気持ちを抱いていた。数字は嘘をつかないが、詐欺師は数字を使う。おそらく、この数字だけをピンポイントに紹介してきたのは、道化の看守が、僕たちに高齢者への反感を煽《あお》ることが目的のように思えた。

「でもそれは、みんなコツコツ貯《た》めてきたからで……」

『本当にそうでしょうか？』

僕がカンナを諫《いさ》めようとすると、これまで黙っていた道化が途端に反応した。こちらが発言する間もなく、道化の看守は質問を続ける。

『皆様も、七十代になれば二千万円の貯蓄ができていると、本当にそう思われますか？』

「それは……」

懐を抉《えぐ》るような質問に、僕は二の句が継げなくなる。道化は追い込むように続けた。

『経済成長に年功序列、厚生年金に退職金。こうした条件が全てあって初めて、達成できたのが二千万円という貯蓄額です。皆様が老後を迎える頃には、その全てが、崩壊しています』

道化の指摘は、僕自身が抱く不安をあまりにも的確に射抜いていた。

ミスターイーツの配達業務は極めて不安定な仕事で、月々の報酬は十万に届くかどうかという状況が続いていた。配達の仕事だけでは、金額どうこう以前に、貯蓄自体が難しい。七十代には、なること自体が難しい。それが僕自身の「老後」への感覚だった。

『のうのうと生きているだけでは、皆様が、円満な老後を迎えることは不可能です』

とどめを刺すように、道化は告げる。室内の様子を見る限り、どうやらここにいる五人も、僕に近い感情を抱いているようだった。

『それでは……前提をご理解いただいたところで、我々の事業の話を致しましょう』

道化の看守は、僕たちの沈黙を理解と受け取ったようだった。実際は茫然自失《ぼうぜんじしつ》に近い状態に見えたが、道化の演説を止めようとする者もいない。道化は小さく頷き、話を続けた。

『我々は、世間で特殊詐欺と呼ばれる行為を事業として行っております。警察庁によれば、昨年度の特殊詐欺の被害額——つまり、我々の業界全体の売上額は、三六一億四千万円でございます』

「え、すご」

「そんなに……？」

被害額を「売上」と称する道化の説明は極めて不謹慎だったが、カンナと綾子は、まずその金額の大きさに驚いているようだった。道化は芝居がかった様子で首を振る。

『我々は、まだ足りないと考えております』

道化はカンナと綾子に仮面を向けると、教鞭を掲げた。

『改めてお聞きしましょう。カンナさん、我が国のタンス預金の金額はいくらでしたか？』

「え……っと、百兆円？」

『正解です。それでは綾子さん。昨年の特殊詐欺事業の売上額は？』

「……さ、三百億、くらい」

『正解でございます』

道化は綾子の解答に短く頷くと、全員へ呼びかけるように言った。

『よろしいですか？　家庭にある預金額だけで、百兆円。これに対して、特殊詐欺の売上が三百億円。足りません。三百億では、まだ足りない』

道化の看守は声に力を込めて言うと、改めて僕の方へ向き直った。

『我々は、可能な限り多額の現金を、高齢者の懐から、若者の下へ届けるべきだと考えます』

道化の言葉は慇懃と言っていいほど丁寧だったが、その声には、熱がこもりはじめていた。

道化は再び、教鞭を掲げる。

『先ほどのデータに話を戻しましょう』

画面には、カンナが「エグすぎ」と評した世帯ごとの貯蓄額がグラフで表示されていた。

『こちらで示された貯蓄額は、二人以上の世帯だけを対象にした平均値です。つまり、二十代で三百万という貯蓄額は、このご時世に家庭を設けることができた、恵まれた方々だけを対象にした金額です。恵まれた方だけを対象にして、やっと三百万なのです』

「あ、そうなんだ……」

ほっとしたようにカンナが声を漏らす。道化は、小さく頷き、話を続けた。

『では、皆様のような独身の方ではどうでしょう？　令和に入って初めて行われた金融調査では、二十代の単身世帯、つまり独身者の二人に一人が「貯蓄がない」と回答しています』

道化が合図すると、黄色で描かれた棒グラフを塗りつぶす形で、赤い円グラフが新たに現れる。グラフの下には「二十代　独身　四五％　貯蓄ゼロ」の赤文字が大きく浮かんでいた。

『もうお分かりですね。この令和という時代においては……老人は裕福で、若者は貧しい。それが公然の事実となっているのです』

道化の説明に、カンナが大きく頷くのが見える。道化はさらに続けた。

『世間が特殊詐欺と呼ぶ我々の事業では、裕福な老人たちが余らせているお金を、貧しい若者たちの下へ日々分配しております。つまり、こうした言い方もできるでしょう』

道化はそこで言葉を切ると、部屋にいる全員へ向けて告げた。

『我々が行っていることは、ただの詐欺ではない。富の再分配である、と』

室内に、道化の声が響き渡る。アスマとカンナはたしかにそうだという顔で、イツキと英里香は仏頂面で、綾子はただただ不安げに、ディスプレイを見つめていた。

道化の「研修」は、今のところ明らかにうまくいっていた。このままいけば、この部屋はまもなく「詐欺部屋」となる。僕たちは全員、詐欺師になる。それでいいとは、僕には思えなかった。僕は唾《つば》を呑み込むと、静かに口を開く。

「でも……詐欺は犯罪ですよね。犯罪じゃ、いくら稼いでも、事業とは言えないんじゃゃ――」

『犯罪だからいけないというのは、短絡的ではありませんか？』

僕の異論を、道化は遮る。その声は、ぞっとするほど冷たかった。

『交通違反はいけないからと言って、今にも轢《れき》死《し》しそうな子どもを救わない。それは正しい行いでしょうか？　正しい犯罪者は、一人もいないとお思いですか？』

道化の質問は、またしても僕の急所を突いていた。僕は逡巡した末、再び沈黙を選ぶ。

道化は勝ち誇ったように頷くと、その仮面を正面へ向けた。

『良い機会ですから、皆様にもお考えいただきましょう。皆様は「最悪の犯罪」と言われて、どのようなものを思い浮かべますか？』

僕が硬直している間に、道化は再び場の主導権を握っていた。刺激的な質問に、数人が顔を上げる。

「それはやっぱり、殺人じゃない？」

「強盗殺人とかな。たしか死刑になるんだろ？」

カンナの発言に、アスマが頷きながら応じる。道化は満足そうに頷くと、沈黙している面々に話題を振った。

『綾子さんは？』

「えっと……放火も、重いと思います。何もかも、燃えて、なくなっちゃうので……」

『確かに、惨《むご》い犯罪ですね。イツキさん？』

「……外患誘致《がいかんゆうち》がいちばん重かったはずです。成立すれば、主犯は死刑オンリーです」

『よくご存じですねぇ。英里香さんはいかがでしょう。最悪の犯罪といえば？』

「強姦《ごうかん》」

英里香の発した言葉に、室内が一瞬静まりかえる。それ以上、彼女が一言も語らないことが、発言に重みを持たせていた。

『……仰る通りですね。私も、これ以上ないくらい重い犯罪だと思います』

道化は、仮面をわずかに俯けて静かに頷く。その言葉には初めて、道化としての台詞《せりふ》ではない、人間的な感情が込められている気がした。

『さて……これで皆様にもお分かりいただけたでしょう』

悼《いた》むような間を置いて、道化は僕に向き直る。こちらが身構える暇もなく、道化は告げた。

『詐欺は最悪の犯罪ではない。これこそが、今を生きる人々の嘘偽りなき感覚です』

全員から意見を聴き、その結果を突きつける。道化が場を支配する手口は、巧妙だった。何も言い返せない僕を嘲笑《あざわら》うように、道化は滑らかな口調で続ける。

『なぜ特殊詐欺が無くならないか？　我が国の国民も、どこかでこう考えているからです。特殊詐欺は最悪の犯罪ではない。撲滅する必要もない。いわゆる、必要悪であると』

道化の主張は極めて歪んだものだったが、今の僕には、その主張を否定できるだけの力はなかった。道化は、無言の室内をぐるりと見渡す。

『今この国で、特殊詐欺がこれだけ許されているのはなぜか。皆様には、もう一つだけ根拠をお伝えしましょう』

道化はそう言って、手袋をした右手の人差し指を立てる。

『現代において、唯一許されている差別があります。それが、能力差別です』

道化は人差し指を振りながら、断言調で告げた。

『人を見事に欺《あざむ》くだけの「能力ある者」が、いとも簡単に騙される「能力なき者」から、努力の対価として大金を受け取る。これは、「能力主義」を是とする現代の価値観に鑑《かんが》みれば、極めて正しい行いです。であればこそ、この国の司法も国民も、特殊詐欺には寛容なのです』

道化は言い切ると、手袋をした両手を広げる。

『なぜ特殊詐欺が無くならないのか？　この国に、それを認める土壌が存在するからです。なぜ特殊詐欺がビジネスになるのか？　この国に、惨《むご》いまでの格差が存在し続けるからです。今から金を持ってこいと言われれば、数百万を出せる老人が、星の数ほどいるからです』

部屋にいる全員の目が、危うい光で輝いている。道化の演説は、部屋にいる全員の心を、確実に動かしはじめていた。

『皆様は、これから詐欺師になります。しかし、ただの詐欺師ではない。皆様は、特殊詐欺というスキームを使って、富の再分配を行う——義賊です』

独裁者のように手を振っていた道化は、両手を背後に組み、優しく語りかけるような口調で演説を締めくくる。室内には、静かな狂熱が広がっていた。

# 第三幕　詐欺 -OS- 第四場

「忍山さんって……綿貫さんが前に話してた、マル暴の方ですよね」

玉川警察署に到着し、会議室へ向かう道すがら、桑原が珍しく心配そうな声で尋ねてきた。

「ああ。マル暴の鑑《かがみ》だ」

綿貫がそう請け合うと、桑原はますます困った顔をした。

「なんだ、心配でもあんのか」

「いや……話聞く限り、怖そうだなぁって」

真剣に心配する桑原に、綿貫は思わず苦笑する。

特殊詐欺事件では、生活安全部と刑事部捜査二課、そして、かつては四課と呼ばれていた「組織犯罪対策部暴力団対策課」が協力して捜査にあたることが増えていた。

暴力団対策課――通称マル暴は、暴力団が起こした犯罪であれば、殺人だろうと窃盗だろうと全ての事件を担当する、いわば対暴力団のプロフェッショナル集団だ。暴力団に対峙《たいじ》するという特殊性もあってか、課に所属する警察官が持つ雰囲気は、生活安全部――通称生安の「おまわりさん」とは異なっている。

「大丈夫だ。取って食われたりはしねえから」

軽く応じたところで、大会議室が見えてくる。所轄の警察官二十人近くが詰めかけた部屋でも、目当ての人物は、難なく見つかった。

「忍山さん」

綿貫が声をかけると、忍山薫《かおる》はその強面《こわもて》をこちらへ向ける。坊主頭に銀縁の眼鏡。柄物のシャツに縦縞《たてじま》の入ったグレーのスーツ。そのファッションセンスは、ほぼ極道と言っていい。背後で桑原が、小さく息を呑む音が聞こえた。

「おう、綿貫」

忍山は銀縁眼鏡を右手で上げると、短く挨拶した。今その眼は、綿貫の背後に油断なく向けられている。桑原と組んでから、忍山に直接会うのは初めてだった。

「マル暴の忍山さんだ」

「組対部暴対課の忍山だ。よろしくな」

綿貫をわずかに遮り、忍山がドスの利《き》いた声で言う。桑原は引きつった笑みで応じた。

「あ、捜査二課の桑原です。お噂《うわさ》はかねがね……」

「噂ってなんだよ」

「いや、その、バリバリの武闘派だって……」

「お前、俺のことヤクザだと思ってんだろ」

「……でも、間違えられたんですよね？」

一瞬目を丸くした忍山は、情報の出処《でどころ》に気付き、即座に綿貫へ睨みを利かせた。

「綿貫、てめえ覚えとけよ」

綿貫が「え？」と真顔で聞き返すと、忍山は破顔《はがん》する。

忍山には、逃亡していた暴力団幹部を現行犯で逮捕し、新幹線で護送の最中、見ず知らずの暴力団組員から「お勤めご苦労様です」と頭を下げられたという真偽不明の伝説があった。手錠を覆い隠され、隣に並ばれた場合、本職のヤクザですら、マル暴と組員の区別は難しい。

「今回の帳場、神奈川県警と合同って聞きましたけど」

綿貫は、大会議室に集まった警官たちを見渡しながら、少し声を落として言う。被害者の住所が広域にわたる特殊詐欺事件では、警視庁と道府県警が合同で帳場——捜査本部を立てることがある。忍山の連絡から数分後、綿貫は捜査二課に長年勤めるノンキャリの管理官、篠塚靖祐《しのづかやすひろ》警視から、神奈川県警との合同捜査の件を伝えられていた。

「被害が世田谷と多摩川《たまがわ》周辺に集中してるらしい。向こうが刑事部長出してくるから、こっちもくるみちゃん出してバランス取るって話だ」

「くるみちゃん」とは、刑事部捜査第二課長を務める栂沢真唯《くるみさわまい》警視正のあだ名だった。忍山はじめ怖いもの知らずの刑事数名がそう呼んでいるが、綿貫がそのあだ名を口にしたことは一度もない。警視庁刑事部捜査二課長は伝統的に出世頭《がしら》のキャリア組が就任するポストで、歴代の警視総監には、捜査二課長を経験した人物が少なからず存在する。三十二歳で捜査二課長に昇進し、女性初の警視総監が現実視されている栂沢課長を「くるみちゃん」呼ばわりするのは極めてリスクの高い行為だった。

「お、噂をすればだ」

見慣れない顔の警官たちが続々と入室してくる。おそらく、神奈川県警の刑事たちだろう。本部の組織犯罪対策部、刑事部捜査二課、所轄である玉川警察署の面々に神奈川県警が加わった「特殊詐欺特別捜査本部」は、総勢で五十名近い大所帯となっていた。綿貫は忍山に会釈《えしゃく》し、自席へと戻る。玉川警察署の大会議室に設置された本部には、折り畳み机とパイプ椅子で二名ずつ席が用意されていた。

「綿貫さん」

ふいに名前を呼ばれ、振り返る。丸眼鏡に、人を小馬鹿にしたような面構え。その顔を見て、綿貫は思い出したくもない光景を呼び覚まされていた。

「……斉木《さいき》さん。お久しぶりです」

神奈川県警の斉木幸平《こうへい》警部補は、背後の桑原を睨《ね》め回すように見ると、底意地の悪そうな眼をこちらに向けた。

「藤村《ふじむら》さんはお元気ですか？」

この場にいない者の名前を、斉木はにやけた顔で口にする。綿貫は挑発に乗らないよう、表情を変えずに答えた。

「元気らしいですよ。地元の山形戻って、実家の酒屋手伝ってるそうです」

この男相手に嘘をつくのは容易ではない。綿貫は全神経を集中して、さりげない口調を装っていた。

「それはよかったです」

斉木は心にもない様子でそう言って、「それじゃ」と自席に戻っていく。背後から桑原の視線を嫌というほど感じていると、警視庁捜査二課の栂沢課長と神奈川県警の刑事部長が揃って入室してくるのが見えた。

係員の号令で全員が起立する。整った眉《まゆ》に意志の強そうな眼。ショートカットの黒髪には、前髪の毛先にだけわずかにウェーブがかかっている。身長が百七十センチ近い栂沢課長は、会議室を歩く姿も様になっていた。会議室の前方に用意された幹部席に、栁沢課長と神奈川県警の刑事課長が着席したところで、警官たちは揃って着席する。全員の着席を待ってから、会議室中央の演台に篠塚管理官が立った。

「警視庁捜査二課の篠塚だ。はじめに、今回の特別捜査本部が立ち上がった経緯について、捜査二課長の栁沢警視正よりお話がある。――では、課長」

栁沢課長が幹部席から立ち上がる。学生時代は剣道部の主将を務めていたという栁沢課長は、常に姿勢がいい。五十人近い刑事らの好奇の視線が集まる中、栁沢課長は口を開いた。

「既に報道でご承知の通り、昨年の特殊詐欺による被害額は、八年ぶりに増加へと転じました。刑法犯全体の認知件数も、二十年ぶりに増加へと転じています。ある大手新聞社の調査によれば、六七％もの国民が、我が国の治安は悪化した、と考えているそうです」

栁沢課長は淡々と話を続ける。各種調査の実数は全て頭に入っているようだった。

「警察庁では、この現状を重く捉え、特殊詐欺の捜査に特化した新部署を立ち上げる計画を立てています。今回の特別捜査本部は、そのプロトタイプとなることを想定しています」

栁沢課長をはじめ、キャリア組と呼ばれる警察官僚は警察庁に所属しており、警視庁へは出向という形で勤務している。顔を見合わせる警官らをよそに、栁沢課長は続けた。

「私の尺度では、善良な国民が、常に詐欺の脅威に晒《さら》されている国を『治安の良い国』とは呼びません。今は小異を捨て大同を取るべきです。あらゆる手を尽くして、犯人逮捕という結果を残してください。以上」

雑音を撥《は》ね除《の》けるように、栁沢課長は言い切る。その剣幕に、捜査本部は静まり返った。

「栁沢課長、ありがとうございました。では、各所轄より情報共有を」

篠塚管理官の進行で、警視庁と神奈川県警の所轄に属する刑事が、ここ一カ月で発生した特殊詐欺被害の報告を行っていく。発生地は都内と神奈川県内に跨《また》がっていたが、詐欺の手口はどれも似通っていた。

「今、報告のあった詐欺被害者について、捜査二課の情報係から重要な報告がある。では、倉森《くらもり》巡査長、報告を」

捜査二課第一知能犯情報係——通称「情報」は、捜査二課内で黒子のような役割を果たす部署だった。元々は汚職に関する情報を拾い集め、裏取りなどのふるいにかけた後で摘発部隊に引き渡す業務を担《にな》っていたが、近年では特殊詐欺に関する情報収集も扱っている。名指しされた倉森美月《みつき》巡査長は、緊張した面持ちで話しはじめた。

「先ほどご報告いただいた詐欺被害者ですが……全員が、先週逮捕された『名簿屋』、仁村義明《よしあき》の販売していた名簿に名前が載っています」

倉森巡査長の報告に、捜査本部がにわかにざわめく。詐欺グループが使用している「名簿」が手元にある。この状況は、捜査側にとっては極めて有利と言えた。

「今回の合同捜査では、この仁村が販売していた『名簿』を捜査の端緒として、世田谷・多摩川地域を中心に活動する詐欺グループの番頭、ひいては金主《きんしゅ》まで逮捕することを目標とする」

篠塚捜査官の言葉で、捜査本部が熱気を帯び始める。通常の特殊詐欺捜査では、逮捕されるのは「受け子」や「出し子」と呼ばれる末端の犯罪者がほとんどで、特殊詐欺を仕掛けている幹部や、彼らのスポンサーである金主に捜査の手が届くことはほとんどなかった。

「次に情報屋の仁村義明について、シラベを担当した忍山から情報共有がある」

篠塚管理官に名指しされた忍山は、ドスの利いた返事をして立ち上がった。

「えー、先日逮捕した被疑者、仁村義明は神保町《じんぼうちょう》に拠点を構える違法な名簿販売業者、通称『名簿屋』でした。拠点は賃貸アパートの一室で、独自のネットワークで開拓した顧客に、多数の闇名簿を販売していた疑いがあります」

「その顧客というのが……國吉会《くによしかい》ですか」

これまで黙って報告を聞いていた栩沢課長が、ふいに口を開く。忍山は渋い顔で頷いた。

「ええ。ほぼ全員がそうです」

かつては「仁義を欠く」として詐欺を忌避《きひ》していた暴力団も、いわゆる暴対法が成立してからは元来のシノギで稼ぐことが難しくなり、特殊詐欺に手を出す組員が増えていた。忍山は詐欺に手を出す組員を「骨がない」とひどく嫌っている。

「忍山係長。先ほど、仁村の顧客は『ほぼ全員』國吉会と仰《おつしや》いましたね」

「ええ」

「國吉会以外も、いたんですか？」

栩沢課長が尋ねると、忍山は坊主頭を撫でながら、唸《うな》るように言った。

「それが……若い女が買いに来たそうです」

「若い女？」

「ヤクザの女か」

篠塚管理官の推論に、忍山は首を振った。

「いえ。カタギにしか見えない、真面目そうな女だったそうです」

「なんでそんなやつが……」

「仁村も妙だと思ったらしく、マトリかデカかと思って追い払おうとしたらしいんですが、持ってたそうです」

「持ってた？」

「現ナマです。耳揃えて一千万」

忍山の報告に、再び捜査本部がざわめく。カタギにしか見えない若い女が、現金一千万を持って闇の名簿を買いに来る。想像するだけで異様な光景だった。

「先ほど報告があった被害者は全員、この女が購入した名簿に名前が載っています。組対課は、この女が今回の連続詐欺事件の重要参考人と見て捜査を進めています」

「その女が買った名簿は？」

「手元の資料にまとめています」

自宅のリフォーム相談者、高級老人ホームの資料請求者、健康食品購入者に、高額納税者名簿。手元の資料には、明らかに特定の層――裕福な高齢者を集めた名簿が並んでいた。

「とにかく何から何まで妙だったんで、仁村もその客のことだけはよく覚えていて、詳しく話してくれました。えらい美人だったそうです」

報告を聞きながら、椥沢課長が整った眉を吊り上げる。剣呑《けんのん》な間があった後、椥沢課長は口を開いた。

「納税者名簿、またあったんですか」

「ええ。今回もありました」

「……ここまでくると、いるんでしょうね。中で売ってる馬鹿が」

椥沢課長が呆《あき》れたように言う。最近では、特殊詐欺関係者を検挙した際に、「納税者」の名簿が出てくるケースが一定数あった。自治体からの漏洩《ろうえい》、それも、意図的な「販売」が存在する。

これは梛沢課長だけでなく、詐欺に関わる刑事数人が口にしている見解だった。

篠塚管理官は静かに頷くと、捜査員全員に呼びかけた。

「仁村が逮捕された後も、掛け子はこの名簿を使っている形跡がある。名簿に載っている対象に手分けして聞き込みかけるぞ。担当割ってくまなくあたれ」


玉川警察署の玄関を出てまもなく、桑原は待ちきれない様子で綿貫に声をかけてきた。

「くるみちゃん、かっこよかったっすね」

「梛沢課長な。聞かれてどうなっても知らねえぞ」

「あ、すんません」

すぐに非を認める素直さはあるが、言葉が軽すぎる。それが桑原の難点だった。周囲に誰もいないことを確認して、警察車両に乗り込む。桑原が助手席のシートベルトを締めたところで、再び口を開いた。

「名簿買ってた女の人って、やっぱりオレオレですかね？」

「だろうな」

金持ちの高齢者ばかりが載った名簿の購入に、現金による支払い。忍山が話した女の行動は、特殊詐欺に関わる人間の特徴を示していた。

「でも、オレオレって女の人もやるんですか？」

「やれないと思ってんなら、差別だろ」

「あっ……男女平等の世の中ですもんね」

桑原はそうつぶやいて。勝手に納得する。

調査によれば、最近の特殊詐欺では女性の掛け子が着実に増加しており、高齢者が騙される比率は、掛け子が女性である場合の方が圧倒的に高いことが分かっていた。桑原の反応を見ていれば、その理由は理解できる。相手が「そんなはずはない」と思う属性であればあるほど、詐欺の成功率は上がる。

「……すみません、綿貫さん。もう一個だけ聞いていいですか？」

桑原は、いつになく真面目な顔でこちらに向き直った。

「なんだ」

「藤村さんって、誰ですか？」

斉木との会話を、こいつは聞いていたらしい。綿貫は小さく溜息をつくと、フロントガラスのずっと先を見つめながら答えた。

「お前が来る前、俺が組んでた元相棒だ」

桑原は驚かなかった。それから間を置かず、次の質問をぶつけてくる。

「その相棒さんは、どうして――」

「詐欺で捕まった」

「え？」

桑原の視線を無視して、サイドブレーキを下ろす。今はこれ以上、説明する気はなかった。

「桑原、お前は捕まるなよ」

返事を待たず、警察車両を発進させる。桑原は、忍山から受け取った名簿を、しばらく黙って見つめていた。

『さて、ここからは実践編です。マニュアルの一ページをご覧ください』

道化の看守に従って、全員が各々のタブレットに触れる。PDFで作成された資料の冒頭には、ポップな字体で「これでバッチリ！　特殊詐欺マニュアル」と書かれていた。

『はじめに、我々の勤務体系をご説明しましょう。掛け子業務は、八時始業、十七時終業が基本となっております』

「え、ホワイトじゃん」

道化の説明に、カンナが素朴な感想を漏らす。隣の綾子は、ただただ目を見張っていた。

「あのさ……こんなのんびりやっててていいのか？」

続くアスマの指摘には、数人が頷いていた。道化の看守は、「この部屋からは一億稼ぐまで出られない」と話していた。悠長《ゆうちょう》に働いていては、いつまで経っても出られないはずだ。

『この業務時間には、合理的な理由がございます』

道化は人差し指を立てると、落ち着いた声で説明を続けた。

『OSは、銀行との関わりが大変深いビジネスです。ですから我々は、極力、銀行の開店時間に合わせて行動します。特に、大きな金額を動かすシナリオは、午前中が勝負とお考えください。

午前中にターゲットとのアポを取り付けなければ、銀行からの出金が間に合いません』

「でもさ、前の日に電話して、次の日銀行開いたら引き出させればいいんじゃねえの？」

アスマの質問に、道化はゆっくり首を振った。

『日をまたぐと、ＯＳの成功率は格段に下がります。イツキさん、理由は分かりますか？』

「……夜の間に、本物の息子とか、家族に連絡されてバレるんです」

『仰る通りです。流石《さすが》は経験者ですね』

驚くアスマを尻目に、道化は満足そうに頷く。イツキは表情を変えなかった。

『この「家族リスク」を避けるために、皆様がＯＳを仕掛ける際は、当日での決着を強く意識していただきます。十五時以降は、極力ターゲットの様子を探るだけにとどめます』

道化のいやに具体的な説明を受け、アスマは渋々引き下がる。入れ替わるようにして、今度はイツキが道化に尋ねた。

「ここだと、マトの情報はどうやって拾うんですか」

数人が怪訝《けげん》そうな顔をしているのに気づき、イツキは補足した。

「前のところだと、現場でリサーチしてたんです。保険会社とか、配達員のふりして自宅に近づいて、車とか、家のグレードでマトにランク付けして」

説明する間、イツキの目は僕と綾子を捉えていた。どうやらイツキは、ここに来る前にも相当深く詐欺の仕事に関わっていたらしい。

『足を使う姿勢も大変ご立派ですが、我々は、この部屋から一歩も出ずにターゲットの状況を確認する方法を確立しました。それが、アンケート作戦です』

「アンケート作戦？」

鸚鵡返しに尋ねるアスマに、道化は明るい声で説明を始めた。

『例えば、テレビ局のディレクターを名乗る方法がございます。その際、担当番組として、高齢者に人気のある番組名を出した後、「ご覧になったことはありますか？」と尋ねます。ここでは、イエス・ノーは問題ではありません。これは、自分たちが高齢者の味方であると示すための儀式です』

道化がそう言うと、ディスプレイに人気番組のタイトルロゴがいくつか現れる。その中には、先ほど道化が口調を真似《まね》ていたジャーナリストの番組もあった。

『それから、「特番を検討してるのですが、アンケート調査に協力してもらえませんか？」と切り出します。その後は「数年前、老後二千万円問題が大きな話題になりましたが、備えはできていますか？」「タンス預金は三百万円以上ありますか？」等、次々にイエス・ノーで答えられる質問を繰り出した後、仕上げに、「特番は夜八時に放送予定です。ご覧になる場合、お一人で観《み》られますか？　ご家族とご覧になりますか？」とお尋ねするのです』

道化が愉快そうに語るアンケートの内容を聞きながら、背筋が寒くなる。質問に答え終わった頃には、ターゲットの高齢者は、自分の資産状況、独居か否かまで、詐欺師へ明かすことになる。これだけ流暢《りゅうちょう》に語るところから判断すると、この作戦は、もう何度も実行されているように見えた。

『テレビは、現代の高齢者に最も観られているメディアです。彼らからの信頼を得るためには、使わない手はございません』

「なるほど」

道化の回答に、イツキは感心したように頷く。道化は意味ありげに頷き返すと、右手を掲げ、腕時計を確認するような素振りを見せた。

『さて、只今の時刻は午後二時。タイムリミットまでは、あと三時間ございます。ここからは、ＯＪＴの時間といたしましょう』

「おーじぇーてぃーって？」

『オンザ・ジョブ・トレーニング。実際に仕事しながら職業訓練をする手法です』

「へぇー。頭良さそう」

感心するカンナと対照的に、隣の綾子はひどく心配そうな顔をしている。その理由は分かる気がした。僕の知る限り、ＯＪＴという単語は、あらゆる人手不足の職場で「研修もそこそこで現場に人を放り込む」という意味で使われている。

「でも、この部屋の仕事って……」

『勿論《もちろん》、ＯＳです』

道化は人差し指を立てると、全員に明るく告げる。

『ご安心ください。これから皆様に取り組んでいただくのは、銀行を舞台とするような難易度の高いシナリオではありません。タンス預金をターゲットとした、初心者向けのシナリオでございます。詳しい内容は、マニュアルの三ページをご覧ください』

マニュアルを開くと、冒頭には勢いのある筆文字でシナリオのタイトルが書かれていた。

「不倫問題、解決作戦……」

「やば、面白そうなんだけど」

いち早くマニュアルを開いたカンナが、不謹慎な感想を漏らす。

マニュアルには絵や図が多用され、詐欺を実行する手順が丁寧に記載されていた。人物を示すアイコンには「息子役」「弁護士役」「不倫被害者役」などの文字が並んでいる。

「おい……最後に、ヤバいの入ってるぞ」

アスマに言われて、マニュアルの最終頁《ページ》を急いで開く。

そこには、百人以上の名前が載った名簿が用意されていた。名簿内には、名前、住所、電話番号、生年月日、家族構成までが記載されている。右端に追加された「タンス預金」の欄には、例の「アンケート作戦」で聞き出したらしい生々しい数字が、手書きで追記されていた。

『今回はシナリオに合わせて、手元に現金を持っている方々の名簿をご用意いたしました』

道化は気の利くメイドのような口調で補足する。明らかに違法な名簿に数人が声を失う中、ディスプレイが切り替わる。画面には、マニュアルにあった図の一つが、大写しとなっていた。

『さて。このシナリオには、役割分担が必要です。皆様、ご希望の役職をお選びください』

## 第三幕　詐欺 -OS- 第六場

「変な電話？　特にはないと思うけど」

　多摩川を南に望む住宅地――いわゆる二子玉川《ふたこたまがわ》エリアを皮切りに、綿貫と桑原は、「名簿」に名前のあった高齢者の聞き込みを始めていた。綿貫の前方では、部屋着の上にコートを羽織った家主の神崎稔《かんざきみのる》が、二階建ての立派な邸宅を背に桑原の聞き込みを受けている。

「電話じゃなくてもいいです、最近、ちょっとでも変だなと思うこと、ありませんでした？」

「いやあ、それも特にはないと思うなぁ……あっ」

「どうかしました？」

「あったよ。変なこと」

「ほんとですか！」

「ああ。おたくらが、急にうちへ来たことだね」

　神崎老人は、今日一番のしたり顔で二人に言った。桑原はその回答に、なんとか笑顔を取り繕《つくろ》う。彼からすれば新鮮で気の利いたことを言ったつもりかもしれないが、この手のボケをかまされるのは今日だけで三度目だった。桑原は苦しげな笑顔のまま、神崎老人へ聞き込みを続けた。

「すみません、今日のことは抜きにしてですね……」

「でも、いきなり家に訪ねてきてどうこうってのも、今時あんまりないんじゃないの？」

「まあ、それはそうなんですけれども」

痛いところを突かれ、桑原はますます苦々しい表情を浮かべる。神崎老人はなおも続けた。

「最近は、詐欺の人たちも警察のふりをするって言うでしょ？　おたくら、本当に警察なの？」

「それはもちろん――」

「失礼します。彼の上司の綿貫と申します」

旗色の悪さを察し、綿貫は警察手帳を取り出して桑原に並ぶ。助かったという表情の桑原と対照的に、神崎老人は疑いのまなざしをこちらへ向けていた。綿貫はその視線を正面から受け止めると、視線を逸らさず話し始める。

「参考までにお伝えしますと、捜査の場合、刑事は基本二人一組で行動します。捜査と言いながら一人であったり、スーツの似合っていない輩《やから》がいたら、ぜひ疑ってかかってください」

綿貫は神崎老人へ力を込めて言う。「スーツが似合っていない」という特徴は、闇バイトで雇われた受け子を見分ける上で重要な要素の一つだった。

「詐欺の受け子は、指示役から着る服を自分で調達するように命令されています。普段スーツも着ないような輩が当日無理に揃えるので、どこかちぐはぐな格好になるんです」

「へえ、そうなの」

神崎老人は、やや感心したように相槌《あいづち》を打つ。伝えた内容は、あくまで綿貫自身が見てきた受け子の傾向でしかなかったが、こちらを疑ってかかる相手には、ある程度は断定的な口調で話す必要があった。綿貫は失地回復を目指して続ける。

「それと……最近は、警察手帳が電子化したなどと言ってスマートフォンで手帳の画像を出してくる輩もいますが、こういった連中も詐欺師です。ぜひお気を付けください」

神崎老人は顎《あご》に手を当て、ほう、とつぶやいた後、じろりと綿貫を見る。その目には、公務員の若造に一泡吹かせてやろうという意地悪な光が宿っていた。

「でもなぁ、最近は保険証でも何でも、義務化だ電子化だとか言って変えようとしてくるだろ？おたくの警察手帳は電子化しないの？」

綿貫は神崎老人の視線を受け止めた後、一切目を逸らさぬまま告げた。

「ええ。一生しないと思います」


「綿貫さん、さっきはありがとうございました」

パトカーで次の住所へ向かう道すがら、桑原がこちらに頭を下げてくる。綿貫は前方に視線を向けたまま、軽く頷いた。

「気をつけろよ。今は高齢者って言っても、優しいじいちゃんばかりじゃねえからな」

「それはほんとにそうですね」

桑原の率直《そっちょく》な感想に、思わず苦笑する。最近の高齢者には、学生運動真《ま》っ只中《ただなか》に青春を過ごした全共闘《ぜんきょうとう》世代も含まれており、その中には、綿貫たちのような公僕《こうぼく》をよく思わない人々もいる。そうした相手と渡り合うには、ある程度のことでは動じない姿勢が必要だった。

「でも、警察手帳ってなんで電子化しないんですか？」

頼もしいのか何なのか、桑原はさっそく別の話に頭を切り替えていた。

「する必要がないからだろ」

綿貫はハンドルを人差し指で叩《たた》きながら、短く答える。

警察手帳の主な役割は、一般人にこちらを警察だと分からせることだ。専用のコードを使って電子化したとして、見せられた側に読み取る装置がなければ、ただの画像と変わらない。それでは電子化しても犯罪者側が偽造しやすくなるだけで、警察側にメリットがなかった。

「スマホに入ってたら便利ですけどね。私服捜査だと、忘れちゃいそうなときあるし」

「忘れんな」

「すんません」

桑原は素直に謝った後、ややあって無邪気な声で尋ねてくる。

「でも、急にやる気出しちゃったデジタル大臣とかが、『警察手帳電子化義務付け』とか、ぶちあげちゃったらどうしますか？」

「……そんときは、うちと神奈川県警の気持ちが、初めて一つになるだろうな」

公務員組織の中にあっても、警察が持つ保守的、封建的《ほうけんてき》な空気は、他の組織とは度合いが違っていた。よほどの不祥事でもないかぎり、警察手帳の電子化は実現しない。そんなことをぶちあげた政治家は、必ずスキャンダルが湧《わ》いてきて消える。それが綿貫の見方だった。

木彫の表札に「高橋《たかはし》」の文字があるのを見つけ、綿貫はパトカーを路地の脇に寄せた。

「着いたぞ」

「……お金持ってそうっすね」

目の前の住宅を眺めながら、桑原が素朴な感想を漏らす。地方で見ればなんてことのない木造二階建ての注文住宅だが、東京二十三区内に建っていることを加味すれば、桑原の感想は妥当と言えた。

「桑原」

助手席から出ていこうとする桑原を、綿貫は短く呼び止めた。

桑原は無言で聞く姿勢を取る。どこか抜けているが勘は良い。それが桑原の長所だった。

「少し聞き方変えるぞ」

「聞き方、ですか」

綿貫は短く頷き、現状認識を伝える。

「今日の聞き込みの感触からすると……この名簿は使われてねえか、うまく使われてるかのどっちかだ」

「うまく使われてるっていうと？」

悪気なく尋ね返してくる桑原に、綿貫は自身の仮説を告げる。

「探りはもう入れられてるが、その探りを、高齢者が変だと思ってないって線だ」

「……たしかに、『変な連絡なかったですか』って聞いても、全然手ごたえないですもんね」

少し間を置いて、桑原が納得いったように言う。綿貫は頷くと、すぐに対策を告げた。

「変な連絡の方が不発だったら、珍しい連絡も聞いとけ。要は、普段は連絡が来ない相手からの連絡だな」

「普段は連絡が来ない相手からの連絡……」

「ああ。これなら、高齢者側が変だと思ってない連絡にも網を張れる」

桑原は、こちらの言葉に頷きながらメモをする。捜査中、桑原がそのメモを見ている様子は皆無だったが、おそらく、教場での教官からの言いつけを忠実に守っているのだろう。

「この家から試すぞ。手ごたえあったら――」

「こっちから仕掛ける、ですね」

桑原はこちらを遮って言う。綿貫は口の端を歪めて笑った。

「警察？　あらほんと。このへんで事件でもあったの？」

「リフォーム相談者」名簿に名前が載っていた家主の高橋郁夫《いくお》に代わって、玄関先で応対に出たのは妻の喜代子《きよこ》だった。その風貌と口調から、綿貫は、リフォームを希望しているのはこの妻の方だろうと推察する。喜代子はダークオレンジのセーターにベージュのコットンパンツを穿《は》いていた。夫の郁夫は名簿によれば七十六歳で、妻も同い年とあったが、そのファッションは十歳近く若い印象を与えている。

「事件ではないんですけど……ちょっと、お聞きしたいことがありまして」

桑原は愛想笑いを浮かべ、申し訳なさそうに話を切り出す。明らかに自信家と思われる喜代子に対しては、その態度は適切に見えた。

「最近、都内でオレオレ詐欺の被害が増えていまして、聞き込みをさせてもらってるんです」

「あぁ……最近またよく聞くようになったわよねぇ」

「ええ。それで、ここ半年くらいでいいんですけど、高橋さんのお宅に、不審なご連絡やご訪問はありませんでしたか？」

「不審ねえ。営業のお電話はよくありますけど、そんなに変なのはなかったと思いますよ」

桑原は頷きながら、こちらに視線を送ってくる。綿貫が頷くと、さらに質問を重ねた。

「珍しい連絡、とかはどうですかね？　嬉《うれ》しい連絡でもいいです、普段かかってこない方からの連絡、なかったですか？」

「珍しい連絡……あぁ、それなら」

「何かありました?」

「ええ。この前ね、テレビの人から連絡があったのよ。知ってる? あの番組」

喜代子は少し誇らしそうに某人気番組のタイトルを口にする。

「いや、知らないです——」

「人気ですよね。月曜九時の」

正直に答える桑原を遮って、綿貫が口を開く。一瞬顔を曇らせた喜代子は、綿貫の返答を聞いて大きく頷いた。

「そう、私あの番組が好きでねぇ。なんでもわかりやすく教えてくれるでしょ?」

「ええ、勉強になりますよね」

喜代子に調子を合わせながら、頭を働かせる。人気番組のスタッフが、突然、一般家庭の固定電話に連絡することがあるだろうか。それも、ちょうど「名簿」に載った家庭に。

「ちなみに、そのテレビの方の連絡というのは、どういった内容でしたか?」

「でも、これ言っていいのかしら……」

「捜査のためです。誰にも口外はしませんので」

不安がる喜代子に、綿貫は約束する。喜代子は「じゃあ、いいかしら」と小さくつぶやくと、自分が「テレビの人」から受けた連絡を自慢げに語り出した。

「若い女の人で、自分はADだって言ってたんだけど……今度、普段やってる番組とは別に、二時間とかで特番をやることになったらしいのね。それで、その特番の内容の参考にするからお話を聞かせてほしいって言うから、アンケートに答えたの」

「……そのアンケートは、どんな内容でしたか?」

この電話は、きな臭い。綿貫はそう感じ始めていた。こちらの警戒は伝わっていない様子で、喜代子は話を続ける。

「ほら、少し前に『老後二千万問題』ってあったでしょ？　あの話が今また盛り上がってるらしくて、『老後の資産』特集をやりたいらしいのよ。それで、ご参考までに備えはできてますかって。まあ、うちは少し余裕があるから、それを伝えさせてもらったんだけど」

喜代子夫人はあくまで控えめに、自らの資産状況を誇る。アンケートの内容を聞き、綿貫は確信を深めていた。

「ちなみに、そのご連絡があったのはいつですか？」

「そうねえ……二日くらい前かしら」

「その電話の後、特に変わった連絡はありませんでしたか。警察や、役所からの連絡は？」

「いえ、特にありませんけど……」

喜代子は、綿貫の質問に少し怪訝そうな顔をする。「アンケート」が資産状況を確認するための「探り」だとすれば、詐欺師はその後、行政機関や弁護士など、社会的な信用度の高い別の職業を装って電話してくる可能性が高かった。それがまだないとなると、可能性は二つ。ターゲットから外れたか、あるいは——

桑原と喜代子、二人からの視線を感じながら、綿貫は決断した。

「高橋さん、ご相談があります」

# 第三幕　詐欺 -OS- 第七場

「もしもし。曽根崎《そねざき》様のお電話でよろしいでしょうか？」

『そうですけど……』

「私、息子さんの会社で顧問弁護士をしております、アスカと申します。ただいまお時間よろしいでしょうか？」

縦に細長い、独特の形状をしたリビング。今そのソファには、どう見ても弁護士には見えない開襟シャツのアスマが腰掛け、詐欺の電話を掛けていた。その視線は、テーブルに置かれたタブレット端末に注がれている。対面にはカンナが、隣には僕が並んで座り、アスマとマニュアルを交互に見つめていた。

『息子というと……春男《はるお》のですか？』

電話の内容は、スピーカーで全員に伝わるようになっていた。不安げな声から察する限り、どうやら電話の相手は、曽根崎春男の母親のようだ。

「ええ、そうです。おたくの春男さんですが……実は、弊社取引先の女性の方と、トラブルを起こしてしまいまして」

『女性と、トラブル……』

「はい。ただいま春男くんに代わりますので、事情はご本人からお聞きください」

アスマはそこまで言うと、ガラケーの端末をバトンのように差し出す。僕は恐る恐る受け取ると、困り果てた表情を作って話し出した。

「お、お母さん？　俺、取引先の、女の人、妊娠させちゃって……」

『妊娠？』

春男の母の声には、疑いの色が強く滲んでいた。僕は胃の痛みを感じながら、マニュアル通りにシナリオを進める。

「うん、それで、示談のために五百万必要なんだけど……出してもらえないかな……」

『……ちょっと待って』

春男の母は有無を言わさぬ口調でそう言って、電話を保留音に切り替えた。無言の室内に、『メヌエット』のメロディが流れる。いつ母親が戻ってくるとも限らないので、保留音が鳴っている間も相談はできない。メロディが二周目に差し掛かろうかというところで、ふいに電話口から声が聞こえた。

『……弁護士の人に代わってくれる？』

「あ、うん」

春男の母親の声は、心なしか硬くなっていた。嫌な予感を覚えながら、携帯電話をアスマに戻す。アスマは神妙な顔を作り、携帯電話を耳に当てた。

「お電話代わりました、アスカです。示談金の件ですが――」

『お支払いはいたしません』

「え？」

途端に、アスマの端整な顔が崩れる。アスマが咄嗟《とっさ》に何も言い返せずにいると、春男の母は、硬い声で理由を話し始めた。

『今、念のため確かめましたけど……春男はやっぱり、部屋にいます』

「部屋、といいますと」

『うちの春男は三年前に退職して……今も、自室に引きこもっています』

「あっ……失礼しました」

そう言い終わるや否や、アスマが通話を切る。詐欺の電話にアフターサービスはない。ターゲットが騙せないと分かった時点で、会話は強制終了する。それがマニュアルで推奨されている行動だった。

「ハルオぉ……」

アスマはソファでうなだれ「息子」の名前を恨めしそうにつぶやく。「本物の息子」が家にいた場合、オレオレ詐欺のシナリオに勝ち目はなかった。カンナは名簿を確認しながら、整った眉をハの字に歪める。

「てかさ、ハルオヤバくない？　今年で四十じゃん」

「三年前に退職して、今も引きこもりって……大丈夫ですかね」

「……あのな。ハルオの将来心配すんのは、俺らの仕事じゃねえだろ」

「あ、すみません」

アスマに苛立《いらだ》った声で言われ、僕は平謝りする。

今、僕たちは道化から伝えられた「役職」に合わせてチームを組み、詐欺業務のＯＪＴを始めていた。お互いの声が電話先に聞こえてしまわないよう、もう片方のチームとは部屋を隔てている。僕の所属するAチームはリビングに陣取り、名簿の上から順に二十件以上の世帯に電話を掛け続けていたが、ターゲットを「刺す」──つまり騙すことは、一度もできていなかった。

「なんつうか……さっきから、息子やる気なさすぎじゃね？」

「わかる。ナニ楽しくて生きてんのって感じ」

アスマとカンナの不満を聞きながら、これまでの電話内容を反芻《はんすう》する。「不倫問題・解決詐欺」のシナリオを仕掛けようとした矢先、僕らのチームは予期せぬ問題にぶつかっていた。こちらがなりすます「息子」が、不倫どころではないのだ。会社で働いているところまではクリアできても、女性問題の部分で、八割が脱落する。電話先の家庭では三十歳を超えても彼女や配偶者がいない「息子」が多く、誰かを妊娠させてしまったというシナリオは、ほとんど信じてもらえずにいた。「女性と一度もお付き合いしたことのないうちの息子が、そんなことできる訳ないんです」と電話口の母親から深刻な声で言われると、たしかにそうですねとも言えず、こちらは閉口する他なかった。

「ねえ、弁護士と息子の役、逆にしたほうがよくない？」

「どうしてですか？」

急な提案を受け、僕は控えめに尋ねる。

カンナはピンクアッシュの爪をアスマに向けた。

「アスマの方が妊娠させてそうじゃん」

「お前……それはマジで偏見だぞ」

いきり立つアスマを無視して、カンナは僕の目をじっと見つめた。

「なんかアオイくんってぇ、見た目も草食系だし、女の子妊娠させてるクズ感が声から出てないんだよね」

「クズ感、出てないですかね……」

「うん、だめ。ちゃんとゴムつけてて、ロン毛のベースに女取られてそう」

「……何の話ですか？」

僕の問いかけも自然に無視して、カンナは軽く手を叩く。

「とりま変えてみよ。全然うまくいってないんだから、いろいろやってみた方がいいじゃん」

「それは……そうですね」

カンナの勢いに押されつつ、その提案には素直に納得する。僕の返答を聞いて、アスマも渋々頷いた。

「曽根崎まで終わったから……次は高橋ですね」

僕がそう言うと、アスマとカンナもタブレットに視線を戻す。「リフォーム相談者」名簿では、ここから数名、「高橋」姓が続いていた。

「なんか高橋多くね？　高橋ってみんな金持ちなのか」

「みんな金持ちかは知らないですけど……日本で三番目に多い苗字《みょうじ》らしいです」

「え、高橋？　佐藤《さとう》と鈴木《すずき》は？」

アスマの疑問に答えると、今度はカンナが尋ねてくる。先ほどまで「佐藤」と「鈴木」にばかり電話していたので、気になる気持ちはよく分かった。

「佐藤が一位で、鈴木が二位です」

「へえ〜。物知りでうけんね」

「いや、まあ、ネットで調べただけですけど……」

カンナの独特な相槌に、僕はまごつく。「業務」に慣れてきたこともあり、部屋の空気は当初よりずっと落ち着いていた。

「あれ？　イツキくん、どしたの？」

ふいに部屋にいないはずの名前が呼ばれ、僕は顔を上げる。カンナの視線の先に目をやると、リビングの入口に、タブレットを小脇に抱えたイツキが立っているのが見えた。

イツキは縁なし眼鏡を軽くあげると、こちらに尋ねてきた。

「名簿、どこまでいきました？」

「俺らは……次で『高橋郁夫』やるとこだけど」

「ああ、やっぱそのへんですよね」

イツキは落ち着いた表情で頷いた。

「もしかして、もう被りそうな感じ？」

イツキの反応を見たカンナが、やや不安げに尋ねる。イツキが属するチームBは、お互いの声が邪魔にならないよう、中央の研修室で詐欺の電話を掛けていた。イツキと僕たちは同じ「リフォーム希望者」名簿を使っていて、僕たちは上から、イツキたちは下から電話を掛けているため、いつかは電話先が被る危険性があった。

「うちが高橋良一《りょういち》まで来てたんで……そろそろ怪しいかなと思って」

「え、進むの早いね」

「高橋」と聞いて、僕たちチームAは素直に驚く。イツキは小さく首を振った。

「早いは早いですけど……まだ一人も刺せてないんで」

「そうなんだ。うちらもそうだよ」

カンナが答えると、イツキは頷く。イツキにとって、この状況は想定内のようだった。

「百人くらい連続で刺さらないのはザラなんで……ただ、そろそろほしいですね」

縁なし眼鏡の奥で、イツキの目がギラリと光る。カンナは「そだね」と軽く相槌を打つと、そのまま話を続けた。

「ね、そっちの綾子は大丈夫そ？」

「大丈夫っていうか……あの人、ちょっと、すごいですよ」

イツキから返ってきたのは、意外な反応だった。向こうの部屋では、綾子と英里香が詐欺の電話を掛けているはずだ。英里香が涼しい顔で他人を騙すことは身を以《もっ》て学んでいたが、綾子が詐欺を仕掛ける様子は、あまり想像できなかった。

「え、なになにすごいって」

「まあ、それはそのうち」

イツキはそこで言葉を切り、左手の腕時計に目を落とした。

「じゃあ、まだ被ってないみたいなんで……うちは『高橋恒雄《つねお》』やっときます」

イツキは僕とアスマの方にも目を向けると、名簿にあった名前を告げ、足早にリビングを去っていった。

「ほら、さっさとやらねえと追いつかれるぞ」

「じゃあ……高橋郁夫、やりましょうか」

気づくとイツキの口調がうつりはじめていた。まだ電話を掛ける様子のないアスマの方を見ると、アスマに見つめ返される。

「お前からだぞ」

「……あ、そうでした」

はじめに電話を掛けるのは、弁護士役の仕事だった。新しい役割に慣れないまま、名簿から「高橋郁夫」の名前を探す。

郁夫の名前は、名簿のちょうど中央あたりにあった。「家族」の欄には「妻・喜代子　息子ヨシオ（既婚）」の文字が、「タンス預金」の欄には、手書きで「約六百万」の数字が書かれている。僕は名簿に記載された電話番号を打ちこむと、タブレットの画面を「マニュアル」へと切り替える。何十回も隣でアスマが電話を掛けるのを聞いていたため、内容は大方頭に入っていた。

「じゃあ……高橋郁夫、かけます」

改めてそう宣言すると、アスマとカンナが無言で頷く。僕は、かすかに震える指でボタンを押し込むと、携帯電話を右耳に当てた。無機質なコール音が室内に響く。留守かと思いかけたところで、ふいにコール音が途切れた。

『……もしもし』

「もしもし。高橋郁夫様のお電話でよろしいでしょうか？」

『郁夫は、うちの旦那《だんな》ですけど……どちらさまですか？』

高圧的な女性の声に、わずかに怯《ひる》む。どうやら、妻の喜代子の方が電話に出たらしい。僕はマニュアルに目を落とすと、息を吸って話し始めた。

「私、高橋ヨシオ様のお勤めの会社で顧問弁護士をしております、アオキと申します。ただいまお時間よろしいでしょうか？」

『……弁護士さん、ですか』

喜代子夫人は、露骨《ろこつ》に訝《いぶか》しむような様子で尋ねてくる。僕は再び不安を覚えつつ、マニュアルを先に進めた。

「はい。弁護士のアオキと申します。息子さんですが……実は、取引先の女性社員と、トラブルを起こしてしまいまして」

『トラブル？　うちの喜夫《よしお》がですか？』

喜代子夫人は、先ほどより一オクターブ高い声で尋ね返してきた。その声には威圧するような響きがあり、僕は早くも苦手意識を抱き始めていた。

「はい……ただいまヨシオさんに代わりますので、事情はご本人からお聞きください」

僕はそこまで言うと、ガラケーの端末を急いでアスマへと渡す。アスマは笑顔で頷いた後、急に暗い表情を作って話し始めた。

「母さん？　俺だけど……」

『喜夫？　弁護士の先生がトラブルとか何とか言ってたけど……あんた何やったの？』

喜代子夫人は、アスマがまだ何も言わないうちから興奮していた。アスマは僕の方をちらりと見ると、暗い声で話を続ける。

「あのさ……俺、取引先の女の子、妊娠させちゃって……」

『――妊娠？』

喜代子夫人の反応は劇的だった。息を呑むような間があった後、喜代子夫人は、これまでよりぐっと低い声で尋ねてきた。

『……相手の子は？　向こうに旦那はいるの？』

「いない。向こうは独身」

アスマは、とっさにそう断言した。マニュアルには、相手が結婚しているかどうかまでの記載はない。状況に応じてもっともらしい答えで応じるのがセオリーだった。僕は心臓が早鐘《はやがね》を打つのを感じながら、喜代子夫人の反応を待つ。

『向こうは独身って……じゃああんた、その子と結婚したらいいんじゃないの』

「……えっ？　だって、俺、結婚──」

名簿に記された「既婚」の文字をなぞりながら、アスマは慌てて答える。アスマが言い終わらないうちに、夫人はさらに畳みかけた。

『あんたしょっちゅう離婚したいって言ってたでしょ？　その人妊娠させちゃったなら、友理奈《ゆりな》さんとはこの際離婚して、ちゃんと責任取って、その人と一緒になったらいいんじゃないの？』

「いや、それは……」

『いやって、何が？』

会話は、思わぬ方向に展開していた。視線を前に向けると、カンナが唇を「あ・そ・び」という形に動かしている。アスマは頷くと、頭を掻《か》きながら答えた。

「その子とは、正直、遊びだったから……結婚とかはマジでないんだよ」

『……遊び？』

「ああ、だから離婚とかは考えてなくて……」

『だったら、妊娠なんてさせちゃ駄目でしょ！』

突然、喜代子夫人の怒りが炸裂《さくれつ》した。アスマはとっさに、携帯電話から耳を離す。全く気持ちが収まらない様子で、喜代子夫人はなおも続けた。

『あんたはね、昔から何でも軽く考えすぎなのよ！　今だってね、あんたは遊びとか簡単に言ったけど、向こうは本気だったからそういうことになってるんじゃないの？　相手の女の人の気持ち、あんたほんとに考えたことあるの！』

「…………悪い、母さん」

『私に謝んなくたっていいの！　謝るなら、相手の女の人に謝んなさい！』

「わかった……ちゃんと、謝るから……」

喜代子夫人の勢いに、僕たちはひたすら圧倒されていた。アスマが宥《なだ》めるように言うと、夫人は大きな溜息をつき、室内に静寂が訪れる。僕らは互いに顔を見合わせ、怯えながら夫人の出方を窺った。

『まったく、誰に似たんだか……』

「……ごめん」

『それで？　母さんはどうしたらいいの？』

「あ、えっと……あとは、弁護士の人から聞いて」

そう言って、アスマはガラケーをすぐさま僕に差し出した。僕は声を上げそうになるのをこらえながら、目だけでアスマに抗議をする。アスマが空いた手で謝罪のポーズを取るのを見つつ、僕はガラケーを受け取り、画面の先を耳に当てた。

「お電話代わりました、弁護士のアオキです。今後についてですが…………」

『いくらお出しすればいいですか』

「あっ、はい？」

『いくらお出しすれば……示談に応じていただけますか』

喜代子夫人は、こちらが言い出す前に金銭交渉を始めていた。どんな息子でも、親はなんとかしてやりたいと思うらしい。僕はマニュアルに目を落としながら、この場で最も適切と思われる言葉を選んだ。

「示談、でございますね。相手方の女性からも、できれば、穏便《おんびん》に済ませたいとのご要望をいただいております。つきましては――」

話しながら、僕はアスマとカンナの方を見る。アスマは右手を広げ「五」の数字を、カンナはネイルをした人差し指を開いた掌に何度も重ね、「六」の数字を示していた。

「……六百万で、示談に応じられるとお話いただいているのですが、いかがでしょうか？」

『わかりました。お渡しの、方法は？』

先ほどまでの怒りが嘘のように、喜代子夫人は冷静に交渉を進めていた。僕は再び使えるようになったマニュアルを目で追いながら、シナリオを進める。

「お渡しの方法ですが……お相手の女性の方が、記録に残らない形での解決をご希望されておりまして……可能であれば、こちらが指定した場所へ、現金をお持ちいただく形でお願いしたいのですが、よろしいでしょうか？」

『現金、ですか？』

「はい。銀行に多額のお振込みがありますと、不審に思われることもありますので」

マニュアル通りにもっともらしい嘘を告げる。少しの間を置いて、再び夫人の声が聞こえた。

『……わかりました。私は、いつ、どちらに行けばいいですか』

夫人の声には、覚悟を決めたような毅然《きぜん》とした響きが感じられた。僕は、チームごとに割り当てられていた「集金場所」のページに目を落とす。

「それでは……二子玉川駅の西口に、本日十八時にお願いしてもよろしいでしょうか？」

『二子玉川駅の西口に、今日の、夜六時、ですね？　……着いたら、どちらにお電話したら良いですか？』

夫人からの問いかけで、一瞬息が止まる。ＯＳの電話では、こちらの情報が辿られないよう、ターゲットには非通知で電話を掛け、電話番号を明かさないことが徹底されていた。だが、待ち合わせの約束まで至った今、弁護士が連絡先を伝えないのは、かえって怪しまれる気もする。僕が答えあぐねていると、向かいのカンナが文字の書かれたタブレットを掲げた。

『こっちからかけるから、キヨコの教えて』

「……こちらの事務所から手の空いたものを向かわせますので、いったん、お母様の携帯番号をお教えいただいてもよろしいでしょうか？　詳しい受け渡し方法については……そちらのお電話に、追ってお伝えしますので」

カンナがホワイトボードアプリに手書きした助言に従って、なんとか理由をでっちあげる。電話口からは、これまでで最も長い沈黙が流れていた。

『――わかりました。それじゃあ、これからお伝えしますね。電話番号は、０Ｘ０……』

「確認させてください。お母様の電話番号は、０Ｘ０……でよろしいでしょうか？」

『……はい。間違いありません』

「ありがとうございます。それでは、お時間近くになりましたら、こちらからお電話差し上げますね。ご足労いただき恐れ入りますが、何卒《なにとぞ》よろしくお願い致します」

僕は携帯電話を耳から離すと、電源ボタンを押し込む。スピーカーの音が切れると同時に、室内には拍手と歓声が響いた。

「やったな、おい」

「アオイくんすご！　ガチで弁護士みたいだった！」

アスマは僕の肩を抱くと、ねぎらうように数度叩く。カンナは、目を輝かせて頷いていた。

「アスマもよかったよ、さすがクズ！」

カンナはアスマの方に向き直ると、笑顔で言う。「そんな褒め方あるか？」とつぶやく声は不満げだったが、その表情は明るかった。

「でも……カンナさんの言う通り、役割変えて良かったですね。交換したおかげで、うまくいった気がします」

「でしょ？　アスマのクズ感えぐかったもんね。『正直、遊びだったから……』とか、あの場でスッって出てくんのヤバすぎだよね」

「あれはお前が――」

アスマが弁解しようと口を開きかけたところで、突然、リビングに館内放送のようなチャイムが流れる。顔を上げると、ディスプレイに道化の看守が再び現れるのが見えた。

『おめでとうございます。当ハウスでも、ターゲットを「刺す」ことに成功したチームが現れました』

道化は白い手袋をした両手で、慇懃に拍手を送る。その姿を見て、僕の胸には、かえって不安が広がっていた。僕たちは、一つの目標を達成した。だがこの目標は、本当に、達成して良いものだったのか。僕の葛藤を嘲笑うかのように、道化の看守は、仮面の笑みをこちらへ向けた。

『これよりゲームは次の段階へ移行します。ＵＤアプリを開き、受け子を派遣してください』

# 第三幕　詐欺 -OS- 第八場

夕暮れの二子玉川駅は、学校帰りの若者と勤め人らしき中高年で適度な賑わいを見せていた。改札から吐き出された人波がそれぞれの目的地へ向かう中、柱の陰でじっと動かない人影が一つある。グレーのモヘアニットに、黒の長いプリーツスカート。高橋喜代子は、後期高齢者とは思えない出で立《いた》ちで二子玉川駅の西口に姿を現していた。傍らには黒いショルダーバッグ。遠目から見る分には何の変哲もないナイロンバッグだが、バッグの上部には「PRADA」と記された逆三角形のエンブレムが鈍《にぶ》い銀色に輝いている。

『……プラダのバッグ、危なくないですか？』

捜査本部より支給されたPチャンイヤホンから、聞き慣れた声が聞こえる。それとなく振り返ると、五十メートルほど離れた吹き抜け通路に、紺色のジャケットを身に着けた桑原が立っているのが見えた。綿貫は小さく溜息をつくと、肩越しに階下の喜代子夫人を見つめる。

「しょうがねえだろ。本人があれで行くって聞かねえんだから」

綿貫は低い声でそうつぶやくと、先刻の高橋邸でのやり取りを思い出していた。

「……これで、よかったですか？」

固定電話の前に立つ喜代子夫人は、こちらを振り返ると、不安げな表情で尋ねてきた。録音された「弁護士」と「息子」からの電話を聞き終え、綿貫は短く頷いた。

「ええ、大丈夫です」

綿貫の返事を聞いて、喜代子夫人は顔を綻《ほころ》ばせた。

「ああドキドキした……これが『騙されたふり作戦』ね」

喜代子夫人は、右手で胸を押さえながら声を弾《はず》ませる。綿貫は、ねぎらうように一度頷いた。

「騙されたふり作戦」は、数年前から全国で展開されている「対振り込め詐欺」の捜査手段だった。犯人から掛かってきた電話に「騙されたふり」をすることによって、詐欺グループ側から、犯人逮捕につながる情報を引き出す。詐欺師という歴《れっき》とした犯罪者を相手に演技するため、作戦に協力してもらう高齢者には一定の演技力と度胸が要る。綿貫は、気が強そうな喜代子夫人であれば作戦の実行者にふさわしいと考え、初めの訪問時に作戦への協力を依頼していたのだった。

「……私、余計なことを言っちゃったかしら？」

「いえ。犯人との約束も無事取り付けましたし、素晴らしい演技でした」

綿貫は夫人の方を向き直ると、真顔で言う。女性を妊娠させた「偽の息子」相手に説教を始めたときはどうなることかと思ったが、今日中に会う約束まで取り付けられたのは大きな収穫だった。喜代子夫人はこちらの言葉に何度も頷きながら、さらに話を続ける。

「素直に騙されようと思ったんですけどね……相手の女の人のことを思ったら、私、許せなくなっちゃって」

詐欺の電話である以上、「相手の女の人」は存在しないはずだが、今はそれを言っても仕方ない。綿貫が黙って頷くと、喜代子夫人の独白はなおも続いた。

「別に、お金に汚いわけじゃないのよね。気持ちって残らないものだから、何か残さなきゃって思ったら、お金を取るしかないのよ。だから……六百万って言われたときは、私、『払ってあげなきゃ』って思ったの。だって相手の人には、それしか残らないわけでしょ？」

「そうですね」

こういうときに取れる対応は傾聴以外にない。喜代子夫人が存在しない息子の不倫相手に思いを馳《は》せるのをじっくり待った後、綿貫は言葉を発した。

「念のためですが……現場には、お宅にある現金をお持ちいただく必要はありません」

「あら、そうなんですか？」

「ええ。市民のみなさんの財産を危険に晒すわけにはいきませんから」

頃合いを見計らって、背後に控えていた桑原が、署から持参したオーバーサイズのキルトバッグを取り出す。ジッパーを開けると、中からは六百万円分の札束が現れた。札束は古い新聞紙で作られたものだったが、一目で偽物とバレてしまわないよう、はじめの数枚は本物の一万円札を仕込んである。「すごい、ドラマみたいだわ」とつぶやく喜代子夫人に一抹《いちまつ》の不安を覚えながら、綿貫は今後の作戦を伝えた。

「奥様には、こちらの鞄を持って、指定の時間に二子玉川駅の西口へ向かっていただきます」

「……二子玉川駅ね」

これまで浮かれているように見えた喜代子夫人は、その地名を聞くと、眉間《みけん》に皺《しわ》を寄せた。

「何か心配ですか？」

桑原が声をかけると、喜代子夫人は桑原とバッグを順に見つめた。

「あそこ、このあたりだとなかなか大きい駅でしょ？　こんなズドンとしたバッグ持ってたら、ちょっと怪しまれるんじゃないかしら？」

「……そうですかね？」

「ええ、そうよ。いい年した女の人で、こんなバッグ持って歩いてる人なんていないもの」

「こんなバッグ」と言われ、綿貫は思わず閉口する。普段から制服かスーツでばかり過ごす男性警察官にとって、ファッションは鬼門の一つだった。

「ちょっと待ってて。押し入れにちょうどいいバッグがあったと思うから」

こちらが制止する間もなく、喜代子夫人は奥の部屋へと消えていく。綿貫と桑原は、その後ろ姿を茫然と見送った。

「……どうします？」

「桑原。先に私服着替えて、現場行ってろ」

協力者の機嫌を損ねて、作戦が破綻《はたん》しては元も子もない。綿貫は瞬時に判断を下した。

「わかりました。綿貫さんたちは――」

「諸々《もろもろ》済ませて、後で行く」


高橋邸でのやりとりから一時間後。綿貫は、二子玉川駅に直結する大型ショッピングモール「二子玉川ライズ」の二階吹き抜け通路に立っていた。五十メートル先の桑原は、こちらと目を合わせぬまま、手すりに軽く背をもたれている。

『服も、結局着替えたんですね』

「ああ。勝負服らしい」

桑原が現場へ向かった後、喜代子夫人は「これは部屋着だから」と言い、服を着替えていた。

『元気だなぁ……』

「お前も少しは見習え。マネキンみたいな格好だぞ」

グレーのジャケットに、ベージュのチノパン。向かいの通路にいる桑原は、ショッピングモールのマネキンがそのまま店を抜け出してきたような格好をしている。

『でも、あの奥さんになんか言われんの怖いじゃないですか』

桑原は弱気な声で言う。バッグのセンスを駄目出しされたのがよほど堪《こた》えたらしい。

「まあ、訳わかんねえ格好されるよりはいいが」

言いながら、綿貫は左手に着けたSEIKOの腕時計に目をやる。時刻は十七時四十五分。約束の時間までは、残り十五分となっていた。

『……E1配置につきました。異常ありません』

『W2配置つきました。同じく以上ありません』

玉川警察署生活安全課の吉田《よしだ》と岡本《おかもと》が無線で連絡を寄越《よこ》す。吉田はオフィスカジュアルの服装で東口方向に、岡本は、黒の革ジャンにジーンズという格好で西口のベンチに腰掛けている。一階フロアには二人の他にも、篠塚管理官の指示で地の利がある二子玉川交番の警官数人が張り込みを行っていた。彼らの服装はうまく雑踏に溶け込んでおり、遠目から見て違和感はない。

「了解。おかしな素振りをしてる奴がいたら――」

ふいに視線を感じ、綿貫は言葉を切る。喜代子夫人のいる西口の柱から、改札へさらに数本近づいた柱の陰。黒いキャップを被った若い女が、射抜くような眼光で綿貫の方を見上げている。

綿貫が視線を向けると、女はすぐに顔を伏せた。

『綿貫さん、どうしました?』

「……いや」

口の動きが見えぬよう階下に背を向けながら、綿貫は今見た光景を反芻《はんすう》していた。

「桑原。改札前に、黒いキャップ被った女がいるだろ」

『はい、います。すげぇ可愛《かわい》い子ですよね』

桑原の口調はくだけていたが、その表現は間違ってはいなかった。黒いキャップの女は目鼻立ちが整っていて、ここからでもいわゆる美人であることが見て取れた。そのことが、余計に綿貫の心をざわつかせた。

「……そいつ、いつからいた？」

『たぶんですけど……今から十分前には、いたと思います。自分がここ着いたときにはもう立ってて、アイドルみてえだなあと思ったんで』

「そいつから目ぇ離すなよ。もし動いたら、すぐに知らせろ」

『――はい』

こちらの声のトーンで事態を察したのか、桑原は真剣な声で返事を寄越す。綿貫は桑原が女を注視しはじめたのを見届けて、再び喜代子夫人の待つ西口へ視線を戻した。周囲を見渡す限り、西口付近には、「受け子」や「張り子」らしき人物は見当たらない。

特殊詐欺では、詐欺に関するあらゆる手順がマニュアル化されており、現金の受け取りにも共通の「ルール」があった。騙した高齢者から現金を受け取る際には、実際に現金を受け取る受け子の他に、その受け子を監視する張り子が配置される。これは、百万円を超える大金を受け取った受け子が、そのまま金を持ち逃げし、「飛ぶ」事態を防ぐためだ。これまで綿貫が逮捕した詐欺グループの供述によれば、張り子は受け子よりも早く現場に着き、近くで待機していることが多かった。今回の「おとり作戦」で、特別捜査本部は二子玉川交番と協力し、あわよくば張り子ごとまとめて検挙しようと目論《もくろ》んでいた。

受け子や張り子は、若い男とは限らない。綿貫は、階下の人々をそれとなく観察しはじめた。柱に背をもたれスマートフォンをいじる若い女に、ベンチに座ってじっと上を見る年配の男。多少怪しいと思われる人影はあったが、どの人物も決め手に欠ける。そこまで考えたところで、脳裏に射抜くような女の視線がよみがえる。やはり、この場にいる人間で最も疑わしいのは——

『綿貫さん、動きました』

桑原からの無線。綿貫はすぐさま、改札前に視線を送る。黒いキャップの若い女は、今合流したらしい背の高い男と談笑していた。

『キャップの女ですが、イケメンの男と話してます。……たぶんこれ、デートです』

「ああ、見えてる」

最低限の言葉を返しながら、改札前の二人を睨む。男の方は、眉が濃く、彫りが深い顔立ちをしていた。肌は白いが、白人ほどではない。

「男の方、どっから出てきた?」

西口で待つ喜代子夫人の方に変化がないことを確認しながら、綿貫は尋ねる。記憶を辿るような間があった後、桑原から返答があった。

『たぶん、東口の方からだったと思います……すみません、女の子の方見てたんで、はっきりどこかまでは』

「……わかった。まだ目を離すな」

桑原に短く忠告を残し、再び喜代子夫人の方を確認する。デートの待ち合わせだったとすれば、キャップの女はシロだ。改札前でしばらく動かなかったことも、「男を待っていたから」で説明はつく。だが綿貫は、言葉にできない違和感を抱いていた。

『あ、移動します……東口の方です。追いますか?』

「行先だけ押さえろ。六時にはここだ。深追いはするな」

『――了解』

無線の音が途切れ、綿貫の耳に駅の喧騒《けんそう》が戻ってくる。桑原の目が無くなった分、綿貫は東口から西口へ向かってくる人々に意識を向けて監視していた。時刻は十七時五十三分。十八時に金を受け取るつもりなら、そろそろ動きがあってもおかしくない。

『黒いキャップの女ですが……男とライズのお店入りました。服買うみたいです』

キャップの女は、男と商業施設の店内に入ったらしい。一度施設に入れば、いま綿貫たちがいる吹き抜けを含め、タワーマンション、駐車場までもが施設内でつながっている。尾行を続けない限り、女の足取りを特定するのは不可能だ。綿貫は逡巡した後、決断を下した。

「……わかった。桑原、東口の監視に戻れ」

この時刻に一般人らしき男と行動を共にしていることを考えると、あの女が受け子という線はありえない。今はまず喜代子夫人の身の安全と、受け子の逮捕を優先すべきだろう。

『――了解です』

名残惜《なごりお》しそうな桑原の返事を聞き流しつつ、綿貫は再び時計を見る。約束の時刻は、あと五分に迫っていた。

# 第三幕　詐欺 -OS- 第九場

『約束の位置には辿り着きましたか？』

電話を取った途端、冷ややかな女性の声が聞こえる。桝井伸一郎は、汗でずり落ちた黒縁眼鏡を押し上げながら、目印となるものを探した。

「……はい。二子玉川駅の東口に着きました。バスターミナル、四番乗り場の前です」

桝井は地図アプリを頼りに、テレグラムで送られてきた「はじめの待ち合わせ場所」に到着していた。時刻は十七時四十分。約束の時間までは、まだ二十分ほど余裕がある。石製のベンチに腰を下ろしながら、それとなく周囲を見渡す。改札口を出てから、ずっと誰かに見られているような気配があった。

『あまりキョロキョロしないでください』

短く叱責され、桝井は身を硬くする。気のせいではなかった。やはり、誰かに監視されている。あまりのことに声を出せずにいると、通話相手は続けた。

『まもなく、約束の時間となります。私の指示通り、対象者から荷物をお受け取りください』

こんな仕事、受けるべきではなかったのかもしれない。正体不明の相手に怯えながら、桝井は、初めて「リクルーター」と通話した日のことを思い出していた。

『★闇バイト扱ってます　★全国募集してます　★即日即金　★平日一日からOK!!
要項：身分証をお持ちの方　未成年も可　受け出し　掛け子　出し子　受け子　債権回収
叩き　闇バイト　裏バイト　高収入』

『🔥超高額バイト🔥全国で紹介できます❗
性別問いません❗必ず稼げます❗　お話だけでもどうでしょうか😚
❤即日即金❤　DM下さい📩』
出稼ぎスカウト　借金返済　ホスト　デリ　P活　夜職
闇バイト　無職　助けて　生活保護　家出　裏バイト

芸能人も多数登録している、短文投稿型SNS。「即金　バイト」で検索すると、そこには桝井の全く知らない世界が広がっていた。検索で表示された投稿の中には、明らかに違法と思われる仕事の斡旋《あっせん》も混じっている。桝井は鼓動が速まるのを感じながら、「案件」を探していた。

『【高収入バイト】学歴不問、未経験から挑戦できるお仕事です。稼ぎたい方、お金にお困りの方、ご連絡ください。案件次第で日給三万～五十万可能です。少しでも興味を持たれた方、DMお待ちしております。闇バイト　裏仕事　裏バイト　仕事紹介　高額報酬　高収入　即日即金
学生　推し　ギャンブル　奨学金　借金　返済』

ある投稿に、桝井の目が留まる。ドル袋やダイヤの絵文字で過剰にお金への期待を煽る投稿が多い中、その投稿は妙に理性的だった。末尾にある検索用の文字列には「学生」「借金」「返済」など、今の自分に当てはまる言葉が並んでいる。アカウント名は「@Sw＿＿＿House」。アイコンは、道化をモチーフにした白い仮面だった。

アカウント名をタップして、プロフィール欄を閲覧する。こちらがフォローする前から、@Sw＿＿＿HouseのDM欄は開放されていた。便箋のマークをタップし、まだ何も書かれていないDM欄へと遷移《せんい》する。

見知らぬ相手にDMを送るのは、今日が初めてだった。道化のアイコンをじっと見つめ、しばらく逡巡した後、桝井は短いメッセージを送信する。

『案件、興味あります』

時刻は二十四時を過ぎていた。送信してしまってから、急に不安が押し寄せる。本当に、送ってしまってよかったのだろうか。相手は何者かもわからない。こんな時刻にメッセージを送っては、非常識だと思われるんじゃないか。文面も、もっと丁寧にした方がよかったかもしれない。

後悔がいくつも浮かぶ中、ふいにスマートフォンが震えた。

『案件に興味をお持ちいただき、ありがとうございます』

深夜にもかかわらず、道化のアカウントからは五分以内に返答があった。

『案件の詳細は、こちらのメッセージアプリにてお伝えします。インストールできましたら、以下のIDにコンタクトください』

メッセージには、ランダムな英数字で作られたIDと、URLが添付されている。恐る恐るURLをタップすると、画面は見慣れたアプリへと遷移した。

『高速：Telegram は市場で最速のメッセージングアプリであり、世界中のデータセンターの独自の分散ネットワークを介して人々を結び付けます』

アプリの説明欄には、直訳風の奇妙な日本語が表示されていた。アプリ名は「Telegram」。どこかで聞いた名前だなと思いながら、桝井は指示通りに登録を進める。アプリ内のテキストは、全て英語だった。受験勉強で得た知識を思わぬ形で活《い》かしつつ、電話番号を登録する。記載されていたIDを「Contacts」で検索すると、DM欄に表示されているのと同じ、道化のアイコンが現れた。

『先ほどDMした者です』

一抹の不安を覚えながら、桝井はメッセージを送る。反応は、間もなくあった。

『リクルーターの鞘師《さやし》です。ご案内できる案件は一件です。電話面接をお受けになりますか？』

「電話面接……」

「鞘師」と名乗る奇妙なリクルーターは、この深夜に「電話面接」を勧めてきた。不規則に点滅する蛍光灯を見つめながら、考える。正体不明の外国産アプリに、自動応答のような文章。言葉こそ丁寧ではあるものの、この「案件」には不気味な影がつきまとっていた。

『はい。お願いします』

一つ息を吐き、メッセージを送信する。今はとにかく金が要る。金のためには、多少の危険を冒す覚悟はできていた。

送信後間もなく、桝井のスマートフォンが震え出す。画面には、先ほどアプリで見たばかりの道化のアイコン。

リクルーターから、着信が来ている。

相手は本当に人間なのか?

あまりに早い反応に気後れしつつ、桝井は、震える指で通話ボタンをタップした。

「……もしもし」

『コンタクトいただき、ありがとうございます。リクルーターの鞘師と申します』

通話相手は、透き通った声でそう言った。武骨な男性が出てくることを想像していた桝井は、少なからず驚く。電話の向こうにいるのは、若い女性のようだった。

『はじめに、お名前をお聞かせいただけますか?』

「……桝井です。桝井、伸一郎と言います」

『ご職業は?』

「今は……大学生です」

話しながら、進学を決めた四年前をはるか昔のことのように感じる。全てのきっかけは、桝井が故郷の東北を離れ、都内の大学へ進学を決めたことだった。合格した大学は私立だったため、学費は決して安いとは言えなかったが、「生活費は自分で稼ぐ」と約束したことで、両親は進学と一人暮らしを許可してくれていた。

『案件へ応募しようと思った理由をお聞かせいただけますか?』

「理由は……生活費を、稼ぐためです」

大学二年の春。桝井の思い描いたキャンパスライフは、未知のウイルスと「緊急事態宣言」によって無残に崩壊した。一年の夏からアルバイトを始めた学習塾からは、「授業は当分未定です」と連絡が入り、頼みの綱《つな》だった居酒屋バイトは、求人自体が軒並み消えた。大学の講義は、映像配信アプリを使った「リモート授業」に移行し、サークル活動も、「自粛」を余儀なくされた。

アルバイトという身分では生活が保証されることはなく、リモート授業でキャンパスや図書館が使えなくとも、大学が学費を下げてくれることはない。時間だけは豊富にあったが、来月生きていけるか分からない焦燥感の中では、趣味にも勉学にも、打ち込みようがなかった。

『学生の方ですね。ここ数年は、学生や元学生の方からの応募を数多くいただいております』

リクルーターの鞘師は、あくまで淡々と事実を伝えた。自分以外にも「闇バイト」に手を出した学生がいるらしいと知り、桝井は複雑な気持ちを抱く。桝井が入学した頃は「大学生は遊ぶのが仕事」なんて軽口を叩く先輩がいたが、そんな世界は、ウイルスの到来と共に、はるか遠くへ消え去ってしまったようだった。

『現在はコロナの騒ぎも収まり、求人数も回復傾向にあるようです。その中で、我々の案件に興味を持った理由は何ですか？』

「それは……」

『貴方《あなた》を責めるためではなく、貴方という人物を知るための質問です。あくまで参考にお聞きするだけですから、包み隠さずお伝えください』

言いよどむ桝井に、鞘師は付け加える。桝井は悩んだあげく、正直に伝えることにした。

「……借金があるんです。カードローンで、二百万。社会人になる前に、返しておきたくて」

パンデミックが始まった当初は、新型コロナサポート関連のコールセンターでなんとか糊口《ここう》をしのいでいたが、騒動が一度収まると、仕事は職場ごとなくなった。元々働いていた学習塾は「AI＋映像授業」をメインに個別指導を再開する方針を打ち出し、学生バイトの居場所は気づけばなくなっていた。それでも、生活は続けなければならない。桝井は学生という身分を利用してクレジットカードを作り、そのカードローンで、生活費を補塡《ほてん》するようになった。大学生活が終わろうとする今、桝井に残っていたのは、多額のカードローンと、無料でいつまでも見ていられる、ＳＮＳだけだった。

『桝井さんの年齢で、その程度の借金を抱えている方は珍しくありません。奨学金という名の借金が、随分《ずいぶん》大きな顔をしていますからね』

「あ……そうですね」

思わぬ言葉に、桝井は気の抜けた言葉を返す。この人は、俺を励ましてくれたのだろうか。この人自身も学生なのか？　桝井が考えているうちに、鞘師は元の調子に戻っていた。

『桝井様にご紹介できる案件は、荷物の運搬作業となります。スーツはお持ちですか？』

「リクルートスーツなら、ありますけど……」

『そちらで結構です。今回の案件では、そちらのスーツをご着用ください』

「……スーツが必要な仕事なんですか？」

不安を覚え、初めて自分から尋ねる。持っているリクルートスーツは、去年、入学以来三年ぶりに東京を訪れた両親が、桝井の就職活動のために買ってくれたものだった。

『そうですね。こちらが指定する場所で荷物や物資をお受け取りいただき、それを指定の場所へとお運びいただく仕事です。その荷物を受け取る際に、スーツを着用いただきます』

「わかりました。ちなみに、そのお仕事をした場合の、報酬は……」

『一つの案件につき、三十万から六十万程度になるかと思います』

「六十万？」

想像をはるかに超える金額に、思わず声が高くなる。

『はい。完全成功報酬ですので、必ずこの金額とはお約束できませんが、無事荷物をお運びいただだければ、その程度の金額が桝井さんに入るとご理解ください』

一度の運搬でそんな大金が手に入る「荷物」が、まともなものであるはずはない。説明は肝心《かんじん》なところが曖昧だったが、これ以上、質問できる雰囲気もなかった。

『では、最後の質問です。審査のため、案件を応募された方々には、身分証をご提示いただいています。免許証などはお持ちですか？』

「あ、はい。あります」

自動車の普通免許は、大学一年の夏に取得し終えていた。桝井の地元では、車がなければ生活していくのは難しい。取得にかかる費用は両親が半額出してくれていて、そのことが、これ以上世話になる訳にはいかないという気持ちをさらに膨らませていた。

『では、通話が終わり次第、免許証をスマートフォンで撮影し、こちらへお送りください』

送らなければ仕事はさせない。リクルーターの有無を言わさぬ口調からは、そんな意思が垣間見えた。

「……わかりました。すぐ送ります」

『ご理解いただき、ありがとうございます。面接は以上です。結果と、以降の案件はテレグラムにてお伝えします。こちらからの連絡をお待ちください』

携帯電話の振動が、桝井の意識を引き戻す。全身の汗がどっと噴き出すのを感じながら、桝井はかろうじて声を発した。

「……はい」

「桝井さん。電話にはすぐ反応してください」

「すみません、ぼうっとして……」

『言い訳はしないでください。荷物の受け渡し場所を変更します』

「え？　じゃあ、改札前には――」

『絶対に向かわないでください。のぞき込んだりもしないで』

再び、有無を言わさぬ口調で鞘師が言う。その声が微妙に緊張を帯びていることに気付き、桝井はこれまでとは別種の不安を抱き始めていた。

『まず、七番と書かれているバス停の方へ向かってください。到着したら、郵便局を探して』

「……わかりました」

これまで機械のように冷静沈着だった鞘師が、明らかに動揺している。電話口から荒い息遣いが聞こえ、彼女が移動しながら電話しているのが分かった。桝井はベンチから立ち上がり、バスターミナル周辺を見渡す。七番バス停は、改札側から見て、左側の奥にあった。

「七番バス停見つけました。……途中、改札から見える場所通りますけど、大丈夫ですか」

『大丈夫です。今の貴方の格好であれば、若いサラリーマンか就活生程度には見えます』

「そう、ですかね」

鞘師に言われ、ガラスに反射した自分の姿を確認する。そこには、着慣れていないリクルートスーツに身を包み、蒼白《そうはく》な顔で電話する眼鏡の男が映っていた。

『貴方が思うほど、街はあなたに興味がありません。ゆっくり、堂々と通れば大丈夫です』

「……わかりました」

『一点だけ。耳にイヤホンをつけてる人間がいたら、可能な限り距離を取ってください』

奇妙なアドバイスにとりあえず頷き、桝井は東口の通路を大股で横切る。五番バス停、六番バス停……目当ての七番バス停までは、十秒足らずで辿り着いた。

「七番バス停着きました。郵便局は……」

荒い息をしながら周囲を見渡す。鞘師の言う郵便局は、道路を隔てた左手奥にあった。

「ありました。道路の向こうです」

『その調子です。道路を渡って、郵便局の右にある路地へ入ってください。高架下を過ぎるまで、通話は切って』

「……切っていいんですか？」

鞘師からそんなことを言われたのは初めてだった。鞘師からの応答はない。仕方なく端末をポケットに入れ、道路を渡るため周囲を見渡すと、視界の右端に赤く丸いランプが見えた。

「えっ……」

その奥に見えたものが何かに気付き、桝井は思わず声を漏らす。七番バス停の正面。立っていたのは、二子玉川交番だった。交番を背にして、桝井は再び端末を耳に当てる。

「……交番があります。本当に、こっちでいいんですか」

桝井の声は震えていた。この仕事で受け取る「荷物」がまともでないことは、その報酬から察していた。そんな荷物を、交番の目と鼻の先で受け取って、無事で済む訳がない。返事がないので通話を切りかけた次の瞬間、電話口に反応があった。

『今ならそこは安全です。通話を切って、堂々と、交番の前を通りなさい』

再び聞こえた鞘師の声には、鬼気迫る迫力があった。誰にもバレないよう、声を押し殺しているように聞こえる。どうして安全だと分かるんだ。電話の向こうでは、今何が起きているんだ。

疑問は山ほどあったが、今は悩んでいる暇はなかった。

鞘師の命令通り電話を切り、深く息をつく。顔を上げ、信号が青に変わった瞬間を見計らい、一気に歩道を渡った。

背中から汗が滝のように流れるのを感じながら、休まず歩を進める。鞘師の言う路地は、高架線の下から、郊外の方へとまっすぐに続いていた。確実に駅前から離れていくことを不安に思いながら、再び端末を耳に当てる。反応はすぐにあった。

『――路地に入りましたか？』

「はい、入りました」

『そのまま川を越えるまで、まっすぐ歩き続けてください』

「川……？　あっ、見えてきました。川を越えたら、次は……」

『橋の左にコインパーキングがあります。その左端に停まっている黒いバンの、後部座席のドアを開けてください』

「黒いバンの、後部座席……」

鞘師からの指示はやけに具体的だった。命令通り橋から左を向くと、五台程度が停められる、小さな駐車場が目に入った。

『ドアを開けたら、これだけお伝えください。「高橋さんですね。弁護士事務所の者です」たったこれだけです。難しくありません。その後は、何を言われても、「はい。ご安心ください」とだけお答えください』

桝井は鞘師の説明を聞きながら橋を渡り切ると、駐車場の左端へと向かう。

停まっていたのは、黒いバンだった。後部座席のガラスには全てスモークがかかっていて、

「荷物」を運ぶのに特化しているように見える。桝井は長く息を吐くと、ドアハンドルを掴む。扉の鍵は開いていた。桝井は、ドアハンドルを握り直すと、不安を断ち切るように一気に引いた。

座席で何かが動くのが見え、桝井は暗闇に目を凝らす。白い髪と、異様に光る二つの眼。車内には、怯えた目つきの老人が一人、ボストンバッグを抱えて震えていた。

「あなたは……？」

老人に問いかけられ、我に返る。早く、何か答えなくてはいけない。ひどい喉の渇きを覚えながら、桝井は、やっとの思いで言葉を繰り出した。

「……弁護士事務所の者です」

「あぁ、弁護士さん、息子の弁護士さんですね？」

うまく言葉が出ず、桝井は黙って頷く。

「これで、雄二《ゆうじ》が助かるんですね？」

「はい。ご安心ください」

鞘師の受け売り通りの言葉を、老人に伝える。老人は、自分を納得させるように頷いた。

「お願いします」

老人は決心したように顔を上げると、両手でボストンバッグを掴み、ぐっと桝井に差し出した。潤《うる》んだ老人の瞳が、暗闇の中でやけに爛々《らんらん》と光って見える。桝井はバッグを抱きかかえるように掴むと、逃げるように駐車場を去った。

早く、ここから離れなくてはいけない。左手でバッグの取っ手を掴み、スマートフォンを右耳に当てる。老人から受け取ったボストンバッグは、不気味なほど軽かった。こんなものは、一刻も早く手放さなくてはいけない。周囲の景色が変わっても、桝井の脳裏には、暗闇の中で震えていた老人の顔が、こびりついて離れなかった。

『——無事、荷物は受け取りましたか？』

「受け取りました、受け取りましたけど……」

『では、そのまま山道を登ってください。左手に、緑道とベンチが見えてきます』

「ベンチ、ですか……」

鞘師は、こちらの言葉を遮って指示を続けた。言いたいことは山ほどあったが、今はとにかく、「荷物」を運ばなくてはいけない。桝井は一刻も早く、この仕事から逃れたかった。

『ベンチのそばに、フルフェイスのヘルメットを被った男がいます。その男に、荷物を渡してください』

「ヘルメット……」

鞘師の言葉をかろうじて繰り返す。山道の先を見上げると、五十メートルほど先に、おぼろげな街灯の光が見えた。そのそばには、オートバイらしき二輪車が停まっている。

「報酬は……報酬は、いつ貰えるんですか」

勾配《こうばい》の厳しい坂を登りながら、息を切らして鞘師に尋ねる。恐ろしい光景を見た余波で、思考がひどく鈍っていた。早く終わりにしたい。金を貰って、早くここから逃げ出したい。その思いだけが、今の桝井を動かしていた。

『報酬は、その男が貴方に直接渡します。受け取り次第、今日の業務は終了です』

「……わかりました」

リクルーターの鞘師は極めて怪しい人物だったが、今は信じる他なかった。さらに山道を登ると、街灯の脇に、二人掛けのベンチがあるのが見えた。その左端に、フルフェイスのヘルメットを被り、ライダースジャケットを着た、上背《うわぜい》のある男が座っている。いると予告されていなければ悲鳴を上げてしまいそうな、ひどく不気味な光景だった。

「ヘルメットの人、いました……これから、渡します」

一方的にそう言って、通話を切り、荷物を胸の前で抱える。こちらの声が聞こえたのか、フルフェイスの男はベンチから立ち上がった。

「マスイサン、デスカ」

ヘルメットの中から聞こえてきたのは、片言の日本語だった。予想外の反応に驚きつつ、かろうじて頷く。フルフェイスの男は大股で歩み寄ってくると、桝井が両手で抱えていた荷物を片手で軽々と受け取った。

「ヨクガンバッタネ」

顔は見えないが、その声から、相手の男が笑っていることがわかった。あまりに理解不能な状況に立ちすくんでいると、フルフェイスの男はボストンバッグのジッパーを降ろし、中を物色しはじめた。

「コレ、マスイサンノブン」

そう言って、フルフェイスの男は桝井に右手を差し出す。その掌には、一万円札の束が握られていた。桝井が恐る恐るその札束を受け取ると、フルフェイスの男は大きく頷いた。

「オツカレサマデス」

奇妙なイントネーションの挨拶を残し、フルフェイスの男は颯爽《さっそう》と去っていく。桝井はしばし茫然と立ち尽くした後、どさりとベンチに腰を下ろした。

# 第三幕　詐欺 -OS- 第十場

「ねえ。あの仮面の子、どこ行ったの？」

歪《いびつ》な六角形の机が置かれた研修室。「研修」を終えた僕たちは、各辺に置かれた椅子に座り、道化の帰りを待っていた。

「もう、一時間くらい経つよな」

不満げなカンナに、アスマが続く。今までこちらを監視し続けていた道化の看守は、受け子の手配に関する指示を最後に、モニターから姿を消していた。

「受け子の手配でテンパってるんじゃないですか。二件同時なんて、なかなか無いですから」

イツキが落ち着き払った声で言うと、アスマは意外そうな顔をした。

「イツキでも、こういうケースは珍しいのか？」

「そうですね。初日に二件は、相当すごいハコですよ」

「ハコ？」

「業界だと、掛け子が詰めてる部屋のこと『ハコ』って呼ぶんです。あそこのハコは売上いいとか、あのハコはガサ入ったから潰したとか、そういう感じで」

「へぇ……じゃあここは、『業界』的にはいいハコってことか」

「ええ。はじめの一週間は誰にも刺さらないとか、この仕事だとフッーにありますから……ここは相当、いいハコだと思います」

「詐欺の電話」を成功させた後だからか、イッキはいつになく饒舌《じょうぜつ》だった。

僕たちAチームが「高橋郁夫」宅に詐欺を成功させたちょうど同じ頃、イッキらが属するBチームは、「高橋恒雄」宅への詐欺の電話を成功させていた。向こうのチームではイッキが息子役、綾子が弁護士役を担当していたらしい。道化の指示を受け、僕たちAチームは「UDアプリ」から「真島竜二」を、イッキたちBチームは「桝井伸一郎」を受け子として選択し、現場へ向かうよう発注していた。それ以降、道化の看守はモニターから姿を消し、何か尋ねても一切返事をしなくなっていた。

「ねえ。研修終わったら、ご飯食べさせてくれるって言ってたよね？」

「ハコ」の話をする二人を無視して、カンナが怒り気味に言う。誰も反応しないのを見て、カンナは僕にターゲットを絞った。

「言ったよね？」

「……はい。言ってました」

「うちら、ちゃんと詐欺成功させたんだから、研修終わったってことだよね？」

「……はい。終わったってことだと思います」

「じゃあ、ご飯出てこないとおかしくない？」

カンナはじっとこちらを見つめ、食事が出てこないのはお前のせいだと言わんばかりに尋ねてくる。答えに窮《きゅう》し、視線を壁の方へ泳がせていると、視界の隅で何かが動いた。

ドサッという音と共に、部屋に何かが着地する。全員の視線が一斉に音の方へと注がれた。

「え、なに？」

カンナが不安げな声をあげる。落ちてきたものが「何」かを認識した途端、僕と英里香の目が合った。他の誰も動く気配がないのを見て、僕は落ちてきた袋へ近づく。

「近づいて、大丈夫ですか？」

心配する綾子をよそに、僕は半透明の袋の中を覗き込む。

そこには、僕が湊谷英里香へ配達したはずの、チーズバーガー三十個が入っていた。

「……チーズバーガーです」

「チーズバーガー？」

イツキが訝しむように言う。いくら闇バイト経験者でも、こんな状況は初めてかもしれない。

僕が落ちてきた袋を机に運ぶと、カンナが真っ先に袋の中へ手を突っ込んだ。

「マックのダブチじゃん！　え、うち大好物なんだけど」

カンナはそう言うと、さっそく黄色い包装紙に包まれたチーズバーガーを取り出した。

「え……冷めてる。ガン萎《な》え」

「向こうにレンジあるぞ」

研修室の右隅には、おあつらえ向きにレンジが設置されていた。教えてくれたアスマに「ありがと」と言うと、カンナはさっそくレンジへ向かった。全ての意識が食事へ向かっているカンナをよそに、アスマは袋が落ちてきた場所を探り始めていた。

「あの袋、どっから落ちてきたんだ？」

「たぶん、あの穴。他に通るところないでしょ」

英里香がそう言って、左側の壁を指す。袋は、通気口のような穴から落ちてきたようだった。

穴は約五十センチ程度の幅があり、こちらからは手の届かない、天井付近に開いている。アスマは「あれか……」とつぶやくと、六角形の机へ向かった。

「あの袋、英里香さんに渡した袋ですよね？」

アスマがいなくなったところで、僕は英里香に尋ねる。英里香は思案顔で頷いた。

「そうだと思う」

「……なんで、ここにあるんですか」

「知らない。私も、あなたを一階の人たちに渡した後、そのまま連れてこられたから」

「一階の人たち？」

「ガレージハウスって書いてあったでしょ？　あそこ、一階が大きめの駐車場になってて、黒いバンが何台か停まってるの。だから……あのチーズバーガーも、私たちと一緒に、あの黒いバンで連れてこられたんだと思う」

英里香は右手を口にあてながら、自らの考えを口にする。僕の脳裏には「ガレージハウスＳＷ」で見た「２０１」の表札が浮かんでいた。

「だとしたら、今、チーズバーガーを落としてきたのも――」

言いかけたところで、口を噤《つぐ》む。壁の外から、砂利《じゃり》を踏むような音が聞こえる。英里香にそれを伝えようとしたところで、英里香の前を「何か」が遮った。

先ほどより数段大きい、「ドサッ」という音。頭上の穴から落ちてきたのは、革製の黒いボストンバッグだった。

「……これって」

眉を寄せる英里香をよそに、僕はバッグに近寄り、ジッパーを開ける。中には、一万円の札束が無造作に放り込まれていた。

『――おめでとうございます。皆様は、初めての案件を成《な》し遂《と》げました』

場違いなファンファーレと、透き通った女性の声。同時に、研修室隅のモニターに道化の看守が現れる。突然の出来事に全員が声を失う中、道化の看守は続けた。

『今回は、Bチームの受け子「桝井伸一郎」が現金を運び切り、ライダーへの受け渡しに成功いたしました。運び切った金額は、五四〇〇万円です』

「ごひゃく……」

綾子が驚いたように小さくつぶやく。道化のアナウンスを皮切りに、部屋にいた全員が僕のそばへ集まってきた。ボストンバッグの中身を冷静に検《あらた》めると、そこには、百万円の札束五つと、他と比べて薄い札束が一つ詰められていた。

「他のチームは？　Aチームの受け子は、どうなったんだ？」

椅子に手を掛けながら、アスマが道化に詰め寄るように尋ねる。道化は小さく首を振った。

『残念ながら、Aチームの受け子「真島竜二」は、諸事情により現金を運び切ることができませんでした』

「できなかったって……じゃあ、真島はどうなったの？」

『詳細については、回答を控えさせていただきます』

「んだよ、政治家みたいなこと言いやがって」

Aチームだったカンナとアスマは、再び現れた道化へ不満げに言葉をぶつける。尋ねたいことはいくつもあったが、相手の様子を見る限り、質問は絞る必要がありそうだった。

「……すみません、この現金は、僕たち全員のものと思っていいですか？　あと九五〇〇万円くらい集めれば、この部屋からは、出してもらえるんですか」

極力感情を抑えて、今いちばん知りたいことを尋ねる。道化の看守は、大きく頷いた。

『研修を突破した皆様には、今後の流れについてお伝え致しましょう』

道化がそう言うと、モニターがプレゼン資料のようなものに切り替わる。画面には「今後の流れ」がわかりやすく図解されていた。

『皆様には、この部屋を脱出するために一億円を稼いでいただきます。見事一億円を稼ぎ切りましたら、我々へ、その金額の四十パーセントを上納金としてお納めいただきます』

資料には「一億円」と書かれた札束から「上納金 四千万」へと矢印が伸びていた。

「は？　ジョーノーキンとか、何？」

「四十パーは取り過ぎでしょ」

憤るカンナと英里香に、道化の看守は優しく首を振った。

『取り過ぎとのご指摘には当たりません。同業者の皆様の中には、七十パーセント以上の上前《うわまえ》を撥《は》ね、プレイヤーである掛け子の皆様には、二十パーセント足らずの金額しか払わない事業者も多数いらっしゃいます。その点我々は、上納金から受け子や出し子、その他諸々にかかる経費を捻出し、皆様に六十パーセントの金額をお支払いするわけですから、大変良心的と言えます』

「六十パーセントってことは……こっちには、六千万残るんですね？」

頭の中で算盤《そろばん》を弾いていたらしいイツキが道化に問い質《ただ》す。道化は深く頷いた。

『仰る通りです。上納金四千万円を受け取り次第、我々は皆様を解放します。この部屋から脱出できた暁《あかつき》には、皆様は、一人一千万の現金を手にします』

「いっせんまん……」

綾子が、先ほどより高い声でつぶやく。薄給で働いている僕や綾子のような若者からすれば、一千万円は、ほとんど夢のような金額だった。

『事前にお伝えした通り、この部屋での生活費のうち、食費だけは皆様が獲得した資金の中からお出しいただきます。はじめに「レストランアプリ」へ現金をチャージし、ご注文はアプリからお願いいたします。現金をチャージするスポットは、入口から見て左側の壁にございます』

「左側の壁……」

道化の言葉を受け、僕と英里香がチーズバーガーの落ちてきた穴の付近を確認する。よくよく調べてみると、ちょうど百万円の札束が入る程度の細長い穴が壁に空いているのが分かった。

「レストランアプリなんてあったか？」

「ええ。メニューほぼ冷食でしたけど」

アスマの質問に、タブレットを持ったイツキが応じる。「だからレンジがあるわけか」とアスマがつぶやいたところで、「チン」と軽快な音が鳴った。

「あっ！　ダブチあったまったよ！」

カンナが明るい声で言い、レンジの方へ駆け寄っていく。他のメンバーがお互いの顔を見合わせていると、道化の看守が口を開いた。

『そちらのお食事は、研修を終えた皆様へのサービスです。どうぞお召し上がりください』

道化がそう言い終わるか終わらないかのうちに、カンナが六角形のテーブルにチーズバーガーを持ってくる。どうやら、人数分温めてくれていたらしい。

「ほら、冷めないうち食べちゃお！」

カンナはそう言って席に着き、包みを開いてチーズバーガーを食べ始める。綾子は「アッ」と短い声をあげたが、カンナは気にせず食べ続けていた。

「綾子、どうかした？」

「あ、その……毒とか、入ってないかな、と思って……」

綾子は既にチーズバーガーを食べてしまっているカンナを見ながら、言いづらそうに言う。カンナは小首を傾《かし》げた。

「毒とか入れる必要なくない？　だってうちら、貴重な労働力でしょ？　いま殺したってしょうがないじゃん」

カンナはチーズバーガーを飲みこむと、あっけらかんと言い放つ。欲望に率直なようでいて、カンナの話は理屈が通っていた。アスマが「それもそうだな」と納得し、カンナの隣に座る。それからイツキと英里香、僕が順に席へ座り、最後に綾子がテーブルに着いた。

『当ハウスには、浴室とシャワールームが一つずつございますので、よろしければそちらもご利用ください。本日の業務は、以上となります。それでは皆様、ごゆっくり』

道化の看守は慇懃に言うと、再びディスプレイから姿を消した。

「はじめはヤバい奴だと思ったけど……看守にしては、優しい方だよな」

正面に座るアスマが、そう言って屈託なく笑う。

「そう、ですね」

本当に優しいだけの人物なら、人を突然監禁したり、脱走者の指を潰したりはしないはずだ。だが、食事という目下最大の懸念が解決されたことで、室内には安心感が広がっていた。様々な言葉を呑み込んで、僕は、自分が運んだチーズバーガーに手を伸ばした。

「お風呂あがったよ〜」

隣から、カンナの明るい声が聞こえる。今、リビングルームには、僕と綾子の二人だけがソファの対面に座っていた。英里香は「私、シャワーでいいから」と短く言い残して隣の棟へ消え、アスマとイツキは研修室に残っていた。

「えっ……」

脱衣所から出てきたカンナを見て、綾子が短く声を漏らす。カンナは、ビビッドオレンジに染められた囚人服のようなジャージを着ていた。胸のあたりには「JAIL BIRD」と書かれている。

「その服……」

「あ、これ？　なんか服脱ぐとこに『部屋着』って書いてあったから着ちゃった。けっこうゆるくていい感じだよ」

カンナの着ている服は、例の動画に映っていた「脱走者」の作業着によく似ていた。綾子も同じことを思っているようだったが、カンナは服の文字も色合いも気にならないようだ。僕らが黙っていると、カンナは綾子に笑いかけた。

「シャワーの水圧ちょっと弱いけど、お風呂は普通によかったかな。綾子も冷めないうち入っちゃいな？」

「あっ、はい！」

綾子に言伝《ことづて》を残し、カンナは少し濡《ぬ》れた髪をタオルで拭きながら別棟へ歩いていった。再び二人になったリビングルームに、少し気まずい沈黙が流れる。

「綾子さん、先に入——」

「アオイさんは――」

同時に口を開いてしまい、お互いがまた押し黙る。僕は単に綾子へ入浴を勧めたつもりだったが、綾子の方は、ただ風呂を勧めるにしては深刻な顔をしていた。

「どうぞ、綾子さんから」

僕がもう一度勧めると、綾子は逡巡した後、慎重に口を開いた。

「アオイさんは……今日のこと、変だと思いませんでした？」

「変って言うと、何もかも、変ではあると思いますけど……」

「あ、それは、そうなんですけど……私が言ってるのは、最後の、研修の話です」

綾子はこちらと目が合うと、目を泳がせながら話を続けた。

「イツキさんは、違いますけど……私たち、ズブの、素人じゃないですか。ズブの素人が、詐欺の電話をして……急に二人も、騙せると思いますか？」

「それは……綾子さんの電話が、上手《うま》かったからじゃないですか？」

イツキが綾子を「あの人すごいですよ」と評していたのを思い出し、僕は率直な感想を伝える。だが綾子は、僕の答えに納得がいっていないようだった。

「そうは思えないんです。冷静になれば、変なことを言ってるのに、簡単に信じてくれちゃったというか……なんだか……私たち自身も、騙されているような気がして……」

綾子は壁の隅の方を見ながら、訥々《とつとつ》と話す。言われてみれば、僕自身思い当たる節はないこともなかった。示談の話をした途端、喜代子夫人はこちらの交渉にすぐ乗ってくれていた。僕は子を思う親の気持ちがそうさせるのだと勝手に思いこんでいたが、うまくいきすぎていたと言えば、そうかもしれない。

「でも、だとしたら……僕たちを、誰が騙してるんですか」

「……それは、わからないです」

綾子は、本当に自信のなさそうな声で言った。綾子の過剰なまでの自己肯定感の低さが、見方を歪ませているような気もする。だが、綾子の感じた違和感は、見過ごしてはいけないもののようにも思えた。

「今日の『成功』のおかげで、みんなが一気に、『詐欺をやろう！』って空気になった気がするんです。私は、それが怖くて……」

綾子は、床の一点を見ながら震える声で言う。綾子に近い不安は、僕自身も感じていた。この部屋は、今日一日だけで着実に「詐欺部屋」へと変貌しつつある。

「……詐欺はいけないことです。その気持ちだけは持ったまま、この部屋を出ましょう」

僕は今にも泣き出しそうな綾子を勇気づけるよう、本心からそう伝える。綾子は何も言わなかったが、噛みしめるように何度も頷いた。

「私……シャワーにするので、アオイさん、お風呂どうぞ」

そう言って、綾子はソファから立ち上がる。

「や、でも――」

「いいんです。私……アオイさんと、話したかっただけなので」

こちらが断りかけると、綾子が言葉を重ねる。綾子は初めて、僕を正面から見ていた。

「アオイさんだけは……まだ詐欺師じゃない、気がしてます」

綾子は潤んだ瞳でつぶやく。僕が何も言葉を返せずにいると、綾子は「おやすみなさい」と小声で告げ、向かいの棟へ逃げるように姿を消した。

# 第四幕　詐欺－CS－第一場

「では、桜新町《さくらしんまち》駅の西口で……はい、サザエさんのいるとこです。そちらに事務所の者を向かわせますので――はい、本日十四時に。何卒よろしくお願いいたします」

電話を切ると同時に、リビングに歓声が響いた。アスマとカンナからのハイタッチに応じながら、僕は通話が着実に切れていることを確認する。すぐ隣には、オレンジ色の囚人服をラフに着こなしたカンナが座っていた。

「ね、うちら最強じゃない？」

「アオイ、お前そろそろ弁護士なれるわ」

「なれませんよ。国家資格ですし……」

「そういうお堅いとこがアオイくんだよねー」

距離感の近すぎるカンナから逃れつつ、僕はリビングルームの隅にあるスクリーンに目をやる。こちらが声をかける前に、道化の看守は姿を現した。

『おめでとうございます。当ハウスのAチームが、ターゲットを刺すことに成功しました。UDアプリを開き、受け子を派遣してください』

「受け子はどうしますか？」

「真島でいいでしょ。うちらのチームは真島推しだし」

「俺は推した覚えねえけどな」

軽口を言い合うアスマとカンナを尻目に、僕はUDアプリで「真島竜二」をタップする。初回の「高橋郁夫」案件では、なぜか現金の受け取りに失敗していた真島竜二だが、以降Aチームが指示した案件では、三六〇万、四五〇万の受け渡しに成功し、ライダー経由で着実に現金をこの部屋に運びこんでいた。その実績を考えれば、今回も真島を受け子に選択することに異存はない。モニターを見上げると、道化の看守と目が合った。

『真島竜二を受け子として派遣します。よろしいですか?』

「よろしいでーす」

僕が何か言う前に、カンナが道化の看守に応答する。道化は『かしこまりました』と言い残すと、モニターから姿を消した。

「てか、真島ってなんで一回目失敗したんだろうね?」

「謎だよな。あれカウントされてたら、俺らのチーム独走だったのに」

アスマはそう言うと、中央の研修室に目を向ける。「高橋恒雄」案件の成功以降、Bチームは二七〇〇万、四〇五万の案件を獲得していた。初回の獲得金額を合わせると、Aチームの獲得金額は八一〇万、Bチームの獲得金額は一二一五万となっている。

「チームで比べる必要はないんじゃないですか。僕ら、六人で一つのグループですし」

ハウス全体での獲得金額は、この一週間で二千万円を超えていた。一週間でこれだけの金額が稼げれば、ひと月での脱出も夢ではない。アスマが何か言いかけたところで、そのBチームの面々がリビングに現れた。

「お、なんだ。お前らもわざわざお祝いに駆けつけ――」

「ちょっと黙ってて」

アスマの言葉を遮って、先頭で入ってきた英里香が言う。アスマが言い返すより先に、背後のイッキが口を開いた。

「そちらのタブレット、何も変化ないですか？」

「変化、ですか？」

突然のことに事態を理解できずにいると、イッキの影に隠れていた綾子が顔を出した。

「あの……さっき、案件成功のアナウンスがあってからなんですけど……私たちのタブレットに入ってる、『Sアプリ』の中身が変わったんです。それで……みなさんはどうかなと思って、訪問させていただいたんですけど……」

綾子は同じチームに所属する二人の非礼を詫《わ》びるように、申し訳なさそうな口調で言った。その説明で、やっとリビングにいたAチームも事態を呑みこみ始める。

「Sアプリ？」

「あれだろ、詐欺のマニュアルが入ってる」

「ああ、これね」

カンナは合点のいった様子で、自分のタブレットに触れる。僕も机から自分のタブレットを拾い上げ、「S」と記された赤いアイコンをタップすると、まもなく「詐欺マニュアル」が格納されたアプリが立ち上がった。

「……え、うちのも変わってる」

「なんか増えてんぞ」

アスマとカンナが、動揺した様子で口々につぶやく。内容を確認しようとタッチパネルに触れたところで、唐突に、六人分の通知音が鳴った。

「えっ、なに？　こわいんだけど」

「……通知です。Ｓアプリから、通知が来てる」

はじめに気づいたのはイツキだった。その言葉を聞いて、全員が自分のタブレットを覗き込む。アスマは自分のタブレットに触れると、通知に書かれた文言《もんごん》を読み上げ始めた。

「『今回の案件により、皆様の獲得金額は、二千五百万円を超える予定です。これよりゲームは、第三段階へ移行します』……なんだ、これ」

「Ｓアプリ」に現れた、新たなフォルダをまじまじと見つめる。更新されたアプリには、『ＣＳ〜キャッシュカードすり替え詐欺』と題されたフォルダが追加されていた。

## 第四幕　詐欺 ‐CS‐ 第二場

「――以降、十九時まで待ちましたが、高橋喜代子のもとに受け子は現れませんでした」

特殊詐欺捜査本部が置かれている玉川警察署。「騙されたふり作戦」から一週間後の捜査会議には、五十名近い捜査員が参加していた。綿貫が報告を終えると、篠塚管理官が口を開いた。

「なぜ受け子は現れなかったと思う？」

「可能性は二つあります。一つは、詐欺グループ側で何らかのトラブルがあった線です」

「もう一つの線は？」

「……こちらの動きが、詐欺グループに勘づかれた線です」

綿貫は、認めたくない可能性を口にする。作戦決行日、受け子は高橋喜代子との約束の時間に現れず、弁護士を装った詐欺グループからの連絡も、その後は一切途絶えていた。

「再度の接触がない以上、高橋喜代子の『おとり』は見破られたと考えるのが妥当でしょう」

幹部席に座る栂沢課長が口を開く。捜査員にとって不都合な事実だろうと、容赦《ようしゃ》なく口にするのが彼女の特徴だった。篠塚管理官は頷くと、綿貫に目を向けた。

「問題は、いつ見破られたかだが……綿貫、心当たりはあるか」

「改札付近に、気になる行動を取っていた女がいました。黒いキャップを被った女です」

綿貫は捜査二課情報係に協力を仰ぎ、黒いキャップを被った女の調査を依頼していた。前回の捜査会議でも発言していた倉森が挙手し、篠塚管理官が発言を促す。

「ショッピングモールの担当者から、監視カメラの映像を提供いただきました。黒いキャップの女ですが……十七時四十分あたりから改札におり、五十分頃に、男と合流してからはセレクトショップに入店。すぐに二人揃って退店した後、東口のバスターミナルの方へ向かいながら何者かへ架電。以降姿を消しています」

倉森の用意した資料には、監視カメラに映った黒いキャップの女とパートナーの姿が画像としてプリントアウトされていた。男の方は色白で、外国人のようにも見える。

「映像を捜査支援分析センター《SSBC》に送れ。前歴があれば身元が割れる」

SSBC——捜査支援分析センターとは、二〇〇九年に警視庁刑事部に設置された分析部隊だった。前歴者のデータベースと顔認証システムを活用すれば、前歴者の身元は、監視カメラから瞬時に割り出すことができる。

「黒いキャップの女について、何か新しい情報が見つかり次第本部に上げろ。他に報告は？」

挙手がないことを確認し、篠塚は捜査会議の終了を宣言する。続々と捜査員たちが会議室を引き揚げる中、綿貫は、以前の捜査会議で忍山が口にしたことを思い出していた。

「忍山さん。ちょっといいですか」

「なんだ。金なら貸さねえぞ」

忍山の軽口を受け流しつつ、綿貫は低い声で尋ねた。

「仁村、借りられますか」

玉川署内の取調室。仁村義明は両手に手錠をかけられ、胡乱《うろん》な目つきでこちらを見ていた。髪は茶髪で、胡散臭い白フレームの眼鏡をかけている。「名簿屋」である仁村の取り調べは続いており、証拠隠滅の恐れがあるため、逮捕から二週間近く経った今も留置場に勾留されていた。

「チッ、女じゃねえのかよ」

開口一番、仁村は聞こえるように舌打ちをした。その態度に、忍山の表情が変わる。

「……少しは考えて喋《しゃべ》れよ。十年ぶち込んでやってもいいんだからな」

貫禄《かんろく》のあるスキンヘッドに凄《すご》まれ、仁村は不服そうに口を噤む。

忍山が口にした「十年」とは、詐欺罪による懲役の上限だった。詐欺に使われる名簿を販売した仁村の場合、罪状は「詐欺罪」よりも罪の軽い「詐欺幇助罪《ほうじょ》」に落ち着く可能性が高い。だが、詐欺行為への関わりが深く、本人が詐欺で得た利益が大きい場合や、詐欺行為に加担している自覚が明確にある場合は、幇助ではなく正犯として扱われる可能性もあった。

「で、何喋ったらおっさんたちは喜ぶんすか」

「てめぇ……」

「大丈夫です、忍山さん」

いきりたつ忍山を制して、綿貫は監視カメラ映像から切り出した「黒いキャップの女」の画像を仁村に見せた。

「この女に見覚えないか」

「……誰すか、こいつ」

「それを今確かめてる」

こいつは、きっかけさえあれば喋る。そう踏んで、綿貫は忍山から聞いた話を始めた。

「お前、國吉会の連中に名簿売ってたんだろ。そんなかに、カタギみてえな女が――」

「ああ、あいつか！」

効果は即座にあった。仁村は眼鏡をかけ直すと、つぶさに写真を観察し始める。

「ここ……泣き黒子《ぼくろ》あるでしょ。うちの店、基本脂《あぶら》ぎったおっさんしかこねえから、やたらインパクトあったんすよ。歳いってないのに妙に影があって、すげえいい女だなと思って」

「てめえの女の趣味は聞いてねえ」

ぺらぺら喋る仁村に、忍山は嫌悪感を露《あらわ》にする。盃《さかずき》を交わした仲間を絶対に売ろうとしない暴力団とは違い、半グレの仁村には、顧客をかばうという考えは無いようだった。

「で、こいつがどうしたんすか？　捕まったの？」

仁村は馴れ馴れしい口調で尋ねてくる。綿貫は小さく息を吸うと、決意を込めて言った。

「これから捕まえる」


玉川署の会議室に戻ると、珍しく遅くまで本部に残っていた桑原が寄ってきた。

「どうでした？」

綿貫は黙って頷くと、女の写真を机に置いた。

「……仁村のとこで詐欺の名簿を買った女と、二子玉川駅にいた黒いキャップの女は、同一人物の可能性が高い。女の泣き黒子を、仁村が覚えていた」

記憶違いの可能性もあるため留保はしたが、綿貫は確かな手ごたえを感じていた。やはり、あの女は素人ではない。綿貫は、二子玉川駅で見た「黒いキャップの女」こそが、世田谷と多摩川エリアで多発する特殊詐欺事件の中心人物であると疑っていた。

「……じゃあ、あの可愛い子が詐欺の名簿買って、現場にも出てきたってことですか？」

桑原は、少し口を尖らせて言う。明らかに不服なときの表情だ。

「納得いかねえか」

「いやまあ、あの子が犯罪やっててほしくないってのはありますけど……」

桑原は一度女の写真に視線を落とした後、綿貫の眼を見て尋ねてきた。

「普通、名簿用意するのは『番頭』で、金受け取るのは『受け子』ですよね。おんなじ子がどっちもやってるって、おかしくないですか？」

桑原の反発は感情的なものに見えたが、その指摘は的を射ていた。オレオレ詐欺をはじめとする特殊詐欺では、明確な分業制が取られており、主犯格に近い人間であればあるほど、現場に出てくる可能性は低い。詐欺に使う名簿を手配するのは「番頭」と呼ばれる詐欺部屋を仕切る人間であることが多く、受け子や張り子と呼ばれる人間は、ＳＮＳなどで集められた「捨て駒」であることが多い。つまり、あの黒いキャップの女は、「番頭」と「捨て駒」の役割を一人でこなしていたことになる。

「……駒が足りなかったのかもな」

「駒、ですか」

綿貫は小さく頷き、頭の中で仮説を構築する。実物を見た限り、あの女が捨て駒だとはとても思えなかった。何らかの理由で、「表に出てこざるを得なかった」と考える方が自然に思える。

「一つ言えるのは、成果はゼロじゃなかったってことだ」

綿貫は自らに言い聞かせるように言うと、「名簿」を摑み、立ち上がった。

# 第四幕　詐欺 -CS- 第三場

『約束の位置には辿り着きましたか？』

女の声。真島竜二は睨むように周囲を確認すると、スマートフォンを握り直した。

「着きました。誰もいません」

最低限の答えを、ぶっきらぼうに返す。鞘師と名乗るこの女とは、今通話に使っている胡散臭いアプリでのみ連絡を取ることができた。諸々の面倒を我慢して、真島は女から言われた通り桜新町駅の北口へ到着していたが、目の前には顔色の悪いカツオとワカメの銅像があるだけで、他に立っている人間は誰もいない。約束の時間までは残り三分もなかったが、こちらへ近づく人影もなかった。

『そこでの受け渡しは目立ちすぎますから、ターゲットには別の場所へ移動いただいております。道路の向こうに看板は見えますか？』

バイトの高校生に言い聞かせるような調子で、女は真島へ尋ねてくる。それから女が口にしたのは、真島の地元にもあるスーパーの名前だった。街路樹の奥へ目を凝らすうちに、目立たない色の看板がやっと見つかる。

「ありました。店行ったらいいですか？」

『店ではなく、裏の駐車場に向かってください。店舗の右側から入れます』

真島は左右を素早く確認すると、横断歩道のない車道を大股で渡る。駐車場へ続く道は、女の言う通り、店の右側にあった。白い矢印に沿って、コンクリートで舗装された駐車場を進んでいく。どこまで歩かせるつもりだと尋ねかけたところで、駐車場のカート置き場に、地味な水玉柄の服を着た老婆《ろうば》がぽつんと立っているのが見えた。これも女の指示なのか、老婆の立っている位置は、表通りからはちょうど見えない死角となっている。老婆は小さな体に見合わないボストンバッグを抱いて、あたりを心細そうに見まわしていた。

「いました。水玉の服で合ってますか？」

『ええ。水玉の服に、焦げ茶色のズボンを穿いた女性です。向こうが貴方に気づいたら――』

「弁護士事務所の者です、でしょ」

女の声を遮って、真島はお決まりの台詞を告げる。今月に入って三度目の「案件」で、勝手はもう分かっていた。

『覚えが早くて助かります。受け取り次第、新町南公園へ向かってください。住所はメッセージしておきます』

鞘師は要件だけを告げると、一方的に通話を切った。小さく息をつくと、真島は今日の「現場」へ向かう。

バッグを持った老婆は、すぐそばのスーパーで買ったような安物の服を着ていた。

何百万もの現金を持っていながら、千円足らずの服を着て待ち合わせ場所に現れる。その神経が真島には分からなかったが、これまで真島が現金を受け取った相手は、ほとんどが今日の老婆のような格好をしていた。

「あ、あの、もしかして……」

まっすぐに向かってくるスーツ姿の真島に向かって、老婆がたどたどしい声で尋ねてくる。名前は鞘師から聞いていたが、覚える必要がないから忘れていた。

「弁護士事務所の者です」

「あ、弁護士の方……それじゃあ、すみません、これを……」

老婆が震える手で差し出したバッグを、真島はその場で開けて確かめる。バッグの中には、百万円と思われる札束がいくつも入っていた。

「……これで、大丈夫なんですよね？」

「大丈夫です」

何も大丈夫じゃない。本物の弁護士が、こんなスーパーで待ち合わせなんかする訳ないだろ。なんでこんなにどんくさい奴が、俺が一年間死ぬほど働いてやっと稼いだような金を、平気でぽんと出せるんだ。そんな言葉が喉から出そうになるのを抑えて、真島は足早に駐車場を立ち去る。これ以上ここにいると、腹立ちまぎれに何をしてしまうか分からなかった。

大通りまで出てきたところで、スマートフォンに触れる。アプリには、鞘師からメッセージが届いていた。

『ここへ向かってください』

メッセージには、目的地の名前と住所が書かれていた。真島はテキストをコピーすると、地図アプリにペーストし、アプリの指示通りにすぐさま歩き出した。

道中、真島の両脇には、駐車場付きの一軒家が何軒も並んでいた。何度も「案件」をこなす中で分かってきたのは、世田谷には、理不尽なまでの金持ちが山ほどいるということだ。三階建ての家屋の駐車場には、これ見よがしに警備会社の赤いステッカーが貼られていた。警戒する気持ちは真島にも理解できる。こんな家、よっぽどの悪事でもやらない限り建てられないはずだ。真島のような中卒の人間が、今の時代にこんな家を建てられるだけの大金を手にできるとしたら、方法は、ギャンブルか犯罪以外思い浮かばなかった。

ふざけた豪邸の立ち並ぶ住宅街をしばらく歩くと、目当ての場所が見えてきた。鞘師から指定された荷物の受け渡し場所は、区が管轄する公園だった。金持ちばかりが住む町だけあって、公園には上等そうなバスケットゴールが設置されている。赤いリングを黙って見つめるうちに、真島の脳裏には、「最後の試合」の記憶がよみがえっていた。


「真島、お前今日すごかったな」

ユニフォームから制服に着替えロッカールームを出ると、同級生の土屋遼太《つちやりようた》が興奮した様子で話しかけてきた。曖昧に返事をすると、土屋は体育館の二階に視線を送る。

「マキたちも、スリー決まるたびすげー喜んでたぞ。『リュウジ〜！』って」

体育館の二階席を見ると、私服姿の女子数名が真島を見つけ、笑顔で手を振っていた。大半の名前は思い出せなかったが、真島に好意を持っていることくらいは分かる。

「わりい、聞こえなかった」

本心から答えると、土屋は「かっこつけやがって」と真島の背中をどつく。その攻撃にも反応せず、真島は奇妙な浮遊感を抱いたまま体育館を歩き続ける。

今日の試合は不思議だった。コートの中でボールを持つと、周囲の雑音がすっと消えて、赤いリングだけが鮮明に見えた。右手からボールが離れた瞬間に、頭の中で数秒先の軌道が見え、入るかどうかはすぐ分かった。ボールがネットをくぐる音と同時に、わぁっと雑音が戻ってきて、ボールに触れると音はまた消えた。

「真島」

顔を上げると、バスケ部顧問の中川《なかがわ》が出口のそばで待っていた。場の空気を察した土屋が「あとでな」と囁いて体育館を去っていく。一人取り残された真島は、訳も分からず中川の前に立っていた。顧問の中川は、生徒指導担当も兼ねている。悪い内容だったときに備えて、視線は足元あたりに落としておいた。

「お前のスリー、今日何本入ったか分かるか」

「いえ、分かりません」

中川の意図が摑めないまま、真島は正直に答える。いい知らせも悪い知らせもこの世の終わりのようなトーンで伝えるのが、物理担当の中川の特徴だった。

「十本中、八本だ」

真島は思わず顔を上げる。中川はかすかに笑っていた。スリーポイントシュートの成功率は、NBAのトップ選手でも五十％を超えるのがやっとのはずだ。今日の真島は、NBAの外人連中すら超える動きをしたことになる。

「次からスタメンでいくぞ」

中川はそう言い残して、体育館を後にする。真島は、周囲に誰もいないことを確認すると、小さくガッツポーズした。

「大丈夫だったか？　家の話？」

体育館を出て一人校門の方へ向かっていると、道の脇から心配そうな顔をした土屋が現れた。

土屋には、真島の家が母子家庭で、学費免除のスポーツ推薦でこの高校へ入学したこと、母親がスナックのママをやっていて、店で人手が足りなくなると真島をボーイとしてこき使っていることも包み隠さず伝えていた。真島は、顧問の中川を真似て深刻な顔をすると、低い声で言った。

「俺……次の試合から、スタメンだって」

「スタメン？」

土屋は一瞬困惑した表情を浮かべた後、急に目を見開いた。

「マジで？　一年からスタメンとかすげえじゃん！」

自分のことのように喜ぶ土屋を見て、真島の頬も思わず緩《ゆる》む。現行チームのスターティングメンバーは全員が三年生で、一年で試合に出ているのは真島だけだ。家からしょっちゅう厄介事を持ち込まれる真島にとって、中川の話は、久々の吉報《きっぽう》だった。

「真島は、マジでプロになれるかもな……」

土屋はどこか遠くを見るような表情でそうつぶやく。真島は、貧乏な家を助けるため、将来はプロのバスケットボールプレイヤーを目指していることを土屋には伝えていた。一年からレギュラーとして公式戦で活躍して、インターハイにも出場できれば、その目標も夢ではなくなる。

「このまま帰りマック寄ろうぜ。ハッピーセットおごってやるよ」

「いいよ、別に。恥ずかしいだろ」

「安心しろ、オモチャはお前に選ばせてやるから」

「だからいいって……」

はしゃぐ土屋を諌め、進行方向に向き直ったところで真島は口を噤む。校門の前に、上背のある制服姿の集団が見えた。そのうち何人かは、真島にも見覚えがある。土屋に知らせようとしたところで、威嚇《いかく》するような声が聞こえた。

「いいことあったみてえじゃねえか」

でかい図体《ずうたい》に、妙に高い声。校門の前にいたのは、バスケ部二年の斉木《さいき》だった。元はレギュラーに近い位置にいたが、右脚を怪我《けが》してからはベンチからも外されている。取り巻き連中の名前はほぼ分からなかったが、部室で見かけた記憶はあった。

「お前最近、調子乗ってるよな。応援席で騒いでたの、お前の女だろ」

斉木は口の端を歪めながら、真島を睨んでくる。マキたちのことを言っているようだったが、当然、マキは真島の女などではない。

「……何の用ですか」

いちいち弁解するのが面倒で、一言だけ尋ねる。隣で土屋が慌てているのが分かったが、今は目の前の「先輩」を相手にするのが先だった。

「少しスリー入るくれえで態度でけえんだよ。中学時代は神奈川県選抜だか何だか知らねえけど、ここじゃてめえは一年のガキだからな」

斉木は鼻の穴を膨らませて不快感を露《あらわ》にする。斉木が試合に出られないのも女子に相手にされないのも百パーセント斉木の責任だったが、どうやら今は、その全てを真島のせいにしたいらしい。真島が黙っていると、斉木は肩を怒らせ近づいてきた。

「先輩を敬え。それができねえならやめろ」

斉木の脂ぎった顔が眼前に迫る。身長が百八十センチある斉木は、百七十二センチの真島より目の位置が高い。真島は斉木を下から睨み返すと、低い声で言った。

「親の股から少し早く出てきたくれえで、何がえらいんですか」

「真島……」

背後の土屋が、懇願するように名前を呼ぶ。だが今は、それに答える気はなかった。年上というだけで無意味に周囲へ威張り散らす斉木のような人間が、真島は心底嫌いだった。

「敬ってもらいたいなら、結果で示すのが筋じゃないすか」

家も学年も関係ない。真島が評価されているのは、真島が試合で結果を出しているからだった。痛いところを突かれたからか、斉木はますます鼻息を荒くする。しばらく黙っていたかと思うと、斉木の眼に意地の悪い光が宿った。

「……知ってるぞ。お前の親父《おやじ》、ヤクザなんだろ」

思わぬ言葉に、真島は口を噤む。両親は、真島が物心つく前に離婚していた。真島の父親が國吉会という暴力団に所属するヤクザだったと聞いたのは、中学二年生の秋のことだ。母親ですら俺に長らく教えなかったことを、どうしてこいつが知ってるんだ。

「俺の親父、警察だからな……お前の家のことは、みんな知ってんだよ」

真島の心を読んだように、斉木は口を歪めて言った。

「だったら、何なんすか」

「ヤクザの息子が、プロになれると思ってんのか」

斉木の眼には、陰険《いんけん》な光が宿っていた。血が逆流するような怒りを覚えながら、真島は、強く拳を握る。

「バスケに親とか、関係ないでしょ」

「どうだかな」

真島の反論を聞いても、斉木は嫌らしい笑みを浮かべたままだった。

「犯罪者のガキが、あんまいきがんなよ」

斉木の取り巻きが野次《やじ》るように言い、斉木と数人が冷やかすように笑う。真島は、ますます拳を強く握った。あまりに強く握り込んだため、節のあたりが白く変色している。何も言い返さない真島に、斉木は顔を近づけて囁いた。

「クズの子どもは、クズなんだよ」

気づくと、身体が動いていた。

怒りを込めた真島の拳が、斉木の顔面を捉える。

斉木の顔が歪む過程が、真島にはやけにゆっくり見えた。

「痛ッ」

斉木は頬を押さえて後ろによろめく。真島はすかさず距離を詰めると、その鼻柱を、思いきり拳で殴りつけた。

「真島、やめろって！　真島！」

鮮血が散り、真島の拳に鋭い痛みが走る。それでも真島は殴るのをやめなかった。

「おい、こいつやべえって」

「先生、先生呼べ」

斉木の取り巻きが小学生のように慌てる中、真島は馬乗りになって、斉木を殴り続ける。周囲の雑音は、また聞こえなくなっていた。

バスケットゴールから目を落とし、真島は深く息をつく。

真島には、この社会でうまくやっていく上で、致命的な欠点が一つあった。不愉快な人間に、黙って従うことができないのだ。

斉木の頬骨《ほおぼね》を殴ったことが原因で、真島の右手は骨折していた。利き手の骨折と、何よりも斉木への暴力事件が原因で、レギュラーの話は当然消えた。警官の親を持つ斉木が事件を穏便に済ませるはずもなく、斉木の両親からの強い要望もあって、真島はバスケ部を退部することになった。

スポーツ推薦で入学した真島にとって、退部とは、そのまま退学を意味していた。

中卒となった真島を快《こころよ》く雇ってくれる職場は、今の社会にはほとんどなかった。しばらくは仕方なく母親のバーで働いていたが、その母親も、店の常連だった東京の医者と駆け落ちし、真島の元から姿を消した。以降真島は地元の先輩の伝手《つて》でバーテンダーの仕事を転々としていたが、暮らし向きが良くなることは、一向になかった。

とにかく金が要る。学歴がどうとか、そういう面倒なことを言わない、金になる仕事が要る。その一心で仕事を探し続けた結果、辿り着いたのが、この「闇バイト」だった。

スマートフォンの通知音で、真島は我に返る。メッセージは、鞘師からだった。

『ライダーは水飲み場にいます。荷物を受け渡し、案件を完了させてください』

水飲み場は、コートの金網から少し離れた位置にあった。真島が視線を向けると、そばの東屋《あずまや》にフルフェイスのヘルメットを被った男が座っているのが見えた。おそらく、あいつがライダーだろう。

いかにも高齢者が使いそうな地味な色合いのボストンバッグを肩に担ぎ、真島は黙々と目的地へ進む。幸い、公園には他の利用者はいなかった。

水飲み場まであと数メートルというところまで近づいたところで、フルフェイスの男がこちらに気付く。顔が見えないため断定はできなかったが、その風体を見る限り、おそらく今日の「ライダー」は、真島がこれまでの案件で出会った男と同じだった。

「……マジマサン？」

フルフェイスの男の第一声で、真島は「ライダー」が同一人物だと確信する。焦げ茶色のライダースジャケットに黒いヘルメットを被った男の外見は不気味だったが、片言の日本語もあいまって、その仕草は、妙にひょうきんなところがあった。

「そうです」

真島が必要最低限の答えを返すと、ライダーは真島からボストンバッグを受け取り、中の札束を検めはじめた。札束が五つ以上ある。今日の収穫は、いつもより多いようだ。

「ソレジャ……コレ、マジマサンノブン」

ライダーはそう言って、真島に札束を手摑《てづか》みで渡した。真島が黙って頷くと、ライダーの男は、右手の親指を立てて頷いた。

「オツカレサマデス」

ライダーはこれまで二回の案件と同じ調子でそう言い残すと、停めていたバイクの方へ歩いていく。その姿を尻目に、真島は札勘《さつかん》を始めた。バーの仕事で慣れているため、数えることに苦はない。今日の報酬は、五十五万だった。思わず、乾いた笑みが漏れる。バーテンダーとして働いていた頃は、土日祝日も深夜二時まで働いて、手取りは月十七万だった。闇の仕事では、稼働は実質二時間で、数十万が手に入る。一度この仕事を始めてしまってからは、元の仕事に戻る気は全く起きなかった。

真島が公園から立ち去ろうとしたところで、スマートフォンが震える。通知画面に表示されていたのは、鞘師のアカウント名だった。

「終わりました」

必要最低限の言葉で、案件の完了を報告する。通常であれば、テレグラムへのメッセージのみで終わらせていた報告だが、今日の鞘師は様子が違っていた。

『受け子業務の完了、おつかれさまでした。一つご相談があるのですが、よろしいですか？』

「なんですか」

真島は鞘師に、ある種の同類意識を感じていた。真島も鞘師も、仕事中は、必要最低限のことしか語らない。口調が敬語なのは相手を敬っているからではなく、相手に余計な感情を持たれたくないからだ。鞘師の声からも、同じ気配を感じていた。だが、その鞘師が初めて、自分から相談を持ち掛けている。真島はそこに興味を抱いた。

『二子玉川の案件でご迷惑をおかけした真島様には、優先的に、新たな案件をご紹介できればと思っております』

鞘師に言われて、真島は当時のことを思い出す。一週間前、鞘師の指示で二子玉川駅に到着した真島は、鞘師から何の説明もなく『今日の案件は中止です』というメッセージを受け取っていた。数十万のアガリが消えた真島は当然抗議したが、その日は一切連絡が通じず、後日何事もなく、鞘師はまた新しい案件を紹介してきたのだった。

「新たな案件って、どんなのですか」

『新たなシナリオの案件です。これまでより、受け子の方のご負担は増えますが、その分、貰える報酬も大きくなります』

元から答えを用意していたらしく、鞘師は真島に新たな案件を淀《よど》みなく説明した。負担が増えるという言葉が気になるが、報酬が増えるのはありがたい。真島が黙って思案していると、鞘師はさらに付け加えた。

『新たなシナリオで真島様に演じていただきたいのは、警官役です。ご興味はありますか？』

警官。真島の頭には、あの日殴り飛ばした斉木の顔が鮮明によみがえっていた。真島は小さく息を吐くと、感情を抑えて言葉を返した。

「興味あります」

## 第四幕　詐欺－CS－第四場

「被害者の名前は西村和江《にしむらかずえ》、七十二歳。東京都世田谷区に住む無職の女性で、現在は、所有する住宅で一人暮らしをしています。通報があったのは、三日前の十時四十二分です」

玉川警察署の大会議室。特別捜査本部では、生活安全部の岡本が最新の詐欺被害について報告を行っていた。世田谷エリアでは、先週から今週にかけて、特殊詐欺被害の通報が相次いでいる。防げなかった被害の報告を聞きながら、綿貫は名簿を睨んでいた。

「倉森。西村和江の名前があったのはどの名簿だ」

「『高級老人ホームの資料請求者』名簿です」

篠塚管理官の質問に、捜査二課情報係の倉森が即座に応答する。篠塚管理官は頷くと、捜査員全員に向けて声をかけた。

「被害者が出てない名簿に戸別訪問かけるぞ。詐欺師に先越されるなよ」

「……被害者の名前があった名簿は、あたらなくていいんすかね？」

警察車両に乗り込んだところで、桑原が尋ねてくる、綿貫は小さく息をつくと、西村の名前が載っていた『高級老人ホームの資料請求者』を取り出した。

「岡本が報告してた西村って婆《ばあ》さん、通報は昨日らしいが、詐欺に遭《あ》ったのはいつだった」

「えっと……三日前です」

桑原は、手帳を見ながら伝える。綿貫は頷くと、質問を重ねた。

「なんで三日前に被害に遭ったのに、二日も連絡してこなかったと思う」

「それは……ゆっくりしてたんですかね」

「真面目に考えろ」

「すみません」

綿貫がにべもなく言うと、桑原は真面目な顔つきに変わる。お前今までふざけてたのかと言いかけたところで、桑原が「あっ」と声を漏らした。

「なんだ。言ってみろ」

「西村さんは……昨日まで、本物の弁護士にお金渡したと思ってたんですね」

桑原は神妙な顔で言う。綿貫は無言で頷くと、名簿にあった息子の名前に目を落とした。

「大方、西村和江が本物の息子に連絡して、その息子が気づいたってとこだろうな」

詐欺の被害に遭った人間が、自分で「騙された」と気づくのは容易ではない。早い段階で被害を発見するには、自分以外の視点が必要だった。

「特殊詐欺の捜査は、通報を受けてから動いたんじゃ遅い。強盗なんかと違って『被害に遭った』と気づくにも時間がかかるからだ。警察に通報する頃には、犯人は証拠も隠滅し終えて、被害者との関係も切ってる。その状態から捜査しても、犯人には届かない」

数えきれないほどの過去の事例を思い起こしながら、綿貫は自身の詐欺に対する見方を述べる。桑原は細かく頷くと、名簿に並んだ名前に目を落とした。

「……今から西村さんの名前があった名簿を追うんじゃ、遅いってことですね」

綿貫は無言で頷く。西村和江の名前が含まれていた『高級老人ホームの資料請求者』には三百名以上の氏名と住所が記載されていたが、オレオレ詐欺を「仕事」として行うグループには、一日に百件以上電話を掛ける連中がざらにいる。西村和江宅への電話が三日前であることを加味すれば、『高級老人ホームの資料請求者』の名簿は、「使用済み」と考えるのが妥当だった。

「この名簿は、犯人が通った道だ。これから通る道で待ち伏せるのが、俺たちの仕事だ」

綿貫がそう伝えると、桑原は頷く。綿貫はわずかに頷き返すと、警察車両を発進させた。

「……あの、綿貫さん？」

「なんだ」

「さっきの綿貫さんの話聞いて思ったんですけど……特殊詐欺の被害者って、被害に遭っても、すぐ通報しない人が多いんですよね」

「ああ、相当多い」

綿貫の体感では、詐欺の電話を受けても通報しない被害者は、全体の半数を超えていた。

「遅れてでも、通報してくれるならまだいい方だ。詐欺だと気づかねえで通報しない高齢者もいれば、詐欺だと気づいた上で、通報しない被害者もいる」

「詐欺だと分かってて通報しないって……どういうことですか？」

「事情はいろいろあるみたいだが……一番大きいのは、プライドだな」

「プライド？」

このあたりのニュアンスを桑原が理解するのは無理だろうと内心思いつつ、綿貫は過去に出会った被害者を思い出していた。

「自分が騙されたってことを認めたくないんだ。詐欺の電話に騙されて何百万も取られたとなったら、家でも威厳がなくなって、娘や息子からも白い目で見られる。そんなことになるくらいなら、警察にも協力しないで、誰にも知らせない方がマシって理屈だ。元々頑固なじいさんには、こういうタイプが多い」

「でも……じいちゃんになっても、そんな子どもみたいな意地でがんばっちゃうことあるんですか？　何百万も盗《と》られたのに？」

やはり桑原には、その感覚は理解できないようだった。ある意味健全だと思いつつ、綿貫は自分が年寄りになった気持ちで話を続ける。

「年を取れば取るほど、プライド以外、何も残らない人間もいるんだよ」

いるどころか、男の場合そういう人間がほとんどなのかもしれない。この問題は、綿貫が今まさに懸念していることでもあった。

もし、被害に遭った人間の多くが通報していなかった場合、こちらから見えている世界と、実際の世界が大きく異なっている可能性がある。こちらからは未使用に見えている名簿も、実際には、詐欺に使われた後かもしれない。

「じゃあ……中には、通報しないまま、亡くなってる人とかも、いるんですかね」

桑原はまだ「通報しない被害者」について考え続けていたようだった。重い話題だと思いつつ、綿貫は自身の見方を伝える。

「いるかいないかでいえば、いるだろうな」

綿貫も以前、それに近いことを疑問に思い調べたことがあった。過去に実施された「犯罪被害者実態調査」――いわゆる暗数調査によれば、特殊詐欺の届け出数は約三十五パーセントという数字が出ていた。つまり、特殊詐欺被害者のうち三人に一人は、被害を受けても届け出を出さずにいることになる。

「もしそうだとしたら……本当の被害って、どんだけ大きいんですか」

桑原の素朴な疑問に、綿貫はしばし沈黙する。去年、全国で発生した特殊詐欺の被害金額は、約三六〇億円にのぼるとニュースは伝えていた。暗数が七割近くあるとすれば、本来の被害額は、昨年の段階で、一千億円を超えたことになる。

「……どれだけ大きかったとしても、一円でも被害額を減らすのが俺たちの仕事だ」

「たしかに。さすが綿貫さん」

月並みな言葉にも、桑原は軽薄な返事を寄越す。綿貫は無言のまま、ある「被害者」の顔を思い出していた。

『刑事さんもいずれわかるよ。これは犯罪じゃない。社会を正常化するための、システムだ』

特殊詐欺を「システム」だと認める訳にはいかない。詐欺の首魁《しゅかい》は、どんな手を使っても犯罪者として裁く。それが警官である綿貫の矜持《きょうじ》だった。綿貫は頭の中に響く声を振り切るように、アクセルを踏み込んだ。

# 第四幕　詐欺 -CS- 第五場

「ね、やっぱ一食二千円にしない？」

菓子パンを食べ終えたカンナが、出し抜けに口を開く。

中央の研修室では、次の「研修」を受けるため、久しぶりに六人全員が揃って食事をしていた。レストランアプリのおかげで、ハウスにいる僕たちが食事に困ることはなかったが、このアプリでの注文額は、「売上」から支払うことになっている。話し合いの末、僕たちはレストランアプリに百万円をチャージの上、「食費は一食千円まで」というルールを決めていた。

「一食二千円は、さすがにコスパ悪すぎます。こっちは千円でも譲歩してるんで」

「完全食」を手に持ったイツキが、にべもなく言う。レストランアプリには、冷凍食品の他に「完全食」と銘打《めいう》ったパンのような食品が三百円で用意されている。イツキはこの一週間、もっぱらそれだけを食べて生活していた。

「でもうちら、一日で何百万も稼いでるんだよ？　別に二千円くらいかけても良くない？」

カンナは口を尖らせ、不服そうに言う。気持ちは分からないでもなかったが、イツキの表情は硬かった。

「一人二千円かけたら、六人分三食で三万六千円です。一か月で百八万もかかります」

「ひと月で追加チャージはさすがにないでしょ」

数字で説得を試みるイツキに、英里香も加勢する。状況が不利と見たのか、アスマが後ろから口を挟んだ。

「でもさ、カンナの言う通り、食費はもうちょい金かけたっていいんじゃねえの？　俺ら、メシくらいしか楽しみねえんだからさ」

アスマの提案に、イツキは小さく首を傾げた。

「メシしか楽しみがないって発想が、自分はわからないですけど」

アスマはイツキの持つ「完全食」に目をやると、不機嫌そうに続けた。

「……世の中にはな、スポンジみてえなパンだけで満足する奴ばっかじゃねぇんだよ」

「スポンジみてえなパンじゃなくて、完全食です」

イツキが否定すると、アスマはますます苛立った。

「その『完全食』って名前も気に入らねえんだよな。完全ではねえだろ、まずいんだから」

アスマの言葉に、僕は内心頷く。イツキが毎日食べているのを見て、僕も一度食べてはみたが、その味は「食べられるスポンジ」といったところだった。

「ね、二人はどうなの？　今の食費のままでいいわけ？」

アスマとイツキの言い争いを無視して、カンナが僕と綾子に水を向ける。

「僕は……今のままでいいと思います。千円でも、デザートくらいはつけられますし」

波風を立てないように無難な意見を伝えると、カンナは少し口を尖らせた。

「ふぅん。綾子は？」

「私は……三百円でも、平気です。もやしとか、パンの耳とかで、暮らしてたので……」

綾子の一言で、研修室に束の間の沈黙が流れる。アスマは周囲を見渡すと、カンナに近づき、言いづらそうに尋ねた。

「……なんか、闇バイトしに来た俺らより、綾子ちゃんの方が金なくね？」

「綾子、もしかして……変な彼氏に貢いだりしてる？　実はホス狂とか？」

カンナは、心配そうに綾子へ尋ねる。綾子は、申し訳なさそうにかぶりを振った。

「あ、そういうのはないです……普通に、非正規雇用で、一人暮らししてるだけです」

綾子が申し訳なさそうに言うと、カンナは納得したように頷いた。

「あーね…… 一人で家賃払うの、大変だよね」

「とりあえず、パン食うか？　これ、俺まだ手ぇつけてないから」

「あ、ありがとうございます……」

アスマの手渡したパンを、綾子は捧《ささ》げ物のように両手で受け取る。綾子への同情で室内の気持ちが一つになったところで、唐突に、部屋のモニターが点灯した。

『定刻となりました。これより、CS研修を開始します』

冷ややかな道化の看守の声と共に、モニターには「CS‐キャッシュカードすり替え詐欺」の文字が表示される。タブレットの時刻は、十三時ちょうどを示していた。

『今回の詐欺については、教習用の動画をご用意しております。画面にご注目ください』

「動画？」

「免許センターみてえだな」

カンナとアスマが、いつもの調子で口々に感想をつぶやく。道化の姿がどこにも見えないことが気になったが、モニターには間もなく、道化の予告通りに動画が流れ始めた。

『皆様にはこれより、キャッシュカードすり替え詐欺、通称「CS」の手順を学習していただきます。ご用意いただくものは、こちらです』

動画には、女性の声でナレーションが吹き込まれていた。少し優しげではあるが、声質で道化だと分かる。画面には、この詐欺に必要な物が箇条書きで記載されていた。

『1．Sアプリに格納されたCSマニュアル

2．取引先の銀行・信用金庫が記載された顧客名簿

3．みなさんの元気と笑顔』

「元気と笑顔」

三つ目の項目を見て、その言葉に最も縁遠いと思われるイツキがつぶやく。

「おいピエロ。三つ目、ふざけてんのか」

悪態をつくアスマを無視して、道化は淡々と解説をはじめた。

『それでは、順に解説してまいりましょう。はじめは、CSマニュアルについてです』

道化の案内と共に、資料が映し出される。画面の中央には、銀行員、警察官、そして高齢者が笑顔で並ぶフリー素材の写真が表示されていた。

『これより皆様には、キャッシュカードすり替え詐欺の基本を学んでいただきます。アプリを開き、「CS〜キャッシュカードすり替え詐欺」のフォルダをタップしてください』

僕はタブレットに触れると、指示されたフォルダを開く。フォルダの中には、「CSマニュアル」「CS顧客名簿」と題された二つのPDFファイルが格納されていた。

「フォルダが開けましたら、『CSマニュアル』をご覧ください」

僕は道化に言われた通りにタブレットを操作する。ファイルが開くと、今モニターに映ってい

るのと同じ画面がタブレットにも表示された。

『はじめに、キャッシュカードすり替え詐欺における、プレイヤーの皆様をご紹介します。マニュアルの二ページをご覧ください』

道化に言われるまま、ＰＤＦの二ページへ移動する。画面には、「カードの危機伝達係」と「ターゲット固定係」「カードすり替え係」の三つの係が三角形に配置されていた。

『プレイヤー①、カードの危機伝達係。当シナリオではははじめに、ターゲットのカードに危機が迫っていることをお伝えします。この危機については様々なバリエーションがあります。一例としては、百貨店の社員を名乗り、「あなたのクレジットカードを使って百貨店で大量の商品を購入しようとした方がいる」などと伝えるケース、「全国銀行協会職員」を名乗って、「キャッシュカードが古いので、新しいカードに交換する必要がある」とお伝えするケースなどがあります。いずれのケースも十年近く使い古されており、様々な対策も取られているため、今回は、新たな危機をご用意いたしております』

ナレーションは、穏やかな声で犯罪の手法について解説していく。資料の「新たな危機」と書かれた部分には「身に覚えのない大量の振込」と書かれていた。

『プレイヤー②、ターゲット固定係。当シナリオでは、「伝達係」がカードの危険をお伝えしてから、「カードすり替え係」が現場に到着するまでに、タイムラグが発生します。この間に、本物の銀行、本物の警察などに連絡された場合、詐欺がターゲットにバレてしまい、以降の作戦が続けられなくなります。そのため今回のマニュアルでは、ターゲットを電話口から離さないため、専属の係をご用意しております』

資料には「例：相手の不安に寄り添う、親身な警察官」と書かれている。資料といい、計画内容といい、この詐欺は世間一般の仕事より入念に計画が練られているように見えた。

『プレイヤー③、カードすり替え係。実際にターゲットと接触し、キャッシュカードをすり替える係です。これは受け子の業務となるため、本マニュアルでの説明は割愛《かつあい》いたします』

「……どうやってすり替えるんだろうな」

隣のアスマが、興味を惹《ひ》かれた様子でこちらに囁いてくる。僕にも詳しいことは分からなかったが、字面だけを見ると、さながら手品のような奇抜さを感じた。

『次に、皆様が演じる具体的な役職についてです。次のページをご覧ください』

タブレットに触れ、PDFの三ページへと画面を飛ばす。資料には「銀行・信用金庫職員」「警察官1」「警察官2」の名前が三角形に並んでいた。

『我々は、テレビ局のADに扮《ふん》した「老後の資金特番作戦」により、ターゲットの預貯金を把握することに成功しました。その内容は、すでに顧客名簿へ記載済です』

ナレーションの道化は、かすかに誇らしげな様子でその情報を伝える。フォルダにあった「顧客名簿」を確認すると、そこには確かに、口座ごとの預金状況が手書きで記載されていた。

「今回のシナリオでは、プレイヤー①の方に、ターゲットが貯金している金融機関の職員に扮《ふん》していただき、カードに危険が迫っていることを伝達いただきます。次に、電話を掛けるプレイヤー②の方には、警察官に扮していただき、担当の警官が辿り着くまでの時間稼ぎをしていただきます。具体的なシナリオについては、四ページ以降をご確認ください』

再びマニュアルに戻ると、四ページ目以降には「金融機関職員」用と「警察官1」用の、詳細な会話テキストが用意されていた。僕は内容に目を通しつつ、その入念さにうすら寒いものを感じる。

『以上が、今回ご用意したマニュアルのご紹介です。最後に、皆様へ最も重要な心構えについてお伝えいたしましょう』

先ほどまで詐欺のマニュアルが表示されていた画面に、スーツ姿の美男美女が映し出される。

二人の男女は、モデルらしい完璧な笑みを湛《たた》えていた。

『我々、若者が高齢者から信用を得るために、重要な要素が二つあります。それが、元気と笑顔です』

「……おい、マジで言ってんのかよ」

『これは、ごく真剣なアドバイスです』

動画の中から反応を予期していたような声が聞こえ、アスマはたじろぐ。動画の道化は、これまでより低い声で続けた。

『高齢者は、暗い若者を信用しません。より直接的に言えば、高齢者が若者を判断する際の基準は、顔と、明るさ程度しかないということです』

画面には、就活生風のスーツを着た男女の空虚な笑顔が変わらず映し出されている。その背後から聞こえてくる道化の声は、ぞっとするほど冷たかった。

『勿論、危機に瀕《ひん》している高齢者に笑顔で接しろという意味ではありません。時と場合をわきまえた上で、精一杯、快活に接する。それが高齢者から信用を勝ち得る唯一の手段だということです。それを加味した上で、更なる高みを目指してください。皆様のご活躍、期待しております』

動画の再生が終わり、モニターが暗転する。しばらく、誰も声を発しなかった。

「え、動画だけ？」

カンナの拍子抜けした声が、沈黙を破る。僕は真っ暗な画面を見ながら小さく頷いた。

「動画だけ、みたいですね」

「なんか最近、仮面の子あんまいなくない？」

「言われてみれば、たしかにそうだな」

カンナの疑問に、アスマが頷く。僕が何か言う前に、今度はイッキが口を開いた。

「他のハコも抱えてて、そっちが忙しいんじゃないですか。こうやって動画にすれば同時に何個のハコにも流せますし、賢いやり方だと思いますよ」

「でも、それってなんかさみしくない？」

「動画だと寂しいって感覚が、分からないですけど」

タイパ至上主義のイッキには、カンナの感覚は全く理解できないようだった。しばらく口を尖らせていたカンナは、ふいにイッキへ提案した。

「ね、チーム替えしよ。アオイくんあげるから、うちに綾子ちょうだい？」

「えっ」

突然のトレードに、僕と綾子の声がまた揃う。イッキは小さく首を傾げると、縁なし眼鏡を軽く上げた。

「別に、俺はいいですけど」

「僕も、ダメではないですけど、なんで……」

僕が言いかけたところで、カンナが僕の肩をぐっと寄せる。頬が触れてしまいそうなほど僕の顔を胸に寄せると、カンナは僕に囁いた。

「あんなＡＩみたいなやつらとずっといたら、綾子かわいそうじゃん！」

「いや、でも……」

僕は可哀想《かわいそう》じゃないのかと言いかけて、口を噤む。カンナは僕の顔を寄せたまま、片手で謝るような仕草を見せた。

「アオイくんならあの二人ともやってけるでしょ？　あとでお礼するから、ね？」

たしかに、綾子をあの二人にずっと任せておくのは、どことなく危険な気はする。僕が頷くと、カンナは急に手を離した。

「それじゃ、新チームで再開ね！」

カンナが綾子を摑まえて、リビングの方へと移動する。

研修室には、僕とイツキ、それに英里香が残された。

「足、ひっぱらないでね」

「……はい」

英里香の冷たい声に頷きながら、僕はタブレットを胸に寄せた。

# 第四幕　詐欺－ＣＳ－第六場

　午後一時。特別捜査本部が置かれている玉川警察署の大会議室は閑散としていた。昼食時であること、捜査員が外回りに出払っていることがその主な理由だ。捜査本部には、予備班である忍山班と情報係の倉森以外、ほとんど人の姿がなかった。もっとも、それがこの時刻に捜査班を訪れた綿貫の狙いでもある。視界に入った瞬間にそうと分かる、忍山のスキンヘッドを見つけ、綿貫は潜《ひそ》めた声で話しかけた。

「忍山さん、例の件なんですが――」

「妙な言い方すんな。また親分だと思われんだろ」

　頭を下げる綿貫に、忍山は低い声で言う。「……へい」と返事すると、後頭部を小突かれる。それを見た倉森が本気で怯えた顔をしているのに気づき、綿貫は慌てて表情を引き締めた。

「悪い、倉森。外してくれるか」

「……はい」

　倉森はそう返事をするや否や、会議室を離れていった。また忍山の都市伝説が広まるなと思っているところで、忍山の方から口を開いた。

「フダの話だろ？」

フダとは、捜査令状を意味する。裁判官に捜査令状の発行を依頼できるのは、警部以上の階級を持つ警官だけと決まっていた。

「はい、その件で――」

「無事下りたぞ」

「……本当ですか」

「警察が嘘ついてどうすんだよ」

忍山は笑みを見せる。綿貫が忍山に依頼した令状は、そう簡単に許可が出る類のものではなかった。忍山もそれを知ってか、潜めた声で補足する。

「くるみちゃんが裏から相当後押ししてくれたらしい。感謝しとけよ」

綿貫の脳裏には、捜査本部発足の際に「あらゆる手を尽くして、犯人逮捕という結果を残せ」と檄《げき》を飛ばした椚沢課長の姿がよみがえっていた。あの言葉は、上辺だけではなかったらしい。

「お前、フダなしでこの手の捜査やったことねえだろうな」

会議室に他の誰もいないことを確認して、忍山が尋ねてくる。

「この手のはないです」

「もっとヤバいのはやってるような言い草だな」

忍山は口を歪めて笑ったが、その目は笑っていなかった。綿貫は忍山の探りを笑ってごまかす。忍山相手でも、口にできないことはあった。

「で、虫つける相手は誰だ」

「それは……捜査が進んだら追々」

綿貫が質問をかわすと、忍山の眼が鋭くなる。忍山はドスの利いた声で続けた。

「つける相手が人なら揉《も》めるぞ」

「人にはつけない予定です」

綿貫は、忍山の問いに言葉を選びながら答える。忍山が裁判所から取得した捜査令状は、衛星利用測位システム――通称GPSを使った捜査に関するものだった。GPSを使った捜査は二〇一七年に「プライバシーの侵害」にあたるとして最高裁が違法とする判決を下していたが、その翌年、二〇一八年には、令状を取得した上で盗難車にGPSを取り付けた窃盗犯への捜査が、適法の判決を受けていた。

「ならいいけどよ」

忍山は低い声で唸るように言った。それから細い目をますます細めると、銀フレームの眼鏡の奥から、ぐっと綿貫を睨んでくる。

「外堀は埋めてやったけど、てめえらがコケたらなんにもならねえからな」

「そこは間違いなくやります」

言葉こそ悪いが、これは忍山なりのエールだと理解していた。忍山は黙って頷くと、軽く手を挙げる。綿貫はその背中に敬礼すると、大会議室を後にした。

# 第四幕　詐欺 -CS- 第七場

「これで息子が助かるって、あんた、言ってたよな」

暗闇の中で、老人の瞳が爛々《らんらん》と輝いている。桝井はその異様な眼を黙って見つめていた。

「助からなかったじゃないか。あんた、嘘ついたのか？」

ひどく苦しげな声。桝井は首を振ろうとするが、全身が金縛《かなしば》りにあったように動かなかった。

「あんたに渡した金は？　……六百万。六百万だ。全部、あんたがくすねたのか？」

否定しようとするが、声が出ない。自分がもらったのは、そのうちのごく一部、六十万だ。全部をくすねたわけじゃない。本当に悪いのは、桝井を「操作」している連中だ。心の中では必死にそう訴えたが、老人には、何一つ届かなかった。

「ずっと働いてちょっとずつ貯めてきた、なけなしの金だ。私ら二人の、老後のための金だ。全部持っていかれたら……私ら、これからどうやって生きればいい？」

ひゅう、ひゅうとどこかから息が漏れるような音を立て、老人は、桝井に近づいてくる。目の前まで来たところで、老人は、急に桝井の両肩を摑んだ。

「もう……首括《くく》るしか、ないじゃないか」

その首には、縄で絞められたような、真っ赤な痕《あと》があった。

自らの悲鳴で目を覚ます。桝井は部屋に自分しかいないことを確認すると、深く息をついた。寝間着代わりのスウェットは、汗でびっしょりと濡れていた。枕元にあった眼鏡を摑み、重い足取りで流しへ向かう。ひどく喉が渇いていた。

夢だと分かってからも、しばらくは震えは止まらなかった。暗闇に光る老人の眼を振り払いながら、水道の水を飲む。借金が膨らんでからは、飲み物は一切買っていない。水分を摂《と》ったことで動悸は少し収まったが、それでもまだ、気持ちは落ち着かなかった。

万年床に戻り、時計代わりのスマートフォンを見つめる。今この部屋にある物のうち、最も高価な品物がこのスマートフォンだった。売ることも何度か考えたが、「仕事」のことを考えると、売り飛ばす訳にはいかない。だが今は、このスマートフォンごと、全て手放してしまった方がいいのではという気持ちも湧いてきていた。

桝井はテレグラムのアプリを開いた。画面には「鞘師」のアカウントだけが表示されている。以前送られてきたはずのメッセージは、気づくと全て消えていた。

この「仕事」は、まともじゃない。二子玉川の「案件」を受けた時から幾度となく抱いた感情を、改めて抱く。桝井は震える指で、仮面のアイコンに触れた。

『……はい』

深夜にもかかわらず、鞘師は平然と電話に出た。相手に情報を与えないよう、絶対に自分から名乗りはしない。それが鞘師の特徴だった。

「あの……桝井です。いま少し、お時間よろしいでしょうか」

就活で覚えた言葉遣いを、闇バイトのリクルーターに使う。鞘師は何も言わない。こちらの用件をきっと察しているのだろう。桝井は唾を飲みこむと、勇気を振り絞って切り出した。

「この仕事、もう辞めたいと思います」

発した声は震えていた。鞘師はまだ何も言わない。沈黙を埋めるため、桝井はさらに言葉を重ねた。

「自分はもう、案件、受けられないので、ご連絡は、いただかなくて――」

『桝井伸一郎さん』

鞘師が突然、フルネームを口にする。その声は、恐ろしく冷たかった。

『初めの面接の際、私に運転免許証をご提出されたことを覚えていますか？』

「……覚えてますけど、投稿は、全部消えて」

『当然、貴方の個人情報は別に保存してあります』

鞘師は桝井の声を遮るように、はっきりとした口調で言った。それから鞘師は、桝井の今住むアパートの住所を流暢《りゅうちょう》に読み上げ始める。桝井は恐怖で声を失っていた。

『――貴方の氏名・住所・顔写真は我々が完全に把握しております。例えば、この免許証の画像をSNSに晒して、「先週二子玉川であった詐欺事件の犯人」とお伝えすることも可能です。その際はすぐに皆様へ見つけていただけるよう、匿名で、警察へのご連絡もいたします』

「待ってください、あれはそちらの指示で――」

『被害者が見たのは、貴方の顔だけです』

鞘師の声には、面白がるような色が浮かんでいた。

『被害者の視点では、貴方が主犯です』

鞘師の言葉に、桝井は震えが止まらなくなる。追い込むように、鞘師はさらに続けた。

「桝井さん。貴方自身が捕まるまで、私は貴方に、案件を紹介し続けます。理由もなく断れば、貴方の顔写真付き免許証が、『詐欺師のご尊顔』としてバラ撒《ま》かれます」

鞘師は「案件」の内容を伝えるときと同じ、淡々とした口調で言った。

『桝井伸一郎さん。貴方には、自ら仕事を辞めるという選択肢はないんです。はじめにご相談いただいた借金も、まだ残っていますよね？』

鞘師の質問に、桝井は口ごもる。三度案件をこなしたことで、借金は八十万近くにまで減っていた。この程度の金額であれば、地道に働いて返すことができる。だからこそ、桝井は鞘師への連絡に踏み切っていた。だが、この仕事を今抜ければ、自分の個人情報がネットにばらまかれる。そうなれば、獲得した内定も当然取り消される。いつの間にか桝井は、行き着く先が闇しかない、袋小路《ふくろこうじ》に迷い込んでいた。

『――我々は仲間です。今後も助け合いましょう』

こちらの葛藤を見透かしたように、鞘師は柔らかい声で言った。

# 第四幕　詐欺 -CS- 第八場

「振り込まれた百万円に、心当たりはありますか？」

『……ありません』

かすれた弱々しい声。その声で、僕は自分が詐欺を仕掛けている相手が、か弱い老人であることを思い知る。僕たちが使用している『健康食品購入者』名簿には、今電話を掛けている「柳瀬昭子」のすぐ上まで、赤い斜線が引かれていた。

「であればやはり……柳瀬様の口座は、特殊詐欺グループに利用された可能性があります」

電話口からは、苦しげな溜息のような声が聞こえた。相手が何を言ったか聞き取れず、僕はふいに焦りを覚える。

「柳瀬さん？　すみません、お電話少し遠いようです」

間を置いて、スピーカーからは震える声が聞こえてきた。

『すみません、少し、動揺していて……』

「あぁ……お気持ち、お察しします」

何と言うべきか分からず、僕はお悔やみのような言葉を発した。英里香の鋭い視線を感じながら、僕は再びマニュアルに目を落とす。

「ご本人から確認が取れましたので、この件は当金庫から警察にご連絡させていただきます」

『警察、ですか？』

「はい。捜査協力のため、届け出る決まりがあるんです」

警察と聞いて、柳瀬昭子はますます動揺しているようだった。だが、同情してばかりもいられない。僕は唾を飲みこむと、英里香の「シナリオ」へつなげるための重要箇所を伝えた。

「これから、警察の方から柳瀬様にお電話があるかと思うのですが……その際は、ご対応のほどお願い致します」

『……わかりました』

僕は逃げるように電話を切る。テーブルの向かい側では、険しい表情をした英里香とイツキが、一つの椅子を隔てて並んでいた。

「良かったんじゃないですか」

ストップウォッチのアプリを眺めながら、イツキが仏頂面で言う。ターゲットに怪しまれないよう、信用金庫職員からの電話の後は、最低二分間隔を空けることになっていた。隣では、英里香がタブレット内のマニュアルに目を落としている。

「『お祭しします』はないでしょ。探偵？」

英里香は呆れたように言った。顔が赤くなるのを感じながら、僕は頭を下げる。

「すみません……向こうの声が聞こえなくて、少しテンパりました」

英里香はこちらを見向きもせず、手慣れた様子で携帯電話に番号を打ち込み始める。詐欺の電話を掛ける際は、相手に番号を明かさないよう、184を入れるのがルールだった。電話を切ってからはちょうど二分程度が経過したところだ。英里香は軽く髪をかきあげると、露《あらわ》になった耳に受話器を当てた。

『……はい、柳瀬です』

スピーカー越しに、再び柳瀬昭子の声が聞こえる。その短い応答からでも、相手の緊張は伝わってきた。

「もしもし。玉川警察署生活安全課のミナトと申します。城萬信用金庫のアオキ様から情報提供いただき、お電話差し上げました。今お時間よろしいですか？」

英里香は、まさに立て板に水といった勢いで会話を切り出した。その声は普段より半オクターブ高く、言葉の歯切れもいい。数分前に僕を腐していた時とは、まるで別人だった。

『……大丈夫です』

「ありがとうございます。柳瀬様の口座には——本日十二時二十五分に、タギシケンゾウ様から百万円のお振込みがあったということです。タギシというお名前に、心当たりはありますか？」

英里香はマニュアルに目を落としたまま、全く面識のない人間の名前をすらすらと口にする。ターゲットに同姓の知り合いがいないよう、偽名の苗字は、毎回珍しいものを使用している。今回の名前は、考えた末に僕が提案したものだった。

『……ありません。タギシなんて知り合い、主人にもいなかったと思います』

案の定、柳瀬昭子には「タギシ」という名の知り合いはいないようだった。名簿によれば、柳瀬昭子の夫は既に亡くなっている。今のところ、案件成功のための障害はなかった。

「かしこまりました。それでは、今後の捜査ですが——」

『あの、すみません』

「……どうされました？」

初めて会話を遮られたことで、英里香の声に警戒が滲む。お前のせいじゃないだろうなと言いたげに、英里香は僕をちらりと睨んだ。

『私の口座に……知らない人から、百万円が振り込まれているんですよね？』

「ええ、そうです」

英里香は警官らしい声で応答する。それでもまだ、柳瀬昭子の不安は解けないようだった。

『でも……どうして詐欺の方は、そんなことをされるんですか？　振り込めって言うならわかりますけど……』

柳瀬昭子が話している間に、英里香はタブレットの画面を指で弾き、この件に対応するシナリオを呼び出す。相手が振込に疑問を持つことは、マニュアルでも想定内だった。

「実は最近、こういったケースが増えていまして……」

相手が話し終えるとほぼ同時に、英里香は口を開く。一度に情報を伝え過ぎないよう間を空けると、昭子夫人に、このシナリオの核心となる情報を伝えた。

「口座に振り込まれたのは、おそらく、別の詐欺事件で盗まれたお金です」

振込に疑問を持った相手に声を一段落として「理由」を伝える。今のところ、全てはシナリオ通りに進んでいた。

「特殊詐欺グループは、盗んだキャッシュカードを使って、別のターゲットの口座にお金を振り込むことがあるんです。カードが凍結される前に、中の預金を移すためです」

別口座への振込は、実際に詐欺グループが行っている行為の一つだった。大きな嘘を信じさせるために、小さな真実を効果的に使う。マニュアルには、詐欺を成功させるためのセオリーが随所に散りばめられていた。

『ターゲットって……それじゃあ今は、私が狙われてるんですか？』

柳瀬昭子は、このシナリオが用意した「正解」に飛び込んでいた。英里香は、その反応に冷たい笑みを浮かべると、用意していた言葉を告げる。

「口座情報が漏れていますから、その可能性は高いです」

電話口からは、息を呑むような音が聞こえた。

「詐欺グループは、盗んだお金を柳瀬さんの口座に一旦集めて、これからまとめて回収するつもりかもしれません」

英里香は、言葉巧みに誘導し、柳瀬昭子の脳内に架空の敵を作り上げる。「回収」という言葉を使ったのは、過去にワイドショーを賑わせた強盗を連想させるためだった。

「柳瀬さん、落ち着いてお聞きください。ちょうど近くに所轄の者がおりましたので、あと十分程度で、マシタという警官がご自宅に向かいます。その警官が、柳瀬さんを詐欺グループからお守りいたします」

架空の敵を作り上げた上で、「敵からあなたを守るには、私が必要だ」と告げる。政治、宗教、ビジネス——あらゆる分野の人間が自らを信用させるために使う、最も有名な詐欺の手口だった。電話口から、柳瀬昭子の反応はない。だが英里香は、その沈黙をシナリオが「刺さった」証《あかし》と捉えているようだった。

「いまご自宅には、柳瀬さんお一人ですか？」

「健康商品購入者」名簿と前日に行った「老後の資金」特番作戦により、柳瀬昭子が独居であることは既に把握していた。だが、高齢者には突然の来客があるケースが少なくない。ここで再確認をしておくことは、案件成功のためには重要だった。

「わかりました。今はご不安かと思いますが、マシタが着くまでは、私が一緒です」

明らかに動揺している昭子を、英里香は励ます。その様子が堂《どう》に入《い》っているのを意外に思いながら、僕は、普段の「湊谷英里香」こそが、演技なのではないかとかすかに思う。

『ミナトさんは……声はずいぶんお若いですけど、本当にしっかりしてらっしゃいますね』

しばらく間を置いて、柳瀬昭子は突然そんなことを言った。

「いえ、そんなことは」

英里香はとっさに否定する。高齢者との電話では、急に雑談めいた話をされることは珍しくない。だがこの雑談が、詐欺を仕掛ける側にとっては厄介だった。僕たちが演じている架空の人間に「生活」はない。雑談を続けることは、本来の自分を晒すことにつながっていた。

『私なんて、今年で七十八になるのに、今も、足が震えてしまって……あなたみたいな立派な方とは、大違いだわ』

どんな悪口をぶつけられたときより、英里香は動揺しているように見えた。シナリオには、突然褒められるケースは想定されていない。英里香の眼が小さく泳ぐ中、電話口から、ふいに高い音が聞こえた。

『誰かしら……』

「マシタが到着したようです。思ったより早かったですね」

柳瀬昭子の疑問に、すかさず英里香が答える。その声には、安堵の色が浮かんでいた。

『よかった、あなたが呼んでくださった方ね……』

柳瀬昭子は、「ミナトさんが手配した所轄の警官が到着した」というシナリオを、すっかり信用しているようだった。英里香は再びマニュアルに目を落とすと、無言で小さく頷く。

『ミナトさん、どうもありがとう。あなたのおかげで、助かりました』

「いえ、これが仕事ですから――ここから先は、マシタの指示に従ってください」

英里香は少し早口に言うと、相手の反応を待たずに電話を切る。普段の英里香からは考えられない、雑な対応だった。

「……とりあえず、成功ですね」

イツキが普段通り、淡々と電話の内容を総括する。詐欺は成功したが、相手を騙してやったという爽快感はない。どうしようもない後味の悪さが、部屋には広がっていた。

「助かりました、だって」

英里香は柳瀬昭子の言葉を鼻で笑う。その笑みが少し引き攣《つ》っているように見えたのは、気のせいではないと思う。

「英里香さん、大丈夫ですか」

「……何が？」

聞き返す英里香の声には鋭い棘《とげ》があった。その剣幕に怯《ひる》みながら、僕は話を続ける。

「途中、苦しそうだった気がしたので」

正直に感じたことを伝えると、英里香は押し黙る。すぐに反発されると思っていた僕は、その反応に動揺する。気詰まりな沈黙が続いた後、英里香はふいに口を開いた。

「苦しいことくらいあるでしょ。……仕事なんだから」

英里香は、壁の一点をじっと見つめたままつぶやく。その言葉は、英里香自身に向けられているようだった。

## 第四幕　詐欺－CS－第九場

『今からお伝えするコインロッカーに向かってください。コインロッカーの番号は００２。暗証番号は００００です。中のツールを手に入れ次第、ご連絡ください』

女からの命令は、今日も胡散臭いアプリ経由だった。続けて同じアカウントから、住所と写真が送られてくる。コインロッカーの場所は、真島が今いる自由が丘駅の北口だった。

真島はプラットホームに設置されたトイレに入ると、鏡で自分の姿を確認する。真新しいワイシャツに、黒の革靴とスラックス。どれも真島が、鞘師の指示を受けて量販店で買い揃えた物だ。一万円もしない安物だったが、遠目に見ればそれなりに見える。この格好であれば、「本物の警察」に呼び止められることもなさそうだ。

真島はトイレから出ると、まっすぐに北口改札を目指した。自由が丘駅は、以前訪れた二子玉川駅と負けず劣らず利用者の多い駅だった。改札を出たところで、アプリに届いた写真を開き、周囲を確認する。目当てのコインロッカーは、改札を出てすぐ左手にあった。「００２」のロッカーからは、「空き」を示す緑のランプが消えている。真島はタッチパネルを操作し、暗証番号「００００」を入力する。ガタッと耳障りな音を立て、ロッカーはあっけなく開錠した。

（オレオレ、か……）

くだらない語呂合わせだと思いつつ、開錠したコインロッカーの扉を覗く。ロッカーの中には、黒革の手帳と、頑丈そうな黒い鞄が入っていた。

周囲を素早く見渡した後、中にあるものを回収する。このロッカーは、近くにある交番からは死角の位置にあった。真島は鞄を肩から掛けると、「手帳」の中身を確認する。手帳には、真島の顔写真の下に「真下竜一 巡査」の文字が入っていた。どうやらこの「警察手帳」は、以前送った免許証の写真から作られているらしい。出来の良さに舌を巻きつつ、真島は、得体《えたい》の知れない不気味さを感じていた。

『……はい』

通話ボタンを押すと、二コールを待たずに鞘師が出る。絶対に自分から名乗りはしないところが、闇の人間らしかった。

「警察手帳、手に入れました」

『柳瀬昭子の自宅そばにある公園で待機していてください。住所はお送りします』

真島が報告すると、鞘師は次の指示を伝えてくる。指示された公園は、この駅から徒歩で十五分程度の距離にあった。ＢＭＷとポルシェがすれ違う駅前通りに舌打ちしつつ、真島は公園を目指し始めた。

平日の昼下がりにもかかわらず、公園には子どもの姿があった。

サッカーボールで遊ぶ子どもを見ながら、数年前にＬＩＮＥニュースで見た「日本で子どもの数が増えている都道府県は東京都だけ」という記事を思い出す。神奈川で生まれ育った真島にとって、東京は常に意識するライバルのような存在だった。普段はニュースなんてほとんど気にも留めたことはなかったが、そのニュースのことだけは、何故《なぜ》かずっと忘れられずにいた。

全てが東京に吸い取られている。バカでかい家が立ち並ぶ公園周辺を眺めながら、そんな考えが頭に浮かぶ。立派な家に、まともな仕事。それに、明るい家族。このあたりの連中は、真島が持っていないもの全てを持っている。こいつらから数百万程度の金を取ったとして、何も悪くはない気がした。

真島の気持ちを察したように、スマートフォンが震える。着信は、鞘師からだった。

『危機伝達係のシナリオが終了しました。柳瀬昭子の自宅へ向かってください』

「了解です」

いよいよ、新しいシナリオを使った初試合が始まる。真島の気分は高揚していた。電話先の鞘師は、あくまで冷静に最終確認を始める。

『復習しましょう。あなたは誰ですか？』

「真下竜一。警視庁玉川警察署地域課の巡査です」

『あなたはこれから何をしますか？』

「柳瀬昭子の自宅へ向かい、『不審な振込の件で捜査協力のお願いをしたい』と伝えます。振込があったキャッシュカードを持ってくるよう伝えて、カードを封筒に入れさせます」

『ターゲットが封筒にキャッシュカードを入れたらどうしますか？』

「付箋を渡して、暗証番号を書くよう言います。付箋を入れたら、割印をするための印鑑を持ってこさせます」

真島は、鞘師からの質問へ立ちどころに答える。飲食店で長年働いていたおかげで、決められたフローを覚えるのは得意だった。

『結構です。入れ替えの手順も、問題ありませんね？』

「大丈夫です。絶対間違いません」

バスケ部時代から、ここぞというときの集中力には自信があった。真島がそう答えたところで、ちょうど柳瀬昭子の住宅が見えてくる。自由が丘では小洒落《こじゃれ》たデザインの大きな邸宅が目立っていたが、柳瀬家は、真島も見慣れた二階建ての日本家屋だった。

「このまま、向かっていいですか？」

『会話中ですが、向かいましょう。チャイムを鳴らしてください。鳴らしたらそのまま、手帳を出して挨拶です。ここからは、「真下さん」にお任せします』

鞘師に何が見えているかは分からなかったが、その言葉を信じて頷く。

「じゃあ、行きます」

真下は決意を込めて鞘師にそう告げると、通話を切り、スマートフォンを鞄の中に入れる。フリースロー前のようにふーっと息を吐くと、柳瀬家のインターホンを押した。

すぐに返事こそなかったが、反応は確かにあった。柳瀬家の玄関ドアには磨りガラスが組み込まれていて、玄関の様子がかすかに分かる。小さな女性の影が近づいてきたかと思うと、内鍵の開く音がして、引き戸がゆっくりと開かれた。

「……はい」

玄関には、気の弱そうな高齢の女性が立っていた。髪は白髪交じりで、小豆色のカーディガンの下に、くすんだ灰色のズボンを穿いている。小動物のような黒目がちな両目が、今は真下をじっと見ていた。

「玉川警察署の真下です。不審な振込の件で、捜査協力のお願いに参りました」

真下はそう言って、コインロッカーから受け取った偽の警察手帳を開く。高齢の女性は、その手帳をぼんやりと見つめていた。

「柳瀬昭子さんですね？」

「ええ、そうです」

柳瀬昭子が頷いたことで、真島は安堵する。ターゲットは、掛け子チームが仕掛けた詐欺電話の内容を、完全に信じているようだった。高齢の柳瀬昭子本人が玄関に出てきたところを見ると、この家には、他に誰もいない可能性が高い。真島は柳瀬昭子の背後を鋭く一瞥すると、さっそく本題を切り出した。

「振込のあったキャッシュカードは、どちらですか」

「あっ……ちょっと待ってくださいね、いま持って来ますから」

柳瀬昭子はそう言うと、廊下にある手摺《てすり》を伝いながら、居間へと戻っていく。その背中が廊下から消えたところで、真島はショルダーバッグを開く。肩掛けの鞄には、二つの茶封筒が入っていた。片方には既に封がされており、もう片方は開いている。真島が封の開いた茶封筒に手を触れたところで、廊下に再び柳瀬昭子の姿が見えた。その手には、使い古されたベージュの財布が大事そうに握られている。

「お待たせしてすみません」

柳瀬昭子は本当にすまなそうに言った。真島はあまり財布に注目しないよう、玄関の周囲を見渡す。目的が金であるからこそ、金には徹底して無関心を装っていた。

「こちらが……振込のあった、信金さんのカードです」

柳瀬昭子はそう言って、藍色のキャッシュカードを財布から取り出した。真島は頷くと、ショルダーバッグから封が空いている方の茶封筒を取り出す。

「こちらの封筒へ入れていただけますか」

真島が依頼すると、柳瀬昭子は言われるままにキャッシュカードを封入した。丁寧に茶封筒を手渡す彼女を見ながら、この調子なら、成功は固そうだと思う。真島は受け取った封筒を軽く掲げると、頭に叩き込んだシナリオをスタートさせた。

「詐欺グループが引き出せないよう、柳瀬さんの口座を凍結します。捜査終了まで、こちらの封筒は柳瀬さんご自身で保管いただきます」

真島は茶封筒を掲げたまま告げる。警官らしく聞こえるよう、厳しい声を心がけた。

「でも、このカードには、盗まれたお金が入ってるんですよね？　警察の方に保管いただいた方が、安心な気がしますけど——」

「警察が、個人のカードを預かることはできません」

真島は、とっさに柳瀬昭子の言葉を否定する。真島がキャッシュカードを受け取ってしまっては、「すり替え」のトリックが使えなくなる。どんな形であれ、彼女からカードを受け取らないことが重要だった。

「もし柳瀬さんのカードを預かろうとする警官が来たら、そいつは偽者です。絶対に従わないでください」

もしこれから真島たちの犯行がバレるとしたら、それは、柳瀬昭子の持っている封筒の中身が明らかになったときだ。封筒さえ無事であれば、真島は「正義の警察官・真下竜一」のままでいられる。不安げな柳瀬昭子の目をじっと見つめたまま、真島は熱弁を続けた。

「こちらの封筒は、柳瀬さんご自身で大切に保管してください。捜査が終わるまでは、我々が柳瀬さんを守ります」

「……それなら、安心ですね」

何も安心なんかじゃない。用が済んだら、俺は帰る。日本の腐った警察が、老人一人ごときにここまで優しくする訳がないだろ。心の中でそう悪態をつきながら、真島は頷く。シナリオの仕上げに入るため、真島はショルダーバッグから白い付箋を取り出した。

「次に、口座の暗証番号をこちらに書いてください」

真島は付箋を取り出すと、暗記したシナリオを淡々と伝える。昔から、暗記自体は得意だった。中学の頃から、戦国時代や戦争に関わる分野だけは高得点で、歴史の教師からカンニング疑惑をかけられたこともあった。人を偏見で判断する連中には、スポーツ以外ではまともに努力しない真島の高得点が信じられないようだったが、真島は、自分が興味を持てる話であれば、いくらでも覚えることができた。そして真島は、人の戦う話が好きだった。

「私に見えないように書いてください」

そう言い添えて、真島は柳瀬昭子に付箋とサインペンを渡す。店の客がクレジットカードの暗証番号を打ちこむときのように、わざと目を逸らす素振りもしておく。まもなくサインペンを付箋に滑らす音が聞こえた。「真下さん」の声に振り返ると、柳瀬昭子は、書き終えた付箋を裏返しにして渡してくる。真島はその付箋を会釈して受け取り、そのまま茶封筒の中へ入れる。今、真島が番号を知る必要はない。これで全ては順調だった。

「最後に、こちらの封筒へ割印をしていただきます。ハンコをお持ちいただけますか」

「割印って……契約書なんかでする、あの？」

柳瀬昭子は、これまでになく不安げな顔をしていた。そんな表情になるのも無理はない。キャッシュカードを入れただけの茶封筒に割印をするなんて、冷静に考えればおかしな話だ。だがその「おかしな話」を信じてもらえなければ、このトリックは成功しない。真島は静かな声で、暗記したシナリオを語り始めた。

「そのまま保管するようお伝えしても、お金を引き出してしまう方がいらっしゃるんです」

「でも……引き出したら、いけないんですか？」

柳瀬昭子は心配そうな表情で尋ねてきた。こちらが想定していた通りの質問。だが、重要な質問だった。真島はターゲットを睨むように見ると、これまでになく厳しい声で告げた。

「この口座からお金を引き出した場合、柳瀬さんは、詐欺の共犯として逮捕されます」

「え？　そんなこと――」

「詐欺で得られた金を引き出したことになりますから、犯罪になるんです。以前も山口県の方で、役所が間違って振り込んだお金を引き出して、捕まった若者がいましたよね」

役所のくだりは、真島が付け加えたアドリブだった。犯罪で得られた金を、そうと分かって引き出せば犯罪になる。それ自体は事実だ。柳瀬昭子の口座に、詐欺で盗まれた金が振り込まれているという前提が、そもそも嘘であるだけだった。

「……それじゃあ、絶対に引き出しちゃいけませんね」

「はい。そのための割印です」

真島はそう言って、カードの入った封筒を軽く掲げる。割印さえ納得させることができれば、このシナリオはほぼ成功と言える。ここが正念場だった。

「わかりました。それじゃあ……いま印鑑を持って来ますね」

柳瀬昭子は真島にそう告げると、今度は先ほどカードを取りに行った際とは逆方向へと向かった。その背中が見えなくなったタイミングで、真島はすぐにショルダーバッグへ目をやる。

バッグの中には、鞘師が用意した「ポイントカード入りの封筒」が入っていた。真島は、柳瀬昭子から受け取った「キャッシュカードと暗証番号入りの封筒」をバッグに入れると、その手で「ポイントカード入りの封筒」を取り出す。同じ型の茶封筒を利用しているため、外見上の違いはない。違うのは「ポイントカード入りの封筒」にだけ、封がされているということだった。

再び廊下の方に目を向ける。まだ、柳瀬昭子の姿はない。「ポイントカード入りの封筒」を手にした真島は、バッグを閉じると、封筒を持ったまま腕を組む。柳瀬昭子に注目しすぎていては怪しまれるため、視線はさして興味のない玄関マットに落としておいた。

「……すみません、お待たせしました」

柳瀬昭子の声に、真島は今気づいたという様子で顔を上げる。その手に高級そうな印鑑入れがあるのを確認し、真島は小さく頷いた。

「では、こちらに割印をしてください」

真島は「ポイントカード入りの封筒」を玄関脇の靴箱に置くと、封をした箇所を指差した。

柳瀬昭子が立派な象牙の印鑑を取り出すのを見ながら、この世代には動物愛護もクソもないんだなと思う。本物の象牙なんて今日日《きょうび》ヤクザの世界でも危なくて扱わないと聞いていたが、ある程度上の世代は、本物の象牙製品を当然のように持っていた。そんなことを考えているうちに、柳瀬昭子が判を捺し終える。

「あ、ちょっと曲がっちゃったかしら……これでも平気ですか?」

「ええ。問題ありません」

判子の向きはどうなっていようとかまわなかった。この割印に、契約上の意味は何もない。

割印の最大の目的は、ターゲットを玄関から遠ざけ、封筒をすり替える時間を作ることだ。その目的は今、完全に達成されている。真島は割印の済んだ「ポイントカード入りの封筒」を手に取ると、柳瀬昭子の胸元に差し出した。

「こちらの封筒は、人目に触れない場所で、大切に保管してください」

「……わかりました」

柳瀬昭子は、何の価値もないポイントカード入りの封筒を後生大事《ごしょうだいじ》そうに抱いていた。その姿を見ながら、真島は言葉にできない感情を抱く。

親戚関係が極度に悪かった真島は、祖母や祖父と呼ばれる人々と今まで会ったことがなかった。だから、高齢者に同情したこともない。真島が抱いたのは――おそらく、後悔と呼ばれる感情だった。もしこの人が自分の家族だったら、いま真島は、こんなことをしていなかったかもしれない。そんな思いが一瞬去来し、胸を覆っていた。

真島はあらゆる感情を振り払うと、シナリオに頭を戻す。残っているのはあと一文だった。

「捜査の進展あり次第、こちらからご連絡します」

余計な感情が溢《あふ》れないよう、努めてぶっきらぼうな口調で言う。真島は柳瀬昭子の顔を見ないよう頭を下げると、大股で玄関を後にした。


『……はい』

「カードすり替え、終わりました」

柳瀬昭子から封筒を受け取った十分後。真島はガラス張りのカフェを横切りながら、鞘師に報告の電話を入れていた。道路をまっすぐ進んだ先には、自由が丘駅が見えてきている。ここであれば、柳瀬昭子や、周辺住民に不審がられることもないはずだった。

『おつかれさまでした。それでは、次の指示をお出しします』

鞘師は、あくまで事務的に真島をねぎらうと、さっそく次の話をはじめる。前のシナリオであれば、受け取った鞄を「ライダー」に手渡せば終了だったが、今回受け取ったのは、現金ではなくキャッシュカードだ。これから先どうすれば良いかを、真島はまだ知らなかった。

『手に入れた封筒を、自由が丘駅北口のコインロッカーに入れてください。コインロッカーの番号は002。暗証番号は0000です』

「……さっきと同じロッカーですか」

『仰る通りです。ロッカーへの封入が完了したら、そのまま、そのロッカーを監視してくださ い。出し子がカードを受け取り、ATMで現金を引き出すのを見届けたら、真島さんの業務は完了です。報酬の入ったロッカーと、その暗証番号をお伝えいたします』

鞘師の指示は、これまでと比べてかなり複雑だった。鞘師は受け子である真島にキャッシュカードをロッカーに預けさせた後、これから来る「出し子」が現金を引き出す様子を、「張り子」として監視させたいらしい。受け取ったのが現金ではない以上、多少の面倒は覚悟していたが、妙にまわりくどいやり口が気に食わなかった。

「俺がこのまま引き出してくるんじゃ駄目なんですか」

今、真島の手元には、柳瀬昭子から受け取った城萬信用金庫のキャッシュカードと、暗証番号の書かれた付箋がある。このまま信用金庫に向かえば、真島一人でも中の預金は引き出せるはずだ。駅前にある城萬信用金庫の大きな看板が見えてきたところで、電話先の鞘師は急に声を落とした。

『真島さん、よく聞いてください。あなたは我々のチームにとって、非常に重要な戦力です。だからこそ、預金を引き出す業務は、あなた以外にやらせます』

「……どういうことですか」

意図が分からず、真島は威嚇するように尋ねる。鞘師はわずかに時間を置いた後、その理由を語りはじめた。

『出し子の業務は、板から現金を得るためには不可欠なお仕事です。ただし、銀行やATMでの預金引き出しには、大変なリスクが伴います。現金を引き出す際の様子が録画された上、公開捜査に使用されるからです』

鞘師の明かした理由を、真島は黙って聞く。「板」とは、この業界の用語でキャッシュカードを意味する。思い返してみると、詐欺関係のニュースでは、出し子が現金を引き出す映像がやたらと使われていた。一度出し子をやれば、銀行やATMに「詐欺の実行犯」として顔が残る。今後を考えると、それは避けたい事態だった。鞘師はなおも続ける。

『真島さんは、初めてのシナリオであってもすぐに暗記した上で、躊躇なく老人を騙せる、優れた人材です。我々としては、真島さんのお顔を警察側に知られたくないのです』

詐欺を生業《なりわい》にする女の言うことをどこまで信じるべきかは分からなかったが、鞘師の言葉には嘘がなく、筋が通っているように思えた。

「……そういうことなら、引き受けます」

真島は短く業務の了承を告げる。指定のコインロッカーは、もう目の前にあった。

城萬信用金庫の向かいに面した、ガラス張りのカフェの一画。真島は飲みたくもないコーヒーを飲みながら、店外の一点を見つめていた。何のイベントもない平日の午後にもかかわらず、店内は満席に近い。真島は空になったショルダーバッグを向かいの椅子に置き、二名用の席を確保していた。この席を確保したのは、ここが一番、ATMの入口を監視しやすいからだった。

『出し子の様子に、問題はありませんか？』

鞘師から届いたメッセージを見ながら、真島は皮肉な笑みを浮かべる。

真島に向かって「出し子のリスク」を熱弁した数分後、鞘師は平気な顔で「手配した出し子」を駅に寄越していた。真島も大概だが、鞘師の面の皮も相当厚いらしい。真島が背後から監視する中、黒縁眼鏡をかけた出し子は、ロッカーから十枚のカードを取り出し、一日の引き出し限度額が五十万円のATMを狙って、現金の引き出し作業を繰り返していた。鞘師からの説明は一切なかったが、キャッシュカードが十枚あるところを見ると、鞘師はこれまでにも他の人間を使って「キャッシュカードすり替え詐欺」を何度も実行しているようだった。

「問題ありません。残りは城萬の一枚だけです」

作業自体は今のところ順調で、眼鏡の出し子は九枚のカードを使い、各銀行のATMから計四五〇万円を引き出していた。残るは、真島が先刻手に入れた柳瀬昭子のカードだけだ。あの眼鏡が城萬のATMから出てきて、例の公園でライダーに現金を渡すのを見届ければ、真島には、「売上」の二十パーセント――百万円が手に入る。鞘師はこれまでの「成果」と負担増をふまえ、真島の取り分をこれまでより十パーセント上げることを約束してくれていた。百万円と言えば、元々真島が働いていた飲食店の、半年分の給料だ。あまりの待遇の違いに、皮肉な笑みがこぼれる。この仕事は、今まで真島が就いてきたどの仕事より、給料が良く、「成果主義」だった。

「なんかいいことありました？」

突然の声に、顔を上げる。真島に話しかけてきたのは、ワイシャツ姿の男だった。浅黒い顔に、軽薄そうな笑顔。その顔をまじまじと見つめるが、過去に出会った記憶はない。男は、対面の椅子を引くと、また笑顔を真島に向けた。

「真下さん。真下竜一さんですよね？」

白のワイシャツに、黒のスラックス。男は、真島を真似たような服装をしていた。同業者か？鞘師が寄越した関係者だろうか。そこまで考えたところで、真島の背筋に、震えが走る。

違う。こいつが俺を真似たんじゃない。こいつは——

気づいたときには走り出していた。通路にいた女とぶつかり、コーヒーカップが派手な音を立てて割れる。店内で悲鳴が上がる中、入口付近で微動だにせずこちらを見つめる男がいる。白髪交じりの髪に、筋肉質な体軀。その目つきから、真島はこいつも刑事だと確信していた。

「綿貫さん！」

浅黒い男が、背後から叫ぶ。綿貫と呼ばれた男は腰を落とすと、両手を広げる。真島は速度を緩めず、男の胸へ突進するように進んだ。男の腰が一瞬浮いた瞬間を見計らって左足を踏ん張り、体を反転させる。浅黒い男が目を見開く表情が、コマ送りのように見えた。白髪交じりの男が後ろ襟を摑みかけたところで、真島は再び体を反転させ、男の左脇をすり抜けた。

「くそっ……桑原！」

「行きます！」

背後から刑事二人の叫ぶ声が聞こえる。悲鳴と怒号が混じる中、真島は開いた自動ドアに体を捻じ込み、店外へ出た。通行人の視線が自分に集まっているのを感じながら、真島は頭を働かせる。電車は使えない。今はとにかく、刑事を撒いて姿を隠す必要があった。瞬時に判断し、真島は柳瀬宅へとつながる道へ進路を定める。真島は線路に沿って、北へ北へと進んだ。

違和感を覚えたのは、その数秒後だった。

振り切ったはずの、人の気配が確かにある。

肩越しに背後を見ると、「クワバラ」と呼ばれた浅黒い男が、別人のように険しい顔で、すぐそこまで迫っていた。

現役時代なら、真島が抜き去った相手が、追い付くなんてありえなかった。真島の脚力と集中力には、上級生も敵《かな》わなかった。だが今、真島の背後には、へらへら笑っていたはずのあの男が、猛然と迫っている。

「真下ァ！」

男の手が、真島の肩に食い込む。現役時代なら踏ん張れたはずの足が、空を掻く。次の瞬間、真島は地面に背中を打ち付けられていた。

すぐさま両肩を摑まれ、真島の胸がコンクリートに押し付けられる。抵抗する間もなく、真島の両腕には、冷たい輪がかけられていた。

「真下竜一……詐欺罪の容疑で、逮捕する」

荒い息をしながら、浅黒い男は、真島の背中に告げた。

捕まる時の名前すら、嘘なのか。

コンクリートに頰を押し付けられながら、真島は皮肉な笑みを浮かべる。

それなら全部嘘がいい。目が覚めたら、またあの試合が始まればいい。朦朧《もうろう》とした意識の中、真島竜二はそう思った。

# 第四幕　詐欺 -CS- 第十場

『今からお伝えするコインロッカーに向かってください』

鞘師から届いたメッセージは、今日も人間味のない定型文だった。返信する間もなく、桝井のスマートフォンに住所と写真が送られてくる。コインロッカーの場所は、アパートの最寄り駅である祐天寺《ゆうてんじ》駅から三駅先、自由が丘駅の北口だった。

洗面台で自分の姿を確認する。ひどい顔色だった。昨日もほとんど眠れなかったせいか、桝井の目はひどく腫《は》れぼったく、唇は黒みがかっている。

溜息をつき、カーテンレールに掛けてあったワイシャツとスーツに袖を通す。昨年買ったリクルートスーツは、早くも肩が煤《すす》けていた。

こんなことのために買ったんじゃない。

受け子の仕事をするたびに、スーツからそんな声が聞こえてくる気がした。それでも、今はやるしかない。今日で、本当に今日で最後にしよう。桝井は、そう自分に言い聞かせながらネクタイを締めると、安物の革靴を履いて玄関を出た。

重い足取りで、祐天寺駅へと向かう。最寄りと言っても、到着までは徒歩で十五分以上かかる。「大学に一時間以内で通える、家賃五万円台の物件」を条件に探したアパートだったため、多少の不便は覚悟していた。だが、肝心の大学側から「キャンパスに来るな」と指示を受けることになったのは、全く予想外だった。

俺が何をしたって言うんだろう。大学四年間、ほとんど使わなかった「通学路」を歩きながら、桝井はそう思う。はじめから都内の大学に進学しなければ、親許《おやもと》を離れて一人暮らしなんかしなければ、こんな目には遭わなくて済んだかもしれない。桝井のような田舎《いなか》出身の人間が東京に出てくること自体、身の程知らずだったのかもしれない。でも、親許を離れようと思うことが、東京のいい大学に行きたいと思うことが、そんなに悪いことだろうか。

桝井が大学で学べたことは期待よりはるかに少なかったが、ただひとつ、身に沁《し》みて分かったことがあった。「努力は人を裏切らない」「夢は必ず叶う」。そんな言葉は、全くの嘘だということだ。必死に努力して偏差値の高い都内の大学に進学した結果、桝井は、想像もしなかった苦境に立たされていた。

努力は、裏切られる。夢は必ずしも叶わない。一人の努力ではどうにもならない理不尽が、この世界には存在する。これこそが、桝井伸一郎が大学生活で学んだ教訓だった。

『祐天寺。祐天寺。次は学芸大学駅へ停車します』

通学に使っていた電車とは、逆側の電車へ静かに乗り込む。

元の暮らしに戻りたい。桝井は涙を浮かべながら、すれ違う電車を見送った。

『自由が丘。自由が丘。お出口は左側です』

人波に流されながら、北口を目指す。一円も持っていない状態でもクレジットカードから残高をチャージできるため、桝井はもっぱらモバイルＩＣカードを使っていた。

改札を通過したところで、ふと立ち止まる。また、誰かに見られている気配があった。きっと気のせいだと願いつつ、目当てのコインロッカーを探し始める。自由が丘駅北口のコインロッカーは、ほとんど全てが「使用中」だった。目当ての番号を目で探す。ロッカーの前には、幸い、人の姿はなかった。

「０」を四回。右端の液晶パネルで暗証番号を入力した途端、大げさな音を立てて、左端のドアが開く。誰にも中身を見られないよう桝井が慌てて駆け寄ったところ、「００２」のロッカー内には、黒のショルダーバッグと、大量の茶封筒が置かれていた。

訳が分からないまま、ショルダーバッグを取り出し、その中に茶封筒を放り込む。桝井は周囲を見渡すと、対面にあったガラス張りのカフェへ慌てて避難した。


奥側の衝立《ついたて》がある席で、こそこそとバッグの中身を取り出す。

茶封筒は、全部で十枚あった。桝井は販売カウンターを背にしながら、全ての封筒をテーブルに置く。封筒には、何も書かれていなかった。切手が貼られた形跡も無く、全ての封が空いている。桝井は謎の封筒を不気味に思いつつ、そのうちの一つをそっと持ち上げる。

封筒を傾けると、一枚のキャッシュカードが落ちてきた。

「えっ……」

物騒な中身に動揺しつつ、キャッシュカードが入っていた封筒の中を覗く。中には、まだ何かが入っていた。どうやら、封筒の中に接着されているらしい。恐る恐る封筒に手を入れ、接着していた付箋を取り出す。そこには、妙に達筆な文字で四桁の数字が書かれていた。

突然スマートフォンが震え出し、桝井は危うく声を上げかける。液晶画面に目をやると、『@Sw___House』のアカウントから着信が来ていた。桝井は、周囲を確認した後、頭を低くして通話に出た。

「……はい」

『荷物を受け取りましたね』

鞘師の第一声は質問でなく確認だった。僕は再び周囲を見回しつつ、小声で相手の出方を窺う。

「この封筒は……何ですか」

『CS案件で、受け子のみなさんがターゲットから獲得したキャッシュカードです。今後は、これらのカードを「板」とお呼びください』

「板……」

『各封筒には、封入された板の暗証番号が同封されています。これから桝井さんには出し子として、十枚の板から五百万円を出金いただきます』

数字の大きさに桝井は思わず怯む。鞘師はそんな桝井にかまわず話を続けた。

『基本は板に書かれた銀行と信用金庫で、限度額の五十万円までしっかりおろしてください。店が近くにない場合、利用者が多い場合は、コンビニATMに向かってください』

そう言って、鞘師は某大手コンビニエンスストアの名前を口にする。

『ここ以外のコンビニATMでは、一日の引き出し限度額が二十万円まで下がります。確実に五十万円おろせるよう、多少遠くても、使うコンビニは厳選してください』

「わかりました。おろしたお金は――」

『全ての板からお金をおろし終わったタイミングで、ライダーの居場所をお伝えします。引き出した現金の一割が、桝井さんの報酬です』

桝井を遮るように、鞘師は質問に答える。「これ以上は何も聞くな」というプレッシャーを、桝井は言外《げんがい》に感じていた。それから少し間を置いて、鞘師はぐっと低い声で言った。

『桝井さんの動きを、我々は把握しています。くれぐれも、妙な気は起こさないでください』


手元のカードと看板を、人目を盗んで見比べる。桝井が今持っているキャッシュカードは、看板と同じ緑色だった。間違いないと頷き、銀行に足を踏み入れたところで、桝井は声を失う。月の中日にもかかわらず、銀行のATMコーナーには、長蛇《ちょうだ》の列ができていた。

「あら、ここも駄目だ」

桝井の背後でそうつぶやく声が聞こえる。硬い表情のまま振り返ると、そこには、人の良さそうな老婆が立っていた。

「どこもこうだよ。偶数月の十五日。年金の支給日だから」

頼まれる前から、老婆は解説をしてくれていた。言われてみれば、コーナーに並んでいるのはそのほとんどが高齢者だった。愛想笑いを浮かべつつ、桝井は銀行を後にした。

鞘師から伝えられたコンビニを探しながら、桝井は自由が丘の街中を歩く。改めて見てみると、銀行と信用金庫の出張ATMには、数人の高齢者が並んでいるのが散見された。今まで全く意識したことはなかったが、偶数月の十五日には、毎度こんな光景が広がっていたらしい。普段であれば高い手数料を取られるコンビニATMはまず使わなかったが、これから桝井が引き出す金は、普段とは桁も持ち主も違う。桝井は悩んだあげく、鞘師が指定していたコンビニに足を踏み入れた。

ＡＴＭコーナーは、出入口のすぐ右手にあった。桝井はその位置に焦りを覚えつつ、ひとまず冷蔵庫のある奥のコーナーまで向かう。レジカウンターには男性が一人、女性が一人立っていた。どちらも浅黒い肌をしていて、外国人らしい。女性の方は配達物の処理を、男性は接客対応をしている。二人とも忙しそうで、他の客へ目をやる暇はなさそうだった。

「おつまみ」のコーナーを見るふりをしつつ、ショルダーバッグから封筒を取り出す。封筒から付箋とキャッシュカードを手に取ると、桝井は静かな足取りでＡＴＭへと向かった。

カードを挿入すると、鍵盤《けんばん》を叩くような軽快な電子音が響く。普段なら何も気にならない音にも、今の桝井は過敏に反応していた。銀色の反射板で背後に誰も並んでいないことを確認しつつ、桝井は「引き出し」のボタンをタッチする。

『暗証番号をご入力ください』

桝井は画面の文字を読んだ後、再び背後を確認する。反射板には、先ほどまでいなかったはずの、目つきの鋭い男が立っていた。全身からどっと汗が噴き出すのを感じながら、付箋に書かれた暗証番号を押し込む。

『金額をご入力ください』

桝井は震える指で、「5」を一回、「0」を五回入力する。これほど大きな金額を引き出すのは、初めてだった。ＡＴＭが駆動し、バサバサと紙幣が重なるような男が聞こえる。永遠に思えるほど長い待ち時間の後、引き出し口には、分厚い札束が現れた。

桝井は札束とキャッシュカードをバッグの中へ乱暴に突っ込むと、背後の男と目を合わせないよう、逃げるようにコンビニを後にした。

駅前通りを歩きながら、ショルダーバッグに目を落とす。桝井は、合計五つのコンビニを回り、四五〇万円もの現金をおろしていた。初めは動揺から五十万円を引き出すのがやっとだったが、二度、三度と繰り返すにつれ要領を摑み、最後に訪れたコンビニでは、三つの「板」を使って一気に百五十万円を引き出していた。残るは、城萬信用金庫のキャッシュカードだけだ。駅前で一際目立つ焦げ茶色の看板を見上げながら、桝井は考えを巡らせる。

コンビニで金をおろす間、店内には、必ず「同じ客」がいた。ワイシャツを着た目つきの鋭い男は、それとなく店内を見るふりをしながら、明らかに桝井の行動を監視していた。あの男が何者かは、分からない。一つはっきりしているのは、コンビニでお金をおろしている限り、あの男は、必ず店内までついてくるということだった。

善良な高齢者たちの眼と、正体不明の男の眼。今の桝井にとって恐ろしいのは、圧倒的に後者だった。桝井は意を決して、城萬信用金庫の自動ドアをくぐる。店内にはやはり高齢者の列があったが、日が暮れてきたということもあってか、その列はそれほど長くなかった。

桝井は列の最後尾に並び、努めて平静を装いながら封筒を取り出す。最後の板の暗証番号は、行内で付箋を取り出さなくて済むよう、あらかじめ暗記しておいた。ATMが五台も置いてあることもあって、列は思ったよりスムーズに進んでいく。桝井は、目つきの鋭い男が店内にいないことを確認すると、「渡されていたもの」を、バッグの外側についているジップポケットの奥底に入れた。

「お次のお客様、こちらへどうぞ！」

桝井は慌ててATMへ移動する。それでも現金を引き出す間、もう手は震えなかった。

城萬信用金庫の店内を出ると、自由が丘の駅前通りは騒然としていた。対面にあるガラス張りのカフェでは店内の机や椅子がなぎ倒され、警官らしき白髪交じりの男が店員に話を聞いている。店の周りには野次馬《やじうま》らしい中高年の男女が集まっていた。

「食い逃げらしいわよ」

「え？　こんなところで？」

「違う違う、詐欺だって。詐欺の容疑者がカフェから逃げたって」

「え、ほんと？　逃げた人捕まったの？」

「捕まってないから捜査してるんじゃないの」

要領を得ない噂話《うわさばなし》に聞き耳を立てながら、桝井はスマートフォンを見る。スマートフォンには、『@Sw＿＿＿House』からの着信が十件以上残っていた。その着信量に戦慄《せんりつ》し、桝井はすぐさま『テレグラム』のアプリを開く。

『引き出しは完了しましたか？』

鞘師は挨拶など一切抜きにして本題を切り出す。その声が苛立っているのを感じながら、抑えた声で返答する。

「今最後の板が終わりました。銀行の中だったんで、電話出られず、すみません」

『周辺に、何か変わったことはありませんか？』

「……ありません」

桝井は初めて、自分の意思で嘘を吐いていた。明らかに、何かが起きている。駅前の喧騒と鞘師の異常な着信数を見る限り、それは明らかだった。だが、何かが起きない限り、桝井がこの

「仕事」から解放される手立てはない。

『――了解しました。それでは、ライダーの待機場所をお伝えします。十枚の封筒と現金を確実に入れた上で、ライダーにバッグをお渡しください』

こちらの返事を待つことなく、鞘師は通話を切っていた。まもなく、鞘師のアカウントから公園の名前と住所が送られてくる。公園の場所は、ここから徒歩十分程度の位置にあった。

大きな邸宅の前を横切り、桝井は指定の公園に到着する。ランドマークらしい背の高い時計の下には、子ども用のマウンテンバイクがいくつも停まっていた。その脇に、やや場違いな黒いオートバイがあるのを見つけ、桝井は歩を進める。ライダーの姿は、木陰《こかげ》でやや暗くなったベンチのそばにあった。

「マスイサン、デスネ」

フルフェイスのヘルメットから、くぐもった声が聞こえる。桝井はショルダーバッグを肩から降ろすと、メインポケットを開き、中を見せながらライダーに渡した。

「……十枚の封筒と、五百万円です。間違いなく入ってるか、ご確認ください」

外国人らしいライダーは、軽く頷き、バッグのホルダーを肩に掛けて中身を検《あらた》めはじめる。桝井の誘導通り、封筒と現金があることを認めると、数えた現金の一部を桝井に差し出した。

「コレ、マスイサンノブン」

桝井は頷き、数は確かめずに現金を受け取る。誰かに見られていないかが気になったが、数十メートル先にいる親子連れは、世間話に夢中のようだった。

「オツカレサマデス」

ライダーはお決まりの挨拶を残して、オートバイを引いて道路に出た後、公園を去った。その姿が完全に見えなくなったのを確認して、桝井はスマートフォンを取り出す。「電話帳」のアプリを開くと、ごく最近登録した番号へと電話を掛けた。

『――無事済みましたか』

ドスの利いた低い声。桝井は相手が何者かを忘れそうになりながら、成果を報告する。

「荷物をライダーに渡しました。発信機は……バッグの外ポケットに、入れてあります」

『ご苦労様でした。いただいたご協力、無駄にはしません』

警視庁の忍山は、桝井をねぎらうように言った。

# 第五幕　詐欺 -MS- 第一場

「あれ、今アオイ一人？」

「定時」から一時間が過ぎた十八時。研修室で僕が食事をしていると、アスマがやってきた。歪な六角形のテーブルには、僕が温めた『汁なし担々麺《たんたんめん》』のどんぶりと、英里香が残していった『ベリーミックス』の小皿だけが置かれている。

「そうですね……イツキさんも英里香さんも、食べ終わったので」

イツキはいつも通り『完全食』だけを食べてロフトへ移動し、英里香は『ベリーミックス』を数粒食べたかと思うと、「食欲ないから」とぽつりと言い残し、僕に皿を押し付けて去っていた。

「なんか、お前らのチームっぽいな」

アスマは大股でテーブルに近づくと、僕の隣のソファに座る。その手には、注文用のタブレットが握られていた。

「アスマさんも一人ですか？」

今のAチームは、カンナと綾子、アスマの三人でいつも動いているイメージがあった。

「あの二人、まだ腹減ってないらしいし、これ食うとカンナが『臭い』って騒ぐからな」

アスマはそう言って、アプリ内のメニューで『大盛ペペロンチーノ』を指す。まだこの部屋に閉じ込められて間もない頃、このメニューはその強烈な臭いで女性陣から不評を買っていた。僕が「あぁ……」と同意とも否定ともつかない声を出すと、アスマはそのまま『大盛ペペロンチーノ』をアプリで注文する。やや間を置いて、アスマの注文品は「穴」から降ってきた。

「……これ、どういう仕組みなんだろうな」

二メートル近い高さから叩きつけられた『大盛ペペロンチーノ』の袋を拾いながら、アスマは心底不思議そうに言う。

「たぶん、自動ではないと思います」

「明らかに反応毎回違うもんな」

タブレットで注文した食品は、不規則な待ち時間を経て、研修室にある通気口のような「穴」から降ってきていた。十分以上待つこともあれば、一分も経たずに降ってくることもある。僕には、アプリから注文を受けた誰かが、この部屋に注文の品を放り込んでいるように見えた。

「俺さ……昔、親父に『自動販売機にはちっちゃいおっさんが入ってんだぞ』って言われて、小五くらいまで信じてたんだよな」

アスマは冷凍食品をレンジで温めながら、可笑《おか》しそうに言う。似たようなことを小学校の頃の友達から言われたことを思い出し、僕は思わず笑みを浮かべた。

「僕も、改札は細めの人が入ってるんだと思ってました」

「あれも入ってそうだよな」

アスマは仲間を見つけたという顔で目尻に皺を寄せて笑うと、さらに続けた。

「うちの親父、死ぬ間際に『秋平《しゅうへい》……あの自販機のおっさんの話な、嘘だぞ』とか抜かしやがってさ。他に言うことあんだろって話だよな」

アスマは笑みを浮かべながら、珍しく身の上話をする。僕はアスマの名前が「シュウヘイ」であることを初めて知ったが、今はそこには触れないことにした。

「お父さん、亡くなったんですね」

僕がそう言うと、アスマは大きく手を振った。

「もう十年も前だからな。そんな顔で聞く話じゃねえよ」

「あ、すみません」

反射的に謝ると、アスマは笑みを崩さず、温めた『大盛ペペロンチーノ』を持ってくる。隣で勢いよく麺を食べ出したアスマを見ながら、僕は努めて平静な声で言った。

「十年前って言うと、高校生の頃ですか」

「おお。ちょうど十八」

十八歳と言えば、進学か就職かを選ぶ頃だ。その頃に突然父親が亡くなったとしたら、きっと生活は楽ではなかっただろうと思う。僕の表情を読み取ってか、アスマは淡々と話しはじめた。

「母ちゃんが一番テンパってたからな、どうせ大学とか行きたくなかったし、それからすぐに働き出した。その頃は割と景気も良かったから、すんなり地元の店で雇ってもらえてさ。全部おかしくなったのは、ここ数年だな」

アスマの身の上話に、僕は耳を傾ける。この数年は、誰もが少なからず波乱の中を生きているはずだった。

「俺、地元でそれなりに有名なレストランで働いてたんだけどさ、契約社員ってやつだったんだよな。別に社員なら何でもいいだろって感じで多少キツくても働いてたけど、コロナが始まったら、いきなり首切られた。それで……契約社員ってのが何なのかが分かった」

アスマは歯を見せて笑ったが、その目は笑っていなかった。アスマはさらに話を続ける。

「飲食業界だけかもしれねえけどさ……大学出たやつらは幹部候補生で、正社員って身分で雇われてる。それで俺みたいな高卒とか専門卒の奴らは、幹部になんかする気ねえから、契約社員っつう一つ下の身分で雇われてる。で、ヤバいことがあったら、この契約社員からバッサリ切られる。世の中そういうふうにできてんだよな。俺、そんなん全然知らなくてさ」

正社員も契約社員も契約の一つの形態で、当然身分であるはずがない。だが、契約社員だったアスマ自身は、体感的にそれを「身分」だと感じているようだった。

「……遊ぶ金欲しさでここ来たとか、大嘘《おおうそ》じゃないですか」

僕は思わず抗議するように言う。それでもアスマは、笑みを崩さなかった。

「嘘ではねえよ。ハロワとか行けば、飲食の求人なんか腐るほどあるからな。だからまあ、生きることだけ考えれば、別に闇バイトなんかしなくてもよかった」

「じゃあ、どうして……」

僕が尋ねかけると、アスマは退廃的に笑った。

「まぁ、いろいろ気づいちまったんだよな。二十代の頃は多少無理してもなんとかなるけど、三十とか四十になっても、朝っぱらから深夜まで現場で働くなんて無理だろ。だから、俺みたいな奴が多少遊んで暮らそうと思ったら、どっかで金貯めて、雇われる側から雇う側になるしかねえんだよ。美容師やってた友達とかも似たような目に遭っててさ、こんぐらいの歳で現場離れねえと、わりと未来ねえんだわ」

口調こそ軽かったが、アスマの眼は真剣そのものだった。

「だから、どんなことやってでも金貯めて、三十までに自分の店建てようって決めたんだ。その店うまくいけば、遊んで暮らせるかもしれねえだろ」

僕はアスマをしばらく黙って見つめた後、正直に感じたことを伝えることにした。

「……アスマさん、自己紹介下手すぎませんか」

「あ？」

僕の言葉に、アスマは目を剝く。根がいい人だと分かっているからか、怖くはなかった。

「今話してくれたこと、自己紹介で言ってくれてたら、みんなの見る目全然違いましたよ」

僕が改めて嚙み砕いて言うと、アスマは首を振った。

「自己紹介で急にメソメソ身の上話なんかしたら、モテねえだろ」

アスマの動機は僕には理解できなかったが、今、僕にだけ話をしてくれた理由は分かった。別に闇バイトでモテなくたっていいだろうと言いかけたところで、アスマの表情が急に変わる。アスマは人差し指を唇の前で立てながら、部屋の壁の方を睨んでいた。僕はそのジェスチャーから状況を察し、黙って両耳をそばだてる。

部屋の外から、物音が聞こえる。砂利を踏むような音と、何かを上るような足音。音が止《や》んだかと思うと、次の瞬間、研修室の「穴」から、何かが降ってきた。

「ドサッ」という音とほぼ同時に、「カンッ」という甲高《かんだか》い音。僕とアスマは目を見合わせると、降ってきたものに近づいた。

今回「穴」から降ってきたのは、ショルダーバッグだった。アスマが迷わずその口を開くと、中には札束がいくつも入っているのが見える。

「報酬だな」

アスマは中身に頷き、他のメンバーを呼びに行こうと立ち上がる。

「……待ってください」

「何だよ」

「変な音、しませんでした?」

「音? 別に……」

アスマが言いかけたところで、室内に場違いなファンファーレが響く。ファンファーレと共に、モニターには久しく姿を見せていなかった道化の看守が現れた。

『――おめでとうございます。皆様は、CS案件で初めての報酬を獲得しました』

アナウンスを聞きつけて、両脇の部屋からメンバーが向かってくる足音が聞こえる。間もなく研修室には、六人全員が揃っていた。

「お金届いたの?」

「ああ。四百万ぐらいある」

まっさきに口を開いたカンナに、アスマが答える。バッグに入った現金を確かめる二人を尻目に、僕は周辺の床を見つめていた。

「アオイ、お前さっきから何気にしてんだ?」

現金をカンナたちに任せ、アスマが僕に尋ねてくる。その背後からは、イツキと綾子が僕を見つめていた。僕は逡巡した後、気になっていたことを打ち明ける。

「あのバッグが落ちてきたとき……変な音がしたんです。これまでは、『ドサッ』っていう音だけだったんですけど……このバッグが落ちてきたときは、『カンッ』っていう、高い音がして」

「高い音……?」

綾子が不安そうな顔でつぶやく。イツキは床に膝をつくと、セットアップの上着を捲《まく》った。

「それって、こういう音ですか」

イツキはそう言うと、右手を床に勢いよく下す。まもなく「カンッ」という音が研修室に響き渡り、僕は思わず頷いた。

「そうです、こんな音でした！　今の……どうやったんですか？」

「シャツの袖についてるボタン、床にぶつけただけです」

イツキは静かに言うと、降ってきたバッグへ近づく。僕とアスマ、それに綾子も、バッグを囲む輪に加わった。

「今みたいな音がしたなら……バッグの固い部分が、床に当たったってことだと思います。金具がついてるなら、その金具が床に当たったとか」

言いながら、イツキは部屋に降ってきたショルダーバッグを確かめる。降ってきたのはグラハムパックと呼ばれる人気の革製バッグだった。鞄の内側には斜め掛けのショルダーストラップがついていて、外側には大きめのジップポケットがある。

「ここが床に当たったんじゃないですか」

イツキはそう言って、バッグについていた丸い金具を指す。金具はバッグの外側、ジップポケットの少し上部についていた。

「でも……ここって、床に当たりますか？」

「うん。外のポケットがでっぱってるから、ぶつかんないんじゃない？」

僕が疑問を呈すると、いつのまにか輪に加わっていたカンナが加勢する。イツキは黙ってバッグを見つめると、外側についたジップポケットを乱暴に開けた。しばらくそのポケットをまさぐっていたかと思うと、唐突に動きを止める。全員の注目が集まる中、イツキはポケットから右手を静かに取り出す。その手には、楕円形《だえんけい》の黒い装置が握られていた。

「……これ、入ってました」

得体の知れない装置に、全員が息を呑む。それが何かは分からない。だがその装置は、僕たち全員に不幸を呼び込みそうな、不穏な空気を発していた。

「え、待って……なにそれ。誰入れたの」

カンナが恐怖と怒りの混じった声で尋ねる。視線が自分たちに向けられていることに気づき、アスマは首を振った。

「俺たちじゃない。俺もアオイも、そっちのポケットは触ってない。アオイ、そうだろ」

「はい。部屋の中にいた人は、誰も入れられなかったと思います」

「じゃあ誰？　なんでこんなことするの？　……そもそも、それ何？」

カンナはますます混乱しているようだった。隣では綾子が目を見開き、小刻みに震えている。

気詰まりな沈黙が流れた後、ふいに英里香が口を開いた。

「盗聴器じゃない？」

「え？」

「例えば……現金を持ってきた奴が警察のスパイで、こっちを探るために入れたとか」

英里香はイツキの手にある黒い装置を見つめながら、静かに自身の推理を告げる。その内容はとても現実のものとは思えなかったが、話の筋は通っていた。

「じゃあ……うちらがしゃべってること、全部警察にバレてるってこと？」

カンナは先ほどより声を潜めて全員に尋ねる。これにはイツキが首を振った。

「たぶん、それはないです」

「なんで？」

「マイクらしい部分、無いじゃないですか」

この状況でもイツキは論理的だった。言われてみると、イツキの持つ小さな装置は硬いプラスチックに覆われていて、集音できそうな部分はない。カンナは頷きつつ、整った眉を歪めた。

「でも、じゃあ何なの？」

「たぶん、発信機です」

イツキは装置を見つめながら、低い声で自身の推理を告げた。

「GPSで、ここがどこかを伝えてる」

「……それ、もっとヤバいじゃん」

カンナが震える声でつぶやき、室内に動揺が広がる。英里香はイツキに近づくと、装置を静かに指さした。

「早く壊そ。位置知られたら終わるから」

英里香の言葉に頷くと、イツキは持っていた装置を床に置き、躊躇なく踏み潰す。

「ガリッ」という不快な音を立て、黒い装置はわずかに歪んだ。

「一応、踏みましたけど……ちゃんと壊れたかは微妙です」

「……壊せてたとしても、この部屋の場所は、それ付けた奴らに伝わってるでしょうね」

イツキと英里香は装置を見ながら、普段よりわずかに高い声で言う。室内は、更なるパニックに陥っていた。

「待って……早くここ出なきゃ！　うちら全員捕まっちゃうよ！」

「おいピエロ！　さっさと出口教えろ！　このままじゃ、俺ら全員終わりだぞ！」

アスマは道化の看守が映し出されたディスプレイを両手で摑んで訴える。

『――ご安心ください。みなさんが、逮捕されることはありません』

道化はしばらく無言を貫《つらぬ》いた後、声を発した。その一言で全員の目がディスプレイに集まる。

道化の看守は手袋をした両手を組むと、室内の全員に告げた。

『これから私の言う通りに行動してください。ゲームは、次のフェーズへ移行します』

## 第五幕　詐欺－MS－第二場

『綿貫。例の真下って奴、完黙《かんもく》だぞ』

暴力団対策課の忍山は、ドスの利いた声で言った。綿貫は「真下竜一」逮捕の功労者、桑原を助手席から確認する。今日の運転は「自分、追いかけるの得意なんで」と嘯《うそぶ》く桑原に任せていた。

「雑談にも応じないんですか」

『ああ、正真正銘の完黙だ』

「完黙」とは「完全黙秘」を略した警察用語で、警察の取り調べに対して一切口を開かないことを意味していた。弁護士の入れ知恵で完黙する被疑者を綿貫は少なからず知っていたが、完全黙秘は、そう簡単にできることではない。人間である以上、どこかで人との接点が欲しくなり、ささいな雑談に応じてしまうことがほとんどだからだ。取り調べのプロである忍山相手に完黙を決め込むというのは、並大抵の神経ではなかった。

『最近は、うちのホシでもあそこまで気合い入ったのはいなかったな』

そうつぶやく忍山の声は、心なしか嬉しそうだった。かつての暴力団員には、「親」である組長を守るために完黙を決め込む組員が少なからずいたらしい。だが、仁義や人情といった言葉が暴力団ですら古いものと見なされる昨今では、そこまでして他人を守る組員自体、珍しかった。

「桝井の方はどうですか」

『……ああ、そっちは完落ちだ。犯行の動機も状況も、指示役の名前まで全部喋ってる』

「えらい違いですね」

忍山の答えに苦笑しつつ、綿貫は三日前のことを思い出す。

二子玉川交番に掛かってきた一本の「自首電話」によって、綿貫たちの捜査は大きく進展していた。電話の主は「桝井伸一郎」と名乗り、二子玉川交番で電話を受けた女性警官に対して、「借金から闇バイトに手を出したが、やってしまったことに後悔している。犯人グループに個人情報を盾《たて》に脅されており、自首するから守ってほしい」と涙ながらに訴えていた。倉森からその情報を受けた綿貫は、忍山らと相談し、次の「騙されたふり作戦」に向けて準備していたGPSマーカーを、桝井が運ぶ現金用のバッグに入れる「トロイの木馬作戦」を考案したのだった。

『で、桝井が仕込んだ虫はどうだ』

「ずっと西の方に向かってます。さっき環八《かんぱち》から、東名《とうめい》高速乗ったところです」

受信機に目を落としながら、綿貫は電話口の忍山へ告げる。「真下竜一」の逮捕後、綿貫と桑原は「真下」らの取り調べを忍山に任せ、覆面パトカーに乗り換えてバッグを追っていた。今、GPSマーカーの位置を示す信号は、東名高速道路を西へ西へと向かっている。

『多摩川越えたら、厄介だな』

忍山のつぶやきに、綿貫は内心頷く。多摩川の向こうは管轄が神奈川県警へと変わり、犯人が追えないことはないが、捜査協力が必要になる。神奈川県警と警視庁には「あさま山荘事件」以来続く厄介な因縁《いんねん》があり、長らく犬猿《けんえん》の仲と呼ばれていた。今回、神奈川県警とは合同捜査本部を立ち上げており、栩沢課長の指示もあって捜査協力を行っているが、協力は必ずしも円滑ではなかった。

『あたりはつけてんのか』

「おそらく、神奈川の山中じゃないかと」

綿貫は「泥棒刑事」をしていた頃を思い返しながら言う。世田谷区の高級住宅街で犯罪を犯し、二子玉川橋を渡って神奈川県警の管内に逃走する。これは、玉川警察署管内の犯罪者に多く見られる行動パターンだった。今回は単純な「泥棒」ではない分、拠点には、一定数の人間が詰めている可能性が高い。昼夜を問わず何度も運び屋が行き来することを考えると、拠点は人目につかない場所にあると考えるのが自然だった。

『そこに掛け子がいる可能性は？』

「……半々ですね」

特殊詐欺では役割分担が徹底されており、詐欺の「プレイヤー」である掛け子であっても、現金を直接受け取っているとは限らない。

特殊詐欺を始める際には、詐欺電話を掛けるための部屋、いわゆる「ハコ」や、足がつかない「飛ばし」の携帯電話、電話を掛ける先の名簿など、道具を用意するために一定の金が必要となる。特殊詐欺グループでは、この資金を用意するスポンサー、いわゆる「金主」がトップに近い存在として君臨していることが多い。金主は、詐欺によって得られた報酬の一部を分け前として受け取る。この金主と接点を持っているのが現場をまとめている「番頭」で、その役割上、犯罪の報酬は番頭が受け取っている可能性が高かった。

『半々なら上等じゃねえか』

忍山は不敵に笑って言った。特殊詐欺捜査において逮捕されるのはほとんどが出し子と受け子で、掛け子に捜査の手が及ぶことは少ない。だからこそ綿貫は、あらゆる手を使って、掛け子とその先の金主までを逮捕しようと心に決めていた。

『神奈川県警の連中にはこっちで連絡しとく。まずは追え。いいな』

「……ありがとうございます」

綿貫は感謝を告げて通話を終える。GPSの信号は、まもなく県境を越えようとしていた。

「どこまで行く気ですかね」

あくびを嚙み殺し、運転席の桑原が言う。綿貫たちがGPSの追跡を始めてから約一時間が経過していた。GPSは多摩川を越え、相模川《さがみがわ》も越えていたが、まだ止まる気配はない。朝から聞き込みを行っていたこともあり、運転席の桑原には、疲労の色が見え始めていた。

「次どっか停まったら、運転代わるぞ」

「あ、それは大丈夫です」

「お前、あんだけ走ったら疲れてんだろ」

「……バレました?」

桑原は進行方向を見つめたまま、にやっと歯を見せる。普段であれば、どついてやろうと思う口の利き方だが、今日だけは許してやることにする。桑原の追跡がなければ、綿貫が捕まえ損ねた「真下竜一」の現行犯逮捕は難しかっただろう。

綿貫を中心とした捜査チームは、三日前に自首の電話を掛けてきた桝井を最大限利用し、捜査を有利に進めていた。指示役の「鞘師」は極めて用心深く、決行当日まで桝井に具体的な情報をほとんど与えていなかったが、綿貫らは「自由が丘駅北口のロッカー」という情報から、訪問先を「自由が丘駅から半径五キロ圏内に住む高齢者」に絞り、「健康食品購入者名簿」に名前のあった柳瀬昭子宅へと戸別訪問をかけていた。「真下竜一」の訪問にはタッチの差で間に合わなかったものの、柳瀬昭子宅で得られた情報から綿貫らは「真下竜一」を発見し、桝井が金を引き出し終えたタイミングで、その逮捕に至っていた。

「あの真下ってやつ、俺にも一言もしゃべんなかったんすよね」

「誰か庇《かば》ってるように見えたか」

綿貫の質問に桑原は首を捻る。刑事として心配になるくらい、桑原の反応は分かりやすい。

「庇ってるっていうよりは、警察になんか喋ってやるかって顔でしたね。敵意剝き出しっつうか……連行してる間も、マジで嚙みついてきそうな眼してて」

「誰も庇ってねえのに、完黙か」

仁義でも人情でもなく、おそらく矜持《きようじ》のために黙っている。「真下竜一」の取り調べは今後も困難を極めそうな気配があった。緑色の標識が見えてきたところで、GPSの動きに変化が生じる。「ライダー」は、ここから一キロ先の「伊勢原大山《いせはらおおやま》インターチェンジ」で曲がっていた。

「高速降りるぞ。少し距離取れ」

短く指示を出すと、桑原が眠気の冷めた顔で頷く。近づき過ぎれば、尾行を感づかれる。ここからは、より一層注意を払う必要があった。

東名高速を降りた十分後。GPSは、ついに動きを止めていた。

問題は、その止まった場所が、何の変哲もない空き地《あきち》らしいということだ。地図アプリで確認してもあるのは道路と森林だけで、建物らしい建物も見えなかった。

「綿貫さん……この辺、なんかありました？」

「何もねえから都合がいいんだろ」

そう答えつつ、綿貫は次の一手に思考を巡らせる。廃工場や廃屋《はいおく》等、わかりやすい建物があれば話は早い。その建物がアジトで、金も人もそこを探れば出てくるはずだからだ。だが、GPSマーカーが今光っているこの位置には、地図上は、建物らしきものが見当たらない。

もしかすると、この空き地は単なる合流地点なのかもしれない。だとすれば、金をここへ持ち込んだ「ライダー」と、詐欺グループの「番頭」に近い人物が、これからこの周辺で合流するということになる。アジトか合流か。いずれにせよ綿貫たちが取るべき選択肢は、今GPS信号が発信されている空き地の実態を確かめることだった。

「向こうの空き地……工事現場っぽいですね」

深緑色のカバーを被った四トントラックが二台、相次いで道路脇を過ぎて行くのを見ながら、桑原がつぶやく。まだGPSに変化はない。桑原の言葉を反芻しながら、綿貫にはある仮説が浮かんでいた。工事現場周辺にある資材置き場であれば、プレハブ小屋を設置しても、怪しまれることはない。仮設で設置されたプレハブであれば、地図アプリに建物名が表示されることもないはずだ。

「桑原、ここで待ってろ」

「えっ……俺、留守番ですか？」

「必要になったら無線で呼ぶ」

不満げな桑原を置いて、路肩に停めていた覆面パトカーを降りる。百メートルほど山道を進むと、一面に砂利の引かれた、空き地が見えてきた。その端には、作業員の休憩所にしては大きい、木造の奇妙なプレハブ小屋が設置されている。綿貫はその小屋を見て、ほとんど確信に近いものを抱いていた。

「空き地に小屋がある。おそらく、あれが奴らのアジトだ」

周囲に誰もいないことを確認し、パトカーの桑原と無線で連絡を取る。しばしの沈黙の後、桑原の緊張した声が聞こえた。

『……どうします？　応援、呼びますか』

「ああ、頼む」

綿貫は腰に差した特殊警棒を確かめると、静かに言った。

「気づかれない範囲で、建物を探る」

あの小屋が詐欺グループのアジトだとすれば、中には複数名の人間がいる可能性が高い。単独での突入は悪手だった。

『……了解。何かあったら、すぐ呼んでください』

無線をしまい、再びプレハブ小屋に視線を戻す。

その小屋は、外見からして普通ではなかった。

建物は一階建てにしては妙に高さのある長方形で、元々窓や扉だったらしい位置には、分厚いベニヤ板が打ち付けられている。その異様な風体に気圧《けお》されつつ、綿貫はさらに小屋を観察する。窓があれだけ厳密に封鎖されているのであれば、内側からこちらの動きが露見する可能性は低い。

綿貫は建物周辺に人影がないこと、防犯カメラの類がないかを確かめると、極力足音を立てぬよう、砂利を避けて小屋へ近づいた。

小屋まであと数歩という位置まで近づいたところで、綿貫はふと、違和感を覚える。

あまりに静かだった。

綿貫はプレハブから離れ、その周辺に目を向ける。プレハブの両脇には、銀色の電源プラグが放置されていた。サイズは家庭用のものより数倍大きく、コードは近辺の電柱へと延びている。電源プラグのそばには、灰色のジャバラホース。そのホースもプレハブに接続されていないことに気づき、綿貫は眉をひそめた。

『綿貫さん、神奈川県警から応援四名到着しました。近隣で聞き込みをしていた二課の刑事です。これから自分も現場向かいます』

「……了解」

名状しがたい違和感を覚えながら、綿貫は桑原の無線に応える。

間もなく空き地には、捜査本部で顔を合わせた刑事たちが集まっていた。綿貫の指示で、刑事たちは砂利を避けてプレハブの死角となっていた側に移動する。そこには、プレハブから少し突き出たような形で、三角屋根の付いた構造物があった。窓にはやはりベニヤ板が打ち付けられているが、左の壁に付いた扉が、わずかに内側へ開いている。

GPSの信号は、確かに目の前の建物内から発信されていた。逡巡の末、綿貫は背後の警官に自分が行くと合図する。泥棒刑事をしていた十数年前を思い出しながら、深く息を吐く。綿貫は覚悟を決めると、扉を蹴り開け、室内へ飛び込んだ。

「警察だ、両手を上げろ！」

初めに視界に入ったのは、開け放たれた扉だった。扉の奥には、乱雑に置かれた椅子が見える。綿貫は警棒を構えたまま、扉の先へ進む。室内には、奇妙な六角形の机。机の奥には、黒く大きなディスプレイ。その下には、綿貫が忍山に託したはずの、小さな発信機。

「なんで……」

動転した桑原の声。綿貫は、特殊警棒を静かに下ろす。

小屋は、もぬけの殻だった。

## 第五幕　詐欺－MS－第三場

「お前、自分が何したか分かってんのか」

脅すような声に、恐る恐る目を上げる。窓のない、殺風景な部屋。灰色のスチールデスクには
ドラマで見るような電気スタンドはなく、ただ目の前に、不機嫌な警官が座っていた。

「おい、黙ってちゃ分かんねえだろ。言ってみろ。お前は何をやったんだ？」

「……自分で作った口座を、先輩に貸しました」

僕が震える声で言うと、丸眼鏡をかけた警官は満足そうに頷いた。

「そうだよな。わかってんじゃねえか」

斉木はにたりと笑うと、クリアファイルから、一枚の紙を取り出した。表面には、白黒印刷で
何かのコピーが取られている。

「これ、お前が作ったカードで間違いないな」

紙に写し取られていたのは、僕が大学時代に作った大手銀行のキャッシュカードだった。

「……はい。間違いありません」

僕は絞り出すように言う。警官は一瞬を笑みを浮かべたかと思うと、鋭くこちらを睨んだ。

「お前、自分が何しでかしたか、本当に分かってんのか？」

お前は全く分かっていない――そう言わんばかりの口調だった。僕が黙っていると、警官は新たな用紙をクリアファイルから取り出す。印刷されていたのは、口座の振込履歴だった。

「この口座には、県内で盗難の被害届が提出されていたキャッシュカードの残高が、軒並み振り込まれていた。捉えようによっては、お前が主犯だって見方もできる」

「そんなわけ……」

あまりに酷《ひど》い憶測に、僕は慌てて声を上げる。警官はその声を遮って続けた。

「自分や他人名義の通帳キャッシュカードを譲り渡す行為！　犯罪収益移転防止法違反。一年以下の懲役、百万円以下の罰金！　お前がやったことは、立派な犯罪なんだよ。分かるか？」

警官は厭味《いやみ》ったらしく罪名を告げる。僕は喉の渇きを覚えながら、なんとか言葉を発した。

「この口座は……大学時代に、先輩に頼まれて作ったんです。その頃は、それが犯罪になるなんて知らなくて……」

僕は、自分にそれを頼んだ先輩――田岸健三《たぎしけんぞう》の顔を思い出しながら、正直に当時のことを話す。田岸先輩は、僕が所属していた大学のゼミから経済産業省へ入省した、憧れの先輩だった。年齢的には一つ上の恐ろしく頭の切れる先輩で、僕のことは弟のように可愛がってくれていた。

先輩から「口座を貸してほしい」と言われたときは驚いたが、国家公務員である先輩は自身の名義で副業ができないこと、業務の事情でどうしても先方から報酬を受け取る必要があること、その報酬の一部を謝礼として渡すことを説明され、僕は、先輩を信じて、まだ自分が口座を持っていなかった大手銀行に口座を作ってしまっていた。

先輩は、今どうしてるんだろう。どうして僕が作った口座に、こんな振込があったのだろう。三年前にあったはじめの振込以降、僕は口座の存在自体忘れてしまっていたが、不可解な振込履歴を見る限り、あまり無事とは思えなかった。警官はわざとらしく、呆れたような溜息をつく。

「……世の中な、『知らなかった』じゃ済まされないことがあるんだ。お前がしでかしたことはまさにそれだ」

僕を睨む警官の眼は、獲物を前にした肉食獣のようだった。警官は、声を落として告げる。

「いいか。お前が他人に譲り渡す目的で口座を開設したなら……詐欺罪。十年以下の懲役だ」

「詐欺……」

ひどい喉の渇きを覚えていた。頭がガンガンと痛む。その痛みに呼応するように、取調室の扉が強く何度もノックされる。その扉が開くと同時に、僕の世界は暗転した。


「あ……アオイさん？」

「アオイくん、大丈夫そ？」

二人の声に目を覚ます。細長い、奇妙な形をしたリビング。そのリビングのソファから、カンナと綾子が僕に声を掛けている。今、僕の体はリビングの床に横たえられていた。

「……すみません、僕、何か言ってましたか」

寝袋から身を起こすと、僕は二人に謝りながら尋ねる。

「はい……『知らなくて』とか『詐欺』とか……苦しそうに、言ってました」

綾子はピンクの毛布を体に寄せながら、心配そうな声で言った。

「アオイくん真面目だから、夢ん中でも電話してたとか？」

「いや、そういうわけじゃないんですけど」

取り調べを受けていたとは、まさか言えない。カンナは小さく首を捻ったまま続けた。

「やっぱ、床で寝たのがダメだったんじゃない？　下、固いから悪夢見たとか」

綾子はカンナの言葉に何度も頷くと、心配そうに声をかけてくる。

「……アオイさん、私と場所代わりますか？　私、床でも寝れるので」

「あ、いや、大丈夫です。すぐ慣れますから」

綾子からの申し出を、僕は丁重に断る。元々ハウスでは、女性陣が個室を使い、男性陣がロフトを使って寝るという棲み分けが行われていた。女性を床に寝かせるのは、流石《さすが》に気が引ける。

「慣れますかね……？」

「だいじょぶだよ。さっきまでクッソ揺れてたけど、それも慣れたし」

僕は二人のやりとりに頷きつつ、改めてリビングを見渡す。

僕たちは、道化からの指示で研修室を離れ、左右の細長い部屋に三人ずつ待機させられていた。はじめ右の部屋には、Ａチームのアスマ、カンナ、綾子が入室していたが、カンナの「アスマがいるの不安すぎ」という一言からアスマと僕の「トレード」が行われ、右の部屋には僕とカンナ、綾子の三人が、左の部屋にはアスマとイッキ、英里香の三人が待機させられていた。

「でも……あの揺れ、なんだったんでしょうね」

綾子がつぶやいた素朴な疑問に、僕とカンナは揃って首を捻る。

右の部屋に振り分けられた僕たちは、なぜか部屋に備え付けられていたノイズキャンセリングヘッドホンとアイマスクを着けるよう指示され、許可があるまで決して外さないよう命令されていた。しばらく謎の揺れが続いた後、道化からはヘッドホンを通して着脱の許可があったが、その頃には時刻は二十四時を過ぎており、僕たちは、様々な不安を抱えながら、女性陣はリビングにあるソファで、僕は床で眠りに就いていたのだった。

「え、うそ。もう七時じゃん」

タブレットを見たカンナが驚きの声を上げる。あの「発信機」が放り込まれてから、既に十二時間近くが経過しているようだった。これだけ時間が過ぎても誰も現れないということは、道化の言う通り、僕たちは逮捕されなかったということになる。問題は、僕たち自身、なぜ無事なのかが分からないことだった。

「とりあえず、アプリを見てみましょうか。何か、変わってるかもしれないですし」

僕の提案に、カンナと綾子が頷く。道化の看守は、これから「ゲームのフェーズが変わる」と言っていた。それが何を意味するかは分からなかったが、これまでのことを考えると、各アプリに変化が起きている可能性は高い。

「あっ……Sアプリが、変わってます！」

綾子の驚く声。「S」と書かれた赤いアイコンの左上には、更新を意味する通知ドットがついていた。逸《はや》る気持ちを抑えながら、「Sアプリ」をタップする。マニュアルの欄には、新たに「MS〜M資金詐欺〜」と題されたフォルダが追加されていた。

「……M資金って、何ですか？」

「昔からある、都市伝説です。戦争が終わる直前に、旧日本軍は各地に莫大《ばくだい》な資産を隠していて、そのお金の一部が今も秘密で運用されてる、みたいな話だったと思いますけど――」

僕は、大学時代に聞いたことをそのまま伝える。言葉が途切れてしまったのは、その話を教えてくれたのが、田岸先輩であることを思い出したからだった。

「え、待って……UDアプリ見た？」

M資金には興味がなさそうだったカンナが、突然会話に入ってくる。僕は新たなマニュアルの中身が気になっていたが、カンナの慌てぶりも気になった。UDアプリを開くとまもなく、ゲームのキャラクターを選択するような、いつもの「受け子・出し子」選択画面が表示される。そこに並んだ三人の顔を見て、僕は息を呑んだ。

「……なんですか、これ」

目つきの鋭い青年に、開襟シャツを着た笑顔の青年、そして、切れ長の眼をした女性。

さっきまで一緒の部屋にいた三人が、画面の中で囚人のように並んでいる。

「UDアプリ」には、「小野寺樹《おのでらいつき》」「遊馬《あすま》秋平」「村山《むらやま》英里香」の文字が表示されていた。

## 第五幕　詐欺－ＭＳ－第四場

「真下竜一」の逮捕から一夜明けた警視庁捜査二課は、重い空気に包まれていた。裁判所から令状を取ってまで実行したＧＰＳによる追跡捜査が、空振りに終わっていたからだ。その結果には誰よりも、綿貫が納得していなかった。

「綿貫さん、よろしいですか」

「なんだ」

綿貫が唸るように言って振り返ると、背後には情報係の倉森が怯えた表情で立っていた。

「あっ……取り込み中でしたら、後にします」

「いや、今でいい」

倉森の反応を見て、綿貫は無理に表情を和《やわ》らげる。倉森はより一層怯えたように見えたが、それでもプロらしく報告を続けた。

「例の空き地で発見されたプレハブですが……この会社が作っているものではないかと」

倉森はそう言って、綿貫の前にＷＥＢサイトをプリントアウトした資料を置く。上部には、屋根裏付きの奇妙な小屋の写真、写真の上部には「タイニーハウスで優雅な時間を」というキャッチコピーが書かれていた。

「……タイニーハウスってのは、何だ。流行《はや》ってるのか」

尋ねながら、自分が急に老人になったような気分になる。最近は新しい横文字が次から次に現れるため、四十代の綿貫でもついていけないと感じることが多々あった。倉森は綿貫を気遣《きづか》ってか「私もさっき調べたんですけど……」と前置きした後、説明を始めた。

「直訳すると『ちっちゃな家』という意味で、十平方メートルから二十五平方メートルくらいのお家をそう呼ぶみたいです。元々はアメリカでリーマン・ショックがあった頃に流行していたようなんですが……東日本大震災があってから、日本でも注目されるようになったそうです」

倉森の話を聞きながら、「タイニーハウス」の資料に目を落とす。サイトに掲載されている写真の色彩はどれも明るく、綿貫が空き地で見た真っ黒なプレハブ小屋とは随分印象が異なっていた。だが、形状自体はよく似ている。

「おそらく、現場にあったのはこのタイプではないかと。建築確認も不要で設置できます」

そう言って、倉森は二枚目の資料を取り出す。中央には、CGで作成された屋根裏付きのプレハブ小屋と「タイニーハウスGH多連棟対応（生産終了）」の文字があった。

「……これだ。俺が見たのは、これで間違いない」

「『生産終了』とあるので、購入者の数は限られていると思います。この会社に購入者名簿を提出いただけないかあたってみます」

綿貫が頷くと、倉森は一礼して持ち場に戻っていった。停滞していた捜査に、一筋の光明が差し込む。建物の所有者が分かれば、そこから関係者の足取りを摑めるかもしれない。倉森から受け取った資料を捜査用のファイルに収めたところで、今度は桑原が現れた。

「綿貫さん。例の空き地の所有者ですが、役所で確認して身元が割れました。成岡茂己《なるおかしげき》、七十二歳。神奈川にいくつか土地を持ってる地主で、都内のマンションに住んでます」

話しながら、桑原は役所で取り寄せたらしい書類をバラバラと出し始める。成岡の住むマンションは、警視庁本部から車で十分もかからない距離にある。綿貫は、捜査の風向きが変わりつつあるのを感じていた。

「よし。この成岡に聞き込み行くぞ」

役所から戻ってきた桑原を一度も座らせることなく、綿貫たちは警視庁を後にした。


「……でも、田舎で土地貸しつつ自分は都内のタワマン住みって、なんか感じ悪いですよね」

成岡の住むタワーマンションへ向かう道すがら、桑原は軽い調子でそんなことを言った。

本当に思ったことを全部口に出す奴だなと思いつつ、綿貫は低い声で答える。

「今はそんなやつ珍しくねえだろ」

地方で金儲《かねもう》けはしたいが、その地方の一員にはなりたくない。そんな人間が、今の時代は山ほどいる。昔は地方で財を成した人間はその地域の「名士」として地域貢献に関わることが当たり前だったように思うが、極道世界における「仁義」と同様、「名士」という言葉も、一部の地方では死語になりつつあるようだった。

「ビジネスライクってやつですかね」

「まあ、そんなところだな。今はなんでも横文字だ」

倉森とのやりとりを思い出しながら、皮肉っぽく言う。地方から地縁や血縁が消え、その空白を埋めるように「ビジネス」が広がっていく。その「ビジネス」の先に今回の詐欺事件があるのかと思うと、綿貫は末恐ろしい気がした。

「プラウドパークレジデンス……ここですね」

建物手前の門に掲げられた黒い表札を、桑原が読み上げる。また横文字だと思いながら、綿貫は肩を怒らせて門をくぐった。

「伊勢原あたりの土地？　いくつも持ってるから分かんないよ」

ダイニングとリビングが一体化したマンションの一室。二十畳はあろうかという室内の一画で、綿貫と桑原はソファに腰掛け、成岡の話を聞いていた。門前払いも覚悟していたが、成岡は聞き込みの依頼を引き受け、綿貫たちを自宅へと招き入れていた。

「住所的には伊勢原なんですが、場所は伊勢原市と秦野《はだの》市の間あたりで……写真はこちらです、見覚えありますか？」

住所を伝えてもピンときていない成岡に、桑原はプリントアウトした空き地の拡大写真を渡す。成岡は老眼鏡をあげて写真を見ると、目を見開いた。

「ああ、ここか……ここだったら、五年くらい前に貸したかな。今も、その人に借りてもらってるはずですよ」

「ほんとですか！」

成岡の反応に、桑原はソファから身を乗り出す。桑原の嬉しそうな反応に気を良くしたのか、成岡はさらに続けた。

「飲食店をやりたくて、物を置いとく場所が欲しい、みたいな話だったと思うな。若くてやる気のある人だったから、応援したいと思って直接契約で貸したんですよ。業者を挟まない方が安く貸せるからね」

成岡は当時を思い出すように、目を細めながら話をする。隣の桑原が明るい顔で頷く中、綿貫はタイミングを見て切り出した。

「その方との契約書を見せていただくことはできますか？」

「できますけど……何か問題でもあったんですか」

「実は、この土地にあった小屋が、特殊詐欺の拠点になっていた可能性があるんです」

「詐欺？」

怪訝そうな表情の成岡に、綿貫は倉森から受け取った資料を取り出した。

「現在、こちらの土地に、こういったプレハブ小屋が置かれているのはご存じですか？」

綿貫が尋ねると、成岡は綿貫の出した資料をしばらく眺めた後、唸るように言った。

「いや、貸した後のことはみなさんにお任せしてるから、今の様子は知らないですよ。でも……詐欺をやってたんじゃ、まずいよな」

「ええ。それで今回は、捜査協力のお願いに参りました」

七十歳を超える老齢ということもあってか、成岡は特殊詐欺に対して嫌悪感があるようだった。成岡は深く頷くと、ソファから重い腰を上げた。

「ちょっと待っててくださいね。契約書を探してきますから」

「ありがとうございます」

綿貫と桑原が揃って頭を下げる。成岡が部屋をあとにすると、桑原が口を開いた。

「……この土地を借りてる人が、今回のグループの親玉ってことですかね」

「断言はできないが、関係はあるはずだ。一瞬でも、あそこに金があったんだからな」

綿貫は半《なか》ば自分に言い聞かせるように言う。発信機は、綿貫たちが踏み込むまで、三十分程度はあの位置にあった。なぜあの小屋から金も人も消えてしまっていたかは謎のままだったが、とにかく今は、現場に残されたプレハブ小屋と、桝井の仕込んだGPSの履歴が、犯人グループに近づくための数少ない手がかりだった。

携帯が震え、綿貫の意識が部屋に引き戻される。リビングから離れ、廊下で画面を確認すると、着信は倉森からだった。

「購入者の名前は?」

『綿貫さん。タイニーハウスですが、購入者名簿を提出いただきました。現場に残されたハウスの製造番号から購入者名も特定できたのですが、その、気になることがありまして――』

聞き込み先ということもあり、遮るように本題を尋ねる。倉森はしばしの間を置いた後、感情を抑えた声で言った。

『購入者の名前は、タカハシユウジです。はしごでない一般的な「高橋」に、オスの二番目と書いて雄二です』

「高橋雄二だな。それで、気になることってのは何だ」

綿貫は単刀直入に尋ねる。倉森は小さく息を吸うと、か細い声で告げた。

『タイニーハウスを購入した高橋雄二ですが――三年前に、自殺しています』

思わぬ回答に、綿貫は一瞬言葉を失う。電話口からは、倉森のかすかな吐息が聞こえた。

「……間違いないのか」

『はい。購入者名簿にあった住所と、当時の捜査記録にある住所が、一致しています』

詐欺のアジトだったと思《おぼ》しきプレハブ小屋を購入した人物――高橋雄二が自殺している。事態はますます混迷を極めていた。

「わかった、またかけ直す」

部屋の奥から地主の成岡が戻ってくるのを見て、綿貫はリビングへと戻る。成岡は、その手に契約書と通帳らしきものを握っていた。

「悪いね、もうずいぶん前……コロナなんかが始まる前の契約だったから、契約書を見つけるのに手間取ってしまって」

「いえ、ありがとうございます」

礼を言いながら、綿貫は成岡がテーブルに置いた契約書をじっと見つめる。契約締結時期は、二〇一九年十一月。契約者の欄には、「高橋雄二」の名前があった。

「高橋雄二さんについて、お教えいただいてもよろしいですか」

「ああ、腰が低くて感じのいい青年でね。年の頃は、まあ、刑事さんと同じくらいかな。賃貸料の振込も期日までに必ずしてくれるし、本当に何のトラブルもなかったですよ。……まぁ、今日あなた方が来るまではね」

詐欺の件を思い出してか、成岡は途中で落胆したように言う。成岡にとっては、桑原も綿貫も「青年」ということらしい。自分と近い世代と聞き、綿貫は一抹の不安を抱く。

「空き地の用途は……店舗で使用する資材の置き場所、ということでよろしいでしょうか」

「ええ。今は開業の準備中で、一旦ここに諸々置かせてほしいって話だった。夢に燃えてる感じの熱い男でね。だから……詐欺に関わってるなんて話は、ちょっと信じられないな」

成岡は、溜息交じりに言う。その表情からは、高橋雄二という人物を本当に信頼していたことが見て取れた。綿貫は逡巡した後、最後の質問をぶつけることにした。

「高橋雄二さんが、三年前に亡くなっていることはご存じですか」

「え？」

声を上げたのは、成岡だけではなかった。桑原からの強い視線を感じながら、綿貫は、成岡の顔をじっと観察する。成岡はまさに寝耳に水といった表情で、高橋雄二の死について知っていた気配は全くなかった。

「でも、人違いじゃないかな。ほら、高橋って苗字も、雄二って名前も、よくあるし」

しばしの沈黙の後、成岡が真剣な口調で言う。常識的に考えれば、タイニーハウスを購入した「高橋雄二」と、土地を借りた「高橋雄二」は同一人物であるはずだ。綿貫が口を開きかけたところで、成岡は、机の引き出しから通帳を引っ張り出した。

「だって……昨日も振り込んでもらったばっかだよ」

成岡は通帳の最後のページを開く。

そこには「タカハシユウジ」からの振込記録が、びっしりと記帳されていた。

## 第五幕　詐欺－ＭＳ－第五場

「これ……どういうことですか」

アスマ、イツキ、英里香。昨晩まで同じ部屋にいた三人が、ＵＤアプリに「受け子・出し子」として登録されている。その上、アプリには、三人の本名らしきものまで載っている。リビングには、得体の知れない恐怖が広がっていた。

「アスマたちが、受け子になっちゃったってこと？」

「でも……私たち六人は、一億稼ぐまで、外に出られないんですよね？」

カンナと綾子が不安げにつぶやくのを聞きながら、僕は昨日まで研修室につながっていたはずの扉へ向かう。ドアノブに手を掛けると、ドア全体が接着されてしまったかのように、全く動かなかった。

「……研修室に、行けなくなってます」

「は？　嘘でしょ？」

カンナはソファから飛び降りると、すぐさま僕の隣へやってくる。そのままドアノブを掴み、体全体を使って回そうとするが、やはりびくともしなかった。

「まって……ガチで行けなくなってんじゃん……」

「私たち、今度は、この部屋だけに閉じ込められたってことですか……？」

綾子が泣き出しそうな声で尋ねる。その質問には、僕もカンナも答えられなかった。答えてしまえば、それが動かぬ事実になってしまうような不安があった。気詰まりな沈黙の後、カンナがつぶやいた。

「ねえ。ご飯ってどうなるの？」

「え？」

「だって、今までご飯って研修室の穴からもらってたでしょ？　研修室行けなくなったら、うちらずっとご飯抜きじゃん！」

カンナに言われて、僕は初めて事の重大さに気付く。タブレットを開き、レストランアプリを開きかけたところで、室内に声が響き渡った。

『ご安心ください。フェーズの変化に伴い、こちらのハウスもアップデートされております』

慇懃な女性の声。リビングの天井から吊り下げられたディスプレイには、久しぶりに道化の看守が姿を現していた。

「アップデートとか何？　ご飯くれないなら、うちガチで暴れるよ？」

現れた道化にカンナがすぐさま噛みつく。その目は据わっていて、発言が本気なのだと分かる。道化は両手を広げると、その指先を画面の下に向けた。

『アップデートの間、お待たせしたお詫びとして、皆様には本日の朝食を無償で差し上げます。美味《おい》しくお召し上がりいただければ幸いです』

道化がそう言うと同時に、ディスプレイのすぐ後ろから何かが大量に降ってきた。

「……朝ごはん、降ってきました」

そばにいた綾子が、そう言って降って来たものを拾い上げる。綾子がその手に持っているのは、コンビニで売っているような、包装されたサンドイッチだった。

「待って、画面から降ってこなかった？」

カンナはそう言って、ディスプレイが吊り下げられている部屋の端へと向かう。僕もついていって確認すると、ディスプレイの裏には、通気口のような三十センチ四方の穴が開いているのが見えた。

「この穴から、落ちてきたみたいです」

言いながら、この穴はいつからあったのだろうと思う。食事の心配がなくなったのは助かったが、新たに見つけた穴は、僕たち自身の身体を通すにはあまりに小さかった。

『フェーズの変化により、ハウスには少々変化が生じております。それらは全て、皆様が安全に業務を遂行《すいこう》するための必要な変化です。何卒ご理解ください』

「……アスマさんたちが受け子に登録されてるのも、少々の変化ですか」

僕はディスプレイの道化に向けて低い声で尋ねる。仲間の半分が囚人のように晒されているUDアプリの画面は、僕には決して「少々の変化」ではなかった。

『彼らの配置転換は、業務を円滑《えんかつ》に遂行するために必要な変化です』

道化はそう言って、深々とお辞儀《じぎ》をする。僕がさらに質問を重ねようとしたところで、画面が唐突に切り替わる。今、ディスプレイには蒼白な英里香の顔が映っていた。

「英里香さん？」

突然表示された英里香の顔に、リビングの全員が驚く。英里香の方も、僕たちに負けず劣らず驚いているようだった。よく目を凝らすと、英里香の背後にはアスマとイッキの姿も見える。

「これ……ビデオ通話、ですかね？」

「アスマたちがいるの、うちらが寝てた部屋じゃない？」

ディスプレイを見ながら、綾子とカンナが口々に言う。どうやら英里香たちは、別棟の一室でビデオ通話を行っているようだった。

『——聞こえてる？』

英里香の少し緊張した声。アスマが背後から身を乗り出しているのを見ながら、僕は大きく頷いた。

「はい、聞こえます！　みなさん、ご無事ですか？」

僕が呼びかけると、三人は何とも言えない表情をする。連絡はできるが、無事ではない。彼らの表情からは、そんな感情が見て取れた。

『……とりあえず、部屋からは出られるようになった』

「え、それマ？」

「出られるようになったって、言いました……？」

カンナと綾子がそれぞれ驚く。英里香は硬い表情で頷くと、低い声で続けた。

『外出た時に見たものを一切言わないって条件で、出られるようになったの。……もし条件を破ったら、詐欺の実行犯として、個人情報をばらまくって』

その言葉で、英里香の顔が蒼白である理由に気付く。UDアプリには、彼ら三人の本名らしきものが表示されていた。道化の看守は彼ら全員の個人情報を握っていて、それを脅迫の材料にしているらしい。言葉を失っていると、英里香の後ろからアスマが身を乗り出した。

『で、そっちはどうなんだ？　ちゃんと部屋出られたのか？』

今度は僕たちが沈黙する番だった。僕が口を開きかけたところで、カンナが身を乗り出す。

「むしろ逆っていうか……研修室入れなくなって、右側の部屋だけで生きてる感じ！」

あまりリモートの会議に慣れていないのか、カンナは普段より数倍大きな声で言う。しばしの沈黙の後、これまで黙っていたイッキが口を開いた。

『そっちは物理的な密室で、俺たちの方は精神的な密室ってことらしいですね』

こういった状況も初めてではないのか、イッキは三人の中で一番落ち着いていた。話を聞きながら、その表現は言い得て妙だと思う。個人情報を握られた状態では、たとえ身体は自由でも、相手の要求は無視できない。元々警察を頼れないイッキや英里香がいる部屋の方でその戦略を取っているのも、全て計算尽くに見えた。

「……一億稼げれば、僕らも、みなさんも、解放されるんですよね」

一抹の不安を覚えながら、僕は条件を確認する。これには三人全員が頷いた。

『その条件はまだ生きてるはずです。ただ、一個問題があって』

「問題？」

僕が問い返すと、イッキは自身のタブレットを持ち出す。その画面に目を落としながら、イッキは話を続けた。

『今回、新しく追加されたマニュアルなんですけど……名簿がこれまでと違うんです』

イッキの言葉を受け、全員が「Ｓアプリ」を開く。新たに追加された「ＭＳ〜Ｍ資金詐欺」のマニュアルには、顔写真付きの履歴書のようなページが追加されていた。

「形が全然違うし、量も少ない」

『ええ。経歴と収入、顔写真なんかが入ってるんですけど、情報は十人分だけです』

「十人の名簿だけで、七千万も稼がなきゃいけないってことですか……？」

名簿を確認しながら、綾子が不安を口にする。綾子の不安は分からなくもなかったが、名簿の「経歴」欄を見ているうちに、僕は別の事実に気付いていた。

「あれ？　うち、この人見たことあるかも」

カンナは名簿に載っている脂ぎった中年男性の顔写真を見ながらつぶやく。男の経歴には、大手外食チェーンの名前と「ＣＥＯ」の文字が並んでいた。

『リスト化されてるのは、地上波でバンバンＣＭ打ってるような企業の経営者です。年齢は幅広いですが、全員、持ってる会社の年商は百億超えてます』

「ひゃくおく……？」

やはり勘違いではなかった。この名簿に載っているのは、誰もがその名を聞いたことがあるような有名企業の経営者だ。「支払い」の心配は無さそうだった。

「……でも、こんなやり手の経営者が、都市伝説みたいな詐欺に引っかかりますか？」

浮かんだ疑問を全員に投げかける。他のメンバーも僕と近い不安を抱いていたのか、場は静寂に包まれた。

『……たぶん、この人ならいける』

「え？」

沈黙を破ったのは、英里香だった。英里香はタブレットに触れると、ある男の顔を指す。

『美藤篤良《びとうあつよし》。美藤クリニックの院長』

「あっ！　この人、ＣＭとかにいっぱい出てる人じゃん」

「なんで、いけるんですか」

『……私、この人知り合いだから』

「知り合い？」

その言い方には、迂闊《うかつ》に踏み込めない何かがあった。画面の背後では、アスマが英里香に疑念の視線を向けている。

『知り合いなら、ちょうどいいですね』

わざと鈍感《どんかん》なふりをしているのか、イツキは英里香の言葉に頷く。蒼白な顔で何も答えない英里香をよそに、イツキは全員に向けて言った。

『美藤篤良、やりましょう』

## 第五幕　詐欺 - MS - 第六場

　玉川警察署。捜査本部となっている大会議室には、倉森がプロジェクターで「高橋雄二」に関する捜査情報を映し出していた。幹部席に栩沢が着席し、司会進行を務める篠塚管理官に促されたところで、倉森は手元の資料を元に説明を始めた。

「神奈川県伊勢原市の空き地で発見された『タイニーハウスGH』についてご報告します。所有者の氏名は高橋雄二。一九七八年十月二日生まれの男性で、生きていれば、今年で四十五歳になります」

　不穏な仮定に、桑原が表情を硬くする。成岡にあの通帳を見せられてから、まだ一日も経っていなかった。倉森は、綿貫に目を向けて説明を続ける。

「警視庁の捜査記録によれば、高橋雄二は、二〇二〇年五月十日に死亡しています。死因は一酸化炭素中毒による窒息死です。当時高橋は東京都内で飲食店を営んでおり、開業のために数千万円にのぼる借金をしていたこと、SNS等に店の経営が苦しいことを漏らしていたこと、遺体発見現場である自宅の遺留品などから、調書では自殺として処理されています」

「遺留品というのは？」

「こちらの書籍です」

倉森が映し出した写真を見て、表情が引き攣《つ》る。棺桶《かんおけ》の挿絵に添えるように書かれた、『THE COMPLETE MANUAL OF SUICIDE』の文字。今からちょうど三十年前に販売されたその本の名前は、綿貫もよく知っていた。

一九九三年。有効求人倍率が1・0倍を切り、自殺の完全な「マニュアル」を称する本が百万部を超えるベストセラーとなった年に、綿貫は地元の進学校に入学していた。進学への強い希望があったわけではない。当時のクラス担任から、今は大卒の人間ですら就職が厳しいこと、進学すればその間に景気が少しは回復するかもしれないと伝えられたことが、進学校への入学を決めた理由だった。多感な時期ということもあり、自殺のマニュアルを称するその本は、クラスでも何度か話題になっていた。当時の綿貫は、どうせ陰湿な人間が奇を衒《てら》って書いたものだろうと冷たい視線を送っていたが、刑事となり、自分と同世代の女性がこの本を抱くようにして亡くなっているのを見てからは、この本の存在と、自分が生まれた世代――いわゆる「就職氷河期世代」について、嫌でも考えざるを得なくなっていた。

高橋雄二は、綿貫より一つ若い一九七八年生まれだった。高橋や綿貫が就職活動を行っていた九〇年代から二〇〇〇年前半は、不況を理由に新卒採用の人数が大きく絞られており、そのことが一つの引き金となって、ＩＴ分野で自ら起業する者、飲食店やＮＰＯを立ち上げる者、いわゆるフリーターとして非正規雇用で働く者など、サラリーマン以外の生き方を選ぶ――あるいは選ばされた人々が少なからずいた。経歴を見る限り、タイニーハウスの所有者である高橋雄二も、サラリーマン以外の生き方を続けてきた一人のようだった。

「遺体の身元確認は？」

「遺体は、連絡がつかないことを不審に思った従業員が高橋雄二の自宅で発見し、その後、家族により本人であることが確認されたようです」

倉森の回答に、篠塚管理官は黙って頷く。資料にあった検視調書を確認する限り、高橋雄二の遺体には大きな損傷はないようだ。

「家族が遺体を確認しているとなると、他人と誤解している線も薄いな」

「はい。高橋雄二は、二〇二〇年に自殺していると見て間違いないと思います」

「……じゃあ、成岡さんの口座にあった振込は、誰がやったんですか？」

桑原が、思わずロをついたという様子で疑問を口にする。地主の成岡が持っていた通帳には、「タカハシユウジ」名義で土地代の振込が行われていた。振込は毎月二十五日に欠かさず行われており、高橋が亡くなった後も、その振込は続いている。

「何者かが高橋雄二を騙って振込を続けている。そう考えるのが妥当かと思います」

「でも、どうしてそんなこと――」

「土地代が払われているうちは、警察も、土地を貸してる成岡も、あの土地に関心を抱かない。その間は、あのプレハブを使って自由に詐欺ができる。出資するだけの価値はあるでしょうね」

栩沢課長が淡々と「理由」を語る。倉森は意外な助け舟に感謝すると、報告を続けた。

「高橋雄二について調査する中で、もうひとつ気になった点があります」

倉森が用意した資料はまだ残っていた。倉森がPCを操作すると、宮廷風のデザインが施されたサイトが映し出される。サイトのトップには、「M」の文字をモチーフにした洒脱《しゃだつ》なロゴマークと、サービス名が表示されていた。

「ソフト闇金、マクベス？」

サービス名を聞き、栩沢課長の表情が険しくなる。サイト名の隣には、シェイクスピアが記した四大悲劇『マクベス』の一節「Fair is foul, and foul is fair」が筆記体で綴られていた。「きれいは穢《きたな》い、穢いはきれい」――たしかそんな訳があてられていたはずだ。倉森は少し困ったような表情を見せた後、資料について補足を始めた。

「高橋雄二ですが、二〇二〇年の四月――自殺する前の月に借入を増やしていて、その借入を行った相手が、かなり筋の悪い闇金融だったようなんです」

「それが、こいつらか」

「はい。高橋雄二のスマートフォンには『ソフト闇金マクベス』の閲覧履歴と、大量の着信履歴が残っていたそうです」

「この連中への捜査は？」

篠塚管理官が鋭く尋ねる。高橋雄二の自殺には、この「ソフト闇金」の連中が少なからず関与しているように思われた。倉森は小さく眉を寄せながら、話を続ける。

「元々、『ソフト闇金』は店舗を持たないのですが……高橋雄二に金を貸した人間は、取り立てには飛ばしの携帯を使っていた上、実際の金銭のやりとりは匿名性の高い通信アプリを使用していて、逮捕にまでは至らなかったようです。このサイト自体、事件後すぐに消滅しています」

「……匿名・流動型ってやつか」

顔の見えない人間たちが、ネットと携帯端末を使って犯罪を行い、目的を遂げた後は闇に消える。こうしたケースの犯罪は、特殊詐欺を中心に増えてきていた。だが、痕跡は完全に消せるものではない。篠塚管理官は、「ソフト闇金マクベス」のロゴを手の甲で叩いた。

「倉森はサイバー課と連携取って、こいつらを本腰入れて調べてくれ」

「了解しました」

倉森からの報告が終わったところで、篠塚管理官は質問がないことを確認し、捜査会議を散会した。会議室に一人残った綿貫は、与えられた情報をもとに思案する。

特殊詐欺の拠点になっていた小屋の所有者が、闇金融からの借金を苦に、自殺している。その組み合わせに、綿貫は不穏なものを感じていた。

『刑事さんもいずれわかるよ。これは犯罪じゃない。社会を正常化するための、システムだ』

綿貫の脳裏に、またあの声がよみがえる。綿貫は、自分を「詐欺の世界」に引き摺《ず》り込んだ、ある「被害者」との会話を思い起こしていた。


二〇〇三年、警視庁玉川警察署。綿貫が署の一画でひったくり犯の調書をまとめていると、取調室から、上司の石井《いしい》が出てくるのが見えた。警部としてまもなく定年を迎える石井は、ごま塩頭に片手を当て、軽く首を傾げていた。

「石井さん、どうでした」

表情から、結果が芳《かんば》しくないことは予測できる。石井は綿貫を見ると、唸るように答えた。

「ちっともしゃべらねえ。完黙だ」

「完黙？　……被害者がですか？」

石井が事情聴取を行っている相手は、田園調布《でんえんちょうふ》エリアで発生した強盗事件の被害者であるはずだった。被害者は犯人グループの持っていた金属バットで暴行を受け、肩や肋骨《ろっこつ》等、全身の複数箇所を骨折していた。そのため、当初は被害者の治療が優先され、骨折が完治したことで今日から被害者の聴取が再開されたという話だった。

「まあ、ただの被害者ではねえな」

石井はそう言うと、抱えていた資料を綿貫に差し出す。

「襲撃現場に落ちていた財布の免許証から、身元は割れてる。神室眞嗣《かむろまさし》、二十七歳。今年首謀者が捕まった強姦事件『ハイパーフリー事件』の被疑者として任意で取り調べを受けてるが、証拠不十分で逮捕には至ってない。イベントサークルでの経験を買われて、当時は大手広告代理店の電央堂《でんおうどう》に勤めていたようだが……『ハイパーフリー』の件で取り調べを受けてすぐにグループ会社に左遷され、今は退職してるらしい」

黙秘している被害者、神室と綿貫は同い年だった。だが、年齢以外は全てが違う。直感的にそう思うほど、綿貫は、神室を相容《あい》れない存在だと感じていた。

「きな臭い経歴ですね」

「ああ。俺もそう思う」

石井は唸るように言うと、綿貫の眼をじろりと見た。

「綿貫。お前、調べやってみるか」

「……自分ですか」

意外な提案に、綿貫は驚く。警察官として任用されて五年に満たない綿貫は、この道三十年以上の石井から、常に「ひよっこ」扱いされていた。その石井が綿貫に取り調べを譲るのは、異例の事態と言える。石井は取調室の方をじろりと見ると、低い声で言った。

「……俺が行くとな、こっち見てへらへらして、それで何も言わねえんだ。もうずいぶん長くこの仕事やってるが、あんな気味悪ぃ被害者は初めてだ」

綿貫は石井から神室の資料を受け取ると、その内容に目を通す。調書には、石井が警戒するのも頷けるような、不気味な内容が記されていた。

「できるかぎり、やってみます」

「気をつけろよ」

石井の警告を背に、綿貫は神室の待つ取調室へと向かった。


「玉川警察署、刑事組織犯罪対策課の綿貫隆司といいます。神室眞嗣さん、ですね？」

自らの所属と名前を名乗った後で、相手の名前を尋ねる。

神室眞嗣は、線の細い男だった。パイプ椅子の前では、長い脚を持て余し気味に組んでいる。座っているので正確なところは分からないが、身長は百八十センチ近いように見えた。

神室は綿貫を値踏みするようにつま先から頭まで観察すると、ふっと力を抜いて笑った。その顔はモデルのように整っていて、どこまでも無邪気に見える。事前に石井から聞いていた情報とあまりに違う現実に、綿貫は面食らっていた。

「……神室さん。あなたは今年の四月十六日に、田園調布の路地でバットを持った集団に暴行を受け、現金の入ったバッグを奪われた。間違いありませんか？」

神室のペースに呑まれつつあるのを感じ、綿貫は用意していた質問をぶつける。神室は笑みを浮かべるだけで、何も答えはしなかった。綿貫は逡巡の後、資料から得たある情報をぶつける。

「……あなたのバッグを奪った犯人の一人は、今月逮捕されています。ご存じでしたか？」

綿貫の質問に、神室がわずかに目を見開く。その反応に手応えを感じ、綿貫は質問を続けた。

「清田光一《きよたこういち》。いわゆる『架空請求詐欺』で現金を不当に騙し取った容疑で、今月六日に逮捕されています。この清田の家宅捜査で、あなたのボストンバッグが出てきたとのことです。神室さん。清田は、あなたのお友達ですか？」

神室を揺さぶるよう、綿貫はあえて挑発的に尋ねる。今回の強盗事件が、グループ内での内輪《うちわ》揉《も》めだとすれば、神室は清田に何らかの悪感情を持っているはずだった。その清田を「お友達」と呼べば、何か反応があるかもしれない。それが綿貫の思惑だった。

綿貫の狙いに逆らうように、神室は沈黙を続けていた。だがその目には、こちらの質問を面白がるような好奇の色が浮かんでいる。その表情をどう捉えていいか分からぬまま、綿貫は、最大の爆弾をぶつけることにした。

「神室さん。清田の供述によれば……あなたのボストンバッグには、一億円が入っていたとのことです。これは、事実ですか？」

清田の調書に記された異様な情報を、半信半疑で読み上げる。綿貫が調書から顔を上げると、神室と真正面から目が合った。神室は綿貫を射竦《いすく》めるように見つめた後、ふいに口を開いた。

「刑事さん、いくつ？」

神室は、こちらの質問には一切答えず、綿貫に無遠慮な質問をぶつけていた。主導権を握ろうとするような神室の態度に警戒心を抱きつつ、綿貫は静かに言葉を返す。

「二十六、ですが」

綿貫の年齢を聞くと、神室は猫のように目を細めた。遠目にも、睫毛《まつげ》が長いのがよく分かる。

「二〇〇〇年卒？」

「ええ、そうです」

「――じゃあ、同い年だ」

神室は笑みを大きくすると、作り物のような白い歯を見せた。

「年寄りばっかで、うんざりしてたんだよ」

神室の口調はより親しげなものに変わっていた。綿貫が何も言えずにいると、神室は笑みを浮かべたまま続けた。

「なんでここが年寄りばっかか……刑事さんなら、分かるよね」

神室はぐっと低い声で、綿貫に尋ねてくる。その目には、不気味な光が宿っていた。

「俺たちが就職した年は不景気の底で、企業が露骨に採用を絞ってた。本当に使える奴以外、誰も採らねえぞって態度だった。採算度外視の国家公務員すら、民間に倣《なら》って、馬鹿みたいに採用を絞ってた。だから刑事さんも『同期』が少ない。だろ？」

綿貫は神室を黙って見つめる。神室の指摘は、間違っていなかった。

当時の公務員試験は、大手企業の新卒採用見送りと、バブル崩壊を目《ま》の当たりにした応募者の安定志向が重なり、全国各地で高倍率となっていた。数十人の採用枠に、数千人の応募者が殺到するのはざらで、綿貫自身、百倍を超える倍率の中でこの警視庁へと採用されていた。大手広告代理店の電央堂に就職した神室も、綿貫と同等か、それ以上の倍率の採用試験を生き残っているはずだ。

「企業が散々門前払いしてくれたおかげで、ここ数年は、そこら中に金と職のない若者が余ってた。だから、清田が元いた『グループ』も、そういう連中を使って商売をやってたんだ」

予防線を張りながら、神室は綿貫に何かを伝えようとしていた。おそらく神室は、清田のいた「グループ」に深く関わっている。だが、そのつながりを直接追及すれば、何も話さなくなるだろう。慎重に話を引き出す必要があった。

「――その『グループ』は、どんな商売をやっていたんですか」

言葉を選びつつ綿貫が尋ねると、神室は笑みを浮かべた。

「はじめは、闇金だった。銀行も消費者金融も、どこからも金が借りられなくなった相手に、金を貸してやる仕事。まあ、『エンジェル投資家』みたいなもんだよね」

明らかに悪魔側に立つ者の狡猾《こうかつ》さを滲ませながら、神室は白い歯を見せる。

「バブル崩壊で経済がメチャクチャになったこの国には、どんな手段を使ってでも、金が必要な奴がゴロゴロいる。需要は間違いなくあった」

神室はふいに表情を引き締めると、話を続けた。

「闇金ってさ、ヤクザの下っ端が片手間でやってるような、合理性の欠片《かけら》もない組織がほとんどなんだよ。金融の知識なんかもほぼゼロで、百人以上の人間動かしたことのないような奴らが大半だ。だからその『グループ』は、暇な若者金で釣って、ノルマなんかもしっかり作って、この世界で一番『まともな闇金』をやることにした」

「まともな闇金」という言葉自体、綿貫には質《たち》の悪い冗談に聞こえたが、神室の顔は真剣だった。巨大なイベントサークルを運営していた神室には、若者と金を動かすノウハウがある。既存の物より優れた組織を作る力は確かにありそうだった。

「そのグループが始めた闇金はすぐに軌道に乗って、毎月億単位の利益が稼げるようになった。だけど間もなく、闇金そのものに構造的なリスクがあると気づいた」

起業家然とした弁舌で話を続けていた神室は、そこで初めて表情を歪める。日頃から金がらみの犯罪を追っている綿貫は、そのリスクにすぐ思い至った。

「……返済せずに、失踪する人間ですね」

「さすが刑事さん。よく知ってるね」

神室はよい聞き手を得たという顔で朗《ほが》らかに笑う。それから神室は、チームが気づいた闇金のリスクを語り始めた。

「闇金に限らず、貸金業は、利息で稼ぐビジネスモデルになってる。貸した時点では事業としてはマイナスで、利息で徐々にプラスが出る。だから……利息を払ってない奴に飛ばれると、でかいマイナスだけが残っちゃうんだよね。そのグループは店舗ごとにノルマ設けて、毎月の収支も細かく報告させてたから、この構造にはすぐに気づいた」

神室の眼には、具体的な帳簿が浮かんでいるようだった。架空の帳簿を見つめながら、神室は続ける。

「大金貸した客に飛ばれれば、店にでかい穴が開く。その穴を埋めようと思ったら、もっとでかい額貸して、利息で稼ぐしかない。でも、貸したらまた飛ばれるかもしれない。じゃあどうすりゃいい？　追い詰められたその『グループ』は、天才的なアイディアを思いついた」

綿貫は無言で神室を睨む。神室は臆《おく》せずこちらを見つめ返すと、静かな声で告げた。

「貸してない奴から、取り立てればいい」

「そんなこと、できるわけ――」

「できたんだよ」

そう言って、神室はこの日一番の笑顔を見せた。

「初めにやったのは、毎月ノルマも達成できてない、不良店舗のチームだった。そこは沖縄出身の債務者にたて続けに飛ばれて、金を貸すこと自体怖くなってた。金は貸したくないけど、毎月のノルマは達成しなきゃいけない。それで――金を貸してない奴から取り立て始めた。いわゆる『架空請求』ってやつだね」

アダルトサイトの利用料など、架空のサービスについて利用料を請求する詐欺は、ここ数年で急増していた。神室のバッグを持っていた清田が捕まったのも、架空請求詐欺だ。

「18禁サイトの閲覧料、海外とのパケット通信料。理屈は何でもいい。金持ってる連中を納得させさせられれば、貸してなくても、金は出てくるものだとわかった」

「……身に覚えのないサービスに、金を払うようなお人よしばかりじゃないでしょう」

署内でも、架空請求に関する相談は年々増加していた。綿貫自身、相談者には「それは詐欺です」と断言し、請求の無視を勧めているところだ。神室は笑って頷いた。

「はじめは入れ食いだったんだけどね。刑事さんたちのご活躍もあって、ここ一年は反応が鈍ってた。そこで出てきたのが、新しい詐欺だ」

「新しい詐欺……」

綿貫が気色《けしき》ばむと、神室は愉快そうに笑みを浮かべた。

「清田みたいな架空請求の連中は、相手を選ばず手当たり次第に仕掛けてたみたいだけど、そのグループにいた他のチームは、金のない奴に仕掛けても、面倒ばかり増えて実入りが少ないことに気付き始めてた。貧乏な連中に仕掛けても仕方ない。じゃあ、持ってる奴は誰だ？　そこで出てきたのが、俺たちの『親』だった」

そう言って、神室は綿貫の眼を見る。ターゲットは、急激に身近になっていた。

「うちの親は、いわゆる団塊《だんかい》世代だ。高度経済成長時代、バブル時代をサラリーマンとして好き放題謳歌《おうか》して、若い頃には『一億総中流』なんて言葉が流行《はや》ってた世代だ。だから……こいつらは、どこを狙っても金がある。刑事さんとこだってそうだろ？」

神室の言葉に、綿貫は黙り込む。神室の言う通り、綿貫の親は、一九四七年生まれの団塊世代だった。もちろん、団塊世代にも自営の人々はいる。苦しい生活を送っている人々もいる。それでも、綿貫たちの世代に比べれば「持っている」人々が多いことは、疑いようのない事実だった。神室はなおも続ける。

「ちょうどヤミ金法が成立して、元々やってた商売も全然上手くいかなくなってたそのチームは、自分の親世代を狙うことにした。息子のふりして、他人の親から金を巻き上げる詐欺を考え出した。『母さん、オレオレ』なんて言って、相手がこっちを息子だと思ったら、金を無心するシナリオだった。この詐欺は面白いほどうまくいった。そりゃそうだよね。本当に、息子の世代がやってるんだから」

神室の語るシナリオを聞いて、綿貫は、その「新しい詐欺」の正体に思いあたる。息子を騙って、五十代以上の高齢者世帯を狙う詐欺。今年の初め頃から爆発的に流行し、たしか、鳥取県警が「オレオレ詐欺」という呼称を提案していたはずだ。

「この新しい詐欺のおかげもあって、その『チーム』は、莫大な利益を上げた。元手はアイディアだけから、コストもほとんどかからない。それで……儲《もう》かりすぎたチームを、妬《ねた》むような馬鹿も出てきた。清田は、そういう馬鹿の一人だね」

神室はそこまで言ったところで、皮肉っぽい笑みを浮かべる。その表情で、綿貫は神室の語ってきた「グループ」の内実が見えた気がした。

「神室さん。話を戻しましょう」

綿貫は主導権を取り戻すように断言し、調書を机から持ち上げた。

「あなたが持っていた一億円は、その『グループ』が稼いだ金ですね。詐欺で稼いだ金は、銀行で保管するわけにはいかない。だから……おそらくあなたは、金を保管するために、専用の『金置き部屋』を用意していた。その場所へ金を移送する途中に、あなたは他のチームのメンバーに襲われた。違いますか？」

綿貫は、神室の話を手掛かりに、自らが浮かべた事件の全体像を口にする。黙って話を聞いていた神室は、再びふっと笑った。

「刑事さん。ちょっと誤解してるみたいだね」

「どこに誤解がありますか」

綿貫は挑戦的に神室へ尋ねる。神室は机を右手に置き、長い人差し指を立てた。

「俺はね……捜査協力のために、同世代のよしみで、刑事さんに俺の知ってる『グループ』の歴史を少し教えてあげただけだ。そのグループの仕事に、俺が関わったことはない」

神室は見え透いた嘘を言った。綿貫は細く息を吐くと、神室を正面から睨む。

「そのグループがやってることは、紛《まぎ》れもない犯罪です」

「元々もらうはずだったものを、取り返してるだけだよ」

神室は平然と言い返す。綿貫が黙って睨み続けていると、綿貫は笑みを浮かべて続けた。

「刑事さん、俺言ったよね。ここが、年寄りばかりでうんざりしてたって」

神室はそう言うと、真正面から綿貫を見つめ返す。その両眼からは、笑みが消えていた。

「ここ数年、この国の連中は、俺たちと同じ世代の人間をスケープゴートにしてきた。いま会社にいる連中だけ守って、これから社会の一員になる若者を弾き出すってことをやり続けた。だから そのグループは、会社から、社会そのものから弾き出された連中を集めて、『やり返そうぜ』って言ったんだ」

この新しい詐欺は、復讐《ふくしゅう》である。神室は言外にそう語っていた。だがその主張は、綿貫とは決して相容れないものだった。

「詐欺に手を染めず、この社会で必死に戦っている同世代の連中もたくさんいます。あなたが言っていることは……犯罪を正当化する、ただの詭弁《きべん》だ」

どれだけ苦しくても、犯罪だけはしてはいけないと、歯を食いしばって日々働いている同世代の仲間もいる。自分たちの世代全てを犯罪に巻き込むような言葉に、綿貫は強い憤りを覚えていた。だが、そんな綿貫の怒りすら、神室はせせら笑った。

「刑事さんもいずれわかるよ。これは犯罪じゃない。社会を正常化するための、システムだ」

そう言って、神室は机に置いた手を握った。

「いいか。俺たちの世代が、断絶線なんだ。俺たちより上が『持つ者』で、俺たちより下が『持たざる者』だ。この『新しい詐欺』は上から下に金を流して、社会を綺麗に均《なら》してる。『一億総中流』が実現するまで、この新しい詐欺は必ず続く」

神室は握った手を徐々に広げる。神室はその手で、富が分配されていくさまを示しているようだったが、綿貫には、詐欺が蔓延《まんえん》していく未来を象徴しているように見えた。

「詐欺は犯罪です。あなたの知ってるそのグループは、この国で最大規模の犯罪組織だ」

そして今、自分はその犯罪組織のトップに近い存在と対峙している。綿貫は直感的にそう感じていた。神室は軽くかぶりを振ると、特有のニヒルな笑みを浮かべる。

「刑事さん。やっぱり勘違いしてるね」

神室は綿貫の眼を見つめると、唐突に笑みを消して言った。

「俺は……被害者だよ」

資料にあった「ソフト闇金マクベス」のロゴマークを見つめる。「M」は、神室真嗣の名前のイニシャルでもあった。この二十年、神室真嗣の名前は捜査線上に何度も浮かんでいたが、事件との決定的なつながりが摑めず、未《いま》だに逮捕歴がない状態が続いていた。だが綿貫は、神室が口にした「グループ」こそが特殊詐欺を作り上げた当事者であり、綿貫が追ってきた特殊詐欺事件の「金主」である可能性を常に疑っていた。闇金を元にしたグループであれば、詐欺の種銭として一千万程度の金を出すことは、造作もないことだ。

そこまで考えたところで、会議室の扉が開く。それからほとんど間を置かず、部屋には、息を切らした倉森が飛び込んできた。

「綿貫さん、高橋雄二がタイニーハウスを購入した企業の方から連絡がありました」

「……要件は？」

倉森は両膝に手をつくと、唾を飲みこみ、顔を上げた。

「高橋雄二について、お話ししたいことがあるそうです」

# 第五幕　詐欺-MS-第七場

『――以上がMS、M資金詐欺の概要です。ご質問はございますか？』

六畳もない部屋の一画。湊谷英里香は、アスマとイツキの二人と共に、道化の看守からリモートで詐欺の指導を受けていた。

「使うオフィスは、そちらで押さえてもらえるんですか」

真っ先に、イツキが疑問を口にする。今回のシナリオでは、ターゲットを誘導する場所が重要な意味を持っていた。質問を予期していたのか、道化は即座に反応する。

『丸の内には、我々の同業者が頻繁《ひんぱん》に使用するレンタルオフィスがございます。日程が固まり次第、早急にそちらの一室をご用意いたしますので、ご安心ください』

「……レンタルオフィスで、大丈夫なのか？」

今度はアスマが不安げに尋ねる。ターゲットは、地上波でCMを打つような大企業の経営者だ。生半可《なまはんか》な設備の舞台では、見破られてしまうのではという懸念は英里香にもあった。

『実際の立地とお部屋をご覧いただければ、その不安は払拭《ふっしょく》されるかと思います』

道化は自信ありげに答える。自信の根拠は分からなかったけれど、詐欺師ご用達《ようたし》のレンタルオフィスには、何か仕掛けがあるらしい。

『他にご質問はございますか？』

慇懃な口調に、過去の記憶がよみがえる。英里香は、初めてその口調を耳にした時から、道化についてある仮説を抱いていた。今回「ターゲット」となる経営者たちの名簿を見たことで、その仮説はほとんど確信に近いものへと変わっていた。英里香は考えた末、ある疑問をぶつける。

「このシナリオ……私がいるから選んだの？」

今回の名簿にある美藤篤良のことを、英里香は個人的に知っていた。その「事情」を道化が知っていたとすれば、英里香がこの部屋に放り込まれた理由も、道化がこの名簿を用意できた理由も、やけに慇懃な話し方も、全て説明がつく。道化は、わずかに間を置いて答えた。

『村山様がご参加されなくても、このシナリオは実行可能です。ただ……いらっしゃった方が、成功率は上がると思われます』

道化は、英里香の「本当の苗字」をさりげなく呼ぶ。言葉を選びながら、道化は英里香の過去を「知っている」と伝えているように聞こえた。

英里香は背後の二人に目を向ける。英里香一人であれば、この道化に尋ねたいことはまだまだあった。だが、それを尋ねれば、この二人にも秘密を晒すことになる。英里香は逡巡した後、沈黙を守ることにした。

『それでは、ご質問もないようですので、M資金詐欺の研修は以上となります。開始日まで、各種準備をご進行ください』

そう言って、道化の看守はタブレットから姿を消した。

「……インチキ中国人、どっちやる？」

「アスマさんに決まってるでしょ」

「別に決まってはないだろ」

「じゃあアスマさん、高橋のセリフ全部いけますか？」

「それは、きついけど……」

アスマとイッキは、シナリオに出てくる「二人の男」をどちらが演じるか話し合っている。

「もう一人」の役割を誰がやるかは、話し合うまでもなかった。英里香は二人を尻目に、タブレットに表示された「M資金詐欺」のシナリオに目を落とす。そのシナリオを読みながら、英里香は、自らの仮説に確信を抱いていた。

道化の看守は、英里香があの「倶楽部《くらぶ》」にいたことを知っている。おそらく道化自身も、あの「倶楽部」にいた女性の誰かだ。複雑な感情を抱きながら、英里香は、「倶楽部」での初めての面接を思い出していた。


「担当の者が参りますので、こちらのお部屋でお待ちください」

「林堂《りんどう》」の名札をつけた女性はそう告げた後、丁寧にお辞儀をして部屋を退出した。

一人残された英里香は、落ち着かない気持ちで周囲を眺める。

英里香が案内されたのは、ガラス張りの会議室だった。観葉植物に囲まれたフリースペースでは、数名の女性スタッフがラップトップに向き合い、デスクワークをしている。英里香が想像していたのとは異なる「倶楽部」の雰囲気に面食らっていると、背後からノックの音が聞こえた。

「失礼いたします」

入室してきたのは、ネイビーのテーラードジャケットに身を包んだ、品のある女性だった。

女性は棒立ちしている英里香を認めると、無駄のない仕草で名刺を差し出した。

「私、クラブコンシェルジュを務めます、榊真知子《さかきまちこ》と申します」

「村山英里香です」

名刺のない英里香は、榊の差し出した名刺を受け取ると、ぎこちなく礼をする。榊は口元にかすかな笑みを湛えたまま、右手を軽く差し出した。

「どうぞ、お座りください」

英里香はコンシェルジュに言われるまま、黒いデスクチェアに座る。榊は、二十四歳の英里香より、一回りほど上に見えた。髪はダークブラウンのショートカットで、佇《たたず》まいにもファッションにも、浮わついたところが全くない。お互いが着席したところで、榊は再び笑みを見せた。

「そんなに緊張なさらなくて結構ですよ。私たちは、皆様のサポート係ですから」

「……すみません。こういうところに登録するの、初めてで」

英里香は正直に告げる。榊は柔らかい笑みを浮かべたまま、頷いた。

「ご安心ください。最近は、我々の倶楽部にも村山様のような方がたくさんいらっしゃいます。本日は初めての方にもご理解いただきやすいよう、ご説明させていただきますね」

榊は落ち着いた口調で言うと、会議室に置かれていたタブレットに触れる。まもなく画面には、洒脱な「M」のロゴが背景に記された、説明資料が表示された。

「南青山《みなみあおやま》ウィンザー倶楽部は、今年で創業二十年となる、業界では最古参の交際クラブです。現在、女性会員は五千名程度が在籍しており、男性会員はその半数、二千名程度となっております。現在は、毎月五百名程度の方が新規会員としてご登録されています」

「そんなに……」

「ええ。コロナ禍に入ってからは、特に女性の新規会員数が急激に伸びている状況です」

倶楽部の新規会員数は英里香の予想をはるかに超えていたが、榊はあくまで冷静だった。

「次に、会員の属性についてご説明させていただきます。女性会員の方は、二十代の方が最も多く、全体の六十%を占めております」

榊はそう言って、説明資料を切り替える。表示された明るい色の円グラフには、「二十代 60%」「三十代 30%」「その他 10%」の文字が並んでいた。

「ご登録されているのは、大学生やOLの方など一般的な女性がほとんどです。こういった一般層の流入はここ数年で急激に増えておりまして、『パパ活』という言葉が登場したことが、我々『交際クラブ』のイメージをカジュアル化している側面があると思われます」

英里香は榊の言葉に思わず頷く。英里香自身、このクラブの存在を知ったのは、「パパ活 安全」と検索したことがきっかけだった。榊はその反応に目ざとく気づくと、英里香に笑いかけた。

「村山様も、『パパ活』にご興味があってこのクラブに登録されたということでしたね？」

「……はい」

様々な言葉を呑み込んで、英里香は頷く。今日の面接が始まる前、英里香は倶楽部のサイトから新規会員登録を行い、WEB上でいくつかの質問に答えていた。榊はタブレットから手を離すと、机に置かれていたバインダーを開く。

「当倶楽部では、お客様同士のミスマッチを少しでも減らすために、お客様が当倶楽部でどのようにご活動していきたいかをヒアリングさせていただいています」

榊の仕草から、英里香は自分が今から審査されることを悟る。榊は、綺麗なアイラインを引いた眼を英里香に向けた。

「村山英里香様。事前のアンケートでは、『元イベント会社勤務』ということでしたが――現在はどんなお仕事をされていますか？　ご参考までにお聞かせください」

榊は柔らかい笑顔で、英里香の最も触れられたくない部分に触れる。英里佳は逡巡の後、現状を包み隠さず伝えることにした。

「実は……新卒で入社したイベント会社が、先月潰れたんです」

「先月、ですか」

英里香の回答は、榊にも予想外のようだった。英里香は頷くと、さらに続ける。

「もしかしたら、ご存じかもしれませんが、日本ドリームレクリエーションという、創業六十年くらいのイベント会社で――」

「存じております。私、前職が旅行代理店でしたので……日レク様にはお世話になりました」

「そうだったんですね」

英里香は榊をまじまじと見る。もしかすると、目の前の榊もこのコロナ禍で転職した女性の一人なのかもしれない。いろいろ尋ねたくなる気持ちを抑えて、英里香は話を続けた。

「本当に、突然仕事がなくなったので……失業保険を受けつつ、ここひと月は、新しい仕事を探していました。ただ、イベント業界は新しい人を採用する余裕なんてまるでないですし、いつまでこんなことが続くかも分からないので……とにかく、どうなっても大丈夫なように、今の自分が稼げる方法を探そうと思ったんです」

英里香はここひと月、誰にも明かしていなかった本心を明かす。金が目的と正直に話すのは抵抗があったが、「パパ活」の面接にまで来て、嘘の志望動機を言っても仕方ないという気持ちがあった。コンシェルジュの榊は、英里香を見ると深く頷いた。

「経済的理由で『パパ活』を始められた方は当倶楽部にもたくさんいらっしゃいます。都市部にお住まいの若い女性にとって『パパ活』はもはや常識ですし、経済的な問題を解決する、主要な選択肢と言ってよいかと思います」

榊の話に、英里香は小さく頷く。「パパ活はみんなやってる」。英里香が大学生だった二〇一八年頃から、そんな言葉を周囲でよく聞くようになっていた。当時英里香が通っていた令城《れいじょう》大学は、中高一貫校を系列に持つ「お嬢様大学」だった。お嬢様大学といっても、在学生全員が裕福な家庭出身ではない。世間のイメージを作っているのはいわゆる内部進学組で、こうした「内部生」と大学入試で外部から進学してきた「外部生」との間には、露骨なまでの経済格差がある。その格差を埋めるために外部生の一部が行っていたことが、「パパ活」だった。

英里香は地方から入学した外部生で、経済的にも恵まれているわけではなかったが、周囲の子たちが続々と「パパ活」を始める中、そんな売春紛《まが》いのことは絶対にやりたくないという気持ちでイタリア料理店でのアルバイトに励んでいた。だが、苦労して入社した企業が予想外の形で倒産し、自分がバイトしていた料理店すら潰れてしまう「緊急事態」の中で、英里香の脳裏に浮かんだのは、当時の同級生が盛んに言っていた「パパ活はみんなやってる」という言葉だった。

「かつては経済的に困窮されている女性の受け皿としては、繁華街のガールズバー、キャバクラや性風俗店といった夜のお仕事がございましたが……このコロナ禍では、夜の繁華街こそが困窮の中心地です。この状況では、みなさんがこぞって『パパ活』を始められるのも、無理のないことかと存じます」

英里香の不安を解きほぐすように、榊はいかに「パパ活」が若い女性にとって自然なことかを語る。英里香がその目を見て頷くと、榊はバインダーを閉じた。

「村山様が、やむにやまれぬ事情で当倶楽部にご登録されたことは、よく分かりました。ここからは、村山様のためにも、当倶楽部のルールをお伝えさせてください」

榊は慇懃な口調で言うと、タブレットに触れる。榊がその長い指で画面に触れると、タブレットは次の画面に切り替わった。

「当倶楽部ではミスマッチを少しでも避けるため、女性会員に対して希望する交際スタイルの選択を義務づけております。」

そう言って、榊は英里香に見えるようタブレットの画面を向ける。画面には、エレガントな字体で「三つの交際タイプ」が描かれていた。

**交際タイプC【交際費不要】**

出会いのチャンスを優先したいので、お食事デートでの交際費はいただきません。

**交際タイプB【フィーリング次第】**

お互いのフィーリングが合えば、交際に発展する可能性があります。

**交際タイプA【お食事デート】**

基本的にお茶やお食事のデートを希望します。肉体関係を含む交際は希望しません。

「村山様は……こちらの三つのタイプですと、どちらがご希望に近いですか？」

英里香は、タブレットの画面を食い入るように見つめる。「交際タイプC」は一瞬で選択肢から消えた。交際費なしで、よく知りもしない中高年の男と食事をしている場合ではない。次に目に入ったのは「交際タイプB」だったが、これは判断が難しかった。当たり前のことが書いてあるだけで、良いとも悪いとも思えない。最後の選択肢が目に入ったところで、英里香はこれだと思った。

「『交際タイプA』でお願いします」

相手がどんな富裕層だろうと、英里香は、金で女を買おうとするような人間に体を許したくはなかった。食事だけで交際費を貰えるなら、それに越したことはない。

「『交際タイプA』、ですね」

その選択を見越していたかのように、榊は英里香の言葉を繰り返す。英里香が頷くと、榊は机の上で両手を組んだ。

「村山様。ここから先は、あくまで一アドバイスとしてお聞きください」

榊はビジネスライクな笑みを浮かべると、英里香の眼をじっと見て話し始めた。

「当倶楽部に登録する男性は、若い女性との恋愛を目的に、高額の登録費と交際費をお支払いされています。この場合の恋愛とは、具体的には、デートとセックスです」

唐突に出てきた性的な単語に、英里香の表情が引き攣る。榊が口にしたのは、英里香がこの交際クラブに来るまで頑《かたく》なに避けてきた選択肢だった。

「逆に女性会員の皆様が求めてらっしゃるのは、基本的にはお金です。そのため、『交際費不要』の交際タイプCを選択される方はほぼ存在せず、ほとんどの方が、村山様のように、交際タイプAをご選択されます」

「……そう、なんですね」

続く榊の説明で、英里香はかすかに安堵する。金のためと割り切って、交際クラブに登録する「仲間」は、英里香以外にもたくさんいるらしい。ただ、榊の眼がこれまでになく険しいことに気付き、英里香は、表情を引き締めた。

「当倶楽部に登録される男性は、風俗やキャバクラでは味わえない体験を求めております。若い女性と食事するだけでは満足できませんし、セックスだけでもいけません。特定の女性とお付き合いして、その延長にある、恋愛やセックスを求めておられるのです」

榊の説明を聞きながら、英里香は寒気を覚える。恋愛もセックスも人並には経験してきたつもりだったが、全く好きでもない相手からそんなことを求められるのは、想像するだけでぞっとした。榊はなおも続ける。

「心も体も満たしたいというのが、当倶楽部にご登録されている、富裕層男性のニーズです。結果として当倶楽部では――『交際タイプA』を選ぶ女性へのニーズは、ほとんどございません」

榊は英里香の眼を見て、静かに断言した。ガラス張りの会議室に、しばし沈黙が流れる。英里香は唾を呑み込んだ後、諦めきれない気持ちで尋ねた。

「でも……『交際タイプA』の女性を選んでくれる方も、中にはいますよね？　だったら、その方だけ相手にパパ……活動したいんですけど」

「たしかに、『交際タイプA』の女性を選ばれる男性の方も中にいらっしゃいます。ですが、初めにお伝えさせていただいた通り、当倶楽部の女性会員数は、五千名ほどいらっしゃる上、その方々の多くが、『交際タイプA』を希望されます。つまり、村山様が『交際タイプA』を選ばれた場合、競争率は大変な高さとなり、当倶楽部にご登録されたとしても、月に一度もオファーがない、といった可能性がございます」

「一度もないなんてこと、あるんですか」

「ええ。当倶楽部の指名は『自由競争』に任せておりますので」

余裕を失っている英里香に、榊はあくまで淡々と答える。交際クラブに登録したとして、一度も男性と会えなければ、当然、「パパ活」での収入は望めない。英里香にはあと二月は「会社都合退職」による失業保険の収入があったが、それ以降は、全くの無収入になる可能性があった。

「村山様。これは強制ではございません。ですがもし、当倶楽部の活動で安定した収入をご希望されるのであれば、『交際タイプB』での登録をお勧めいたします。お伝えした通り、女性会員様のほとんどはAを選択されますから、Bを選択したというその一点だけで、村山様は優位に立てます。男性会員様のニーズはBに偏《かたよ》っておられますから、おそらくこの後すぐにでも、最初のオファーをいただけるかと存じます」

榊はこれまでよりぐっと熱を込めて、英里香を説得する。

「短い期間で高額の収入を稼ごうと思えば、多少のリスクはつきものです。勿論、フィーリングの合わない男性に対しては、お誘いを断っていただいてかまいません。その際のフレーズも、我々コンシェルジュがご用意させていただいております」

そう言って、榊はタブレットに触れる。画面には、「便利な断り文句」と題して、「初めてだから勇気が出ない」「今日は予定があるので」等、いくつかの定型文が記載されていた。

「――村山様、いかがでしょう。交際タイプを変更されますか？」

英里香はタブレットを見つめながら、逡巡する。この倶楽部では、女性は常に、金銭的な援助をする男性側から選ばれるシステムになっている。短い期間で大金を稼ぐには、多少のリスクは冒さなくてはいけない。

英里香は悩み抜いた末、降伏するように頷いた。

「ありがとうございます。さっそくではございますが、このまま弊社のスタジオで、男性会員の皆様にアピールするための自己紹介動画をご撮影いただきます。プライバシーを守るため偽名で登録される方もいらっしゃいますが……どうなさいますか？」

榊は柔らかい笑みを浮かべたまま、英里香に尋ねる。

本名でこんな「仕事」はしたくない。英里香は榊の背後に広がる港区《みなと》の景色を見つめながら、囁くような声で伝えた。

「偽名で……湊谷、英里香でお願いします」


「じゃあ、ここのきっかけを英里……英里香？」

聞き覚えのある声に、慌てて顔を上げる。背後では、部屋に残っていたアスマが心配そうにこちらを覗き込んでいた。

「大丈夫か？　顔真っ青だぞ」

「……ちょっと、一人にさせて」

英里香が仏頂面で言うと、アスマは「困ったら言えよ」と小声でつぶやき部屋を出た。

一人残された英里香は、タブレットを見、ターゲットの「名簿」を開く。

交際クラブ『南青山ウィンザー倶楽部』では、女性会員の情報のみが男性会員に伝えられ、男性会員の個人情報は、実際にオファーを受けるまで一切開示されないシステムになっている。そのシステムの中で英里香が初めにコンシェルジュから紹介されたのが、美藤クリニックの院長、美藤篤良だった。

英里香が初めて美藤のプロフィールを見た際の感想は、「おじいちゃんすぎる」だった。美藤の年齢は当時七十二歳で、英里香とは四十歳以上もの差があった。英里香の親より年上の高齢者と交際するなんて、絶対にありえない。それでも、「顔合わせのオファーは、できる限りお断りしないでいただきたい」という榊からの強い希望もあり、英里香は、都内の高級ホテルのラウンジで、美藤と初めて会う約束をした。

それから先は、思い出したくもない記憶だった。

顔合わせにもかかわらず、美藤はデザートの後、突然英里香をホテルに誘った。「このホテルのスイートを押さえている」と言われ、英里香は、とっさに断ることができなかった。

あらかじめクラブから教えられていた断り文句は、結局、一つも浮かばなかった。食事をご馳《ち》走《そう》になって、数万円の交際費を受け取って、そのままその場を立ち去れるほど、当時の英里香は「交際」に慣れていなかった。

目を閉じると、股間に挟まった美藤の白髪頭がフラッシュバックする。早く終わってほしいと願い続けた気持ちがよみがえり、身体が震え、嗚咽《おえつ》がこみあげてくる。

英里香はあの日、自分自身に吐いた嘘を、何度も何度も後悔していた。次に嘘を吐くなら、自分を傷つける嘘ではなく、自分を傷つけた人たちから、全てを奪い返す嘘を吐こうと心に決めていた。それから英里香は、倶楽部での仕事を続けながら、今の仕事を始めていた。

英里香は名簿に掲載された番号を打ち込むと、髪をかきあげ、端末を耳に当てる。

「美藤さん、ご無沙汰しています。英里香です。携帯壊れて、電話番号が変わってしまって――はい、そうです。南青山でお世話になった、湊谷英里香です。覚えていてくださったんですね？嬉しい……」

全ての感情を押し殺し、湊谷英里香は笑った。

# 第五幕　詐欺－ＭＳ－第八場

「釣りはいいから」

美藤篤良は赤煉瓦《あかれんが》造りの駅舎を見上げ、白手袋をした運転手に一万円札を差し出した。

何か言いかける運転手を置き去りにして、丸の内口へ歩き出す。

美藤は上機嫌だった。自身の経営する「美藤クリニック」が、今年度、過去最高益を達成する見込みであることが、その理由の一つだ。

二〇二〇年からの三年間、新型コロナウイルスが猛威を振るい、医療業界が疲弊する傍らで、美容整形外科クリニックは、着実に利益を伸ばしていた。

コロナ禍で変わったことは多々あるが、その変化の際たるものは、外出時に「マスク着用」がマナーとなったことだ。女性たちの中には、この「新しいマナー」と在宅勤務を利用して、美容医療を受ける人々が増えていた。いわゆるＺ世代の中には、Ｋ－ＰＯＰなどで韓国文化に触れ、美容整形への抵抗が少ない層も増えている。そうした様々な要因が重なり、ここ数年、ＴＶ広告とＳＮＳ広告に注力していた美藤クリニックは、二〇二〇年代に入り、空前の利益を稼ぎ出すことに成功していた。

丸の内南口は、平日の今日も外国人観光客で賑わっていた。美藤は入ってすぐの左手奥、目を凝《こ》らしていないと見過ごしてしまうような「サブエントランス」へ迷わず向かう。

これから訪れる場所も、美藤が上機嫌である理由の一つだ。

東京駅開業の一年後、一九一五年に創業した「東京ステーションホテル」は、東京駅構内に存在する、唯一無二の宿泊施設だった。そのロビーラウンジは、美藤が好んで使う待ち合わせ場所でもある。川端康成《かわばたやすなり》はこのホテルで小説『女であること』を執筆し、江戸川乱歩《えどがわらんぽ》は『怪人二十面相』を、松本清張《まつもとせいちょう》は『点と線』を執筆した。美藤はこの空間に足を踏み入れるだけで、自身が文学作品の一部になったような高揚感を抱くのだった。

「美藤さん」

背後から、細い声がして振り返る。そこに立っていたのは、今日の美藤が上機嫌である、何よりの理由だった。英里香は、身体のラインがはっきり出るリブニットのワンピースを着ていた。淡いピンクからは若い彼女の色気が匂い立っていて、美藤は思わず笑みを浮かべる。英里香はこちらの表情を見て小さく頷くと、窓際の席を目で示した。

「今日のお席は、私が取っておきましたから」

英里香はそう言って、悪戯《いたずら》っぽく微笑む。

「気が利くね」

美藤は短く答えた後、英里香のエスコートで、きらびやかなシャンデリアが照らすラウンジを横切る。カーテン脇の席へ座ったところで、英里香は、切れ長の眼を細めて微笑む。その表情を見て、美藤の顔も自然とほころぶ。

湊谷英里香は、美藤がこれまで「援助」してきた女性の中でも、お気に入りの一人だった。

美藤の経営するクリニックには、細い目がコンプレックスで二重《ふたえ》への美容整形を求める女性客が毎日のように訪れる。だが美藤自身は、切れ長の眼を持った女性を偏愛していた。その偏愛を育てたのは、美藤と同世代のファッションモデル、山口小夜子《やまぐちさよこ》だ。英里香の顔立ちは若い頃の山口小夜子を彷彿《ほうふつ》とさせるところがあり、同世代のスターとして彼女を密《ひそ》かに想《おも》い続けていた美藤には、この上ない魅力があった。切れ長の眼と通った鼻筋には上品さが感じられ、それでいて、ミステリアスな陰がある。美藤は、金銭的に困難を抱える、英里香のような切れ長の眼を持った美人を「援助」することで、職務上大っぴらにはできない、自らの嗜好を満足させていた。

「急にお呼び立てして、すみません」

お互いの食事を注文し終えたところで、英里香が軽く頭を下げる。美藤は鷹揚《おうよう》に笑った。

「英里香ちゃんからのお誘いなんて、初めてじゃないか」

「……いつも、誘っていただいてばっかりだったので」

「デートは男の方から誘うのがマナーだよ。まあでも、たまには誘われるのも悪くないな」

美藤は本心からそう言って、英里香を見つめる。

「会長職になってから、食事に誘ってくれる人もめっきり減ってね。今は寂しい老人だよ」

美藤がぼやいてみせると、英里香は小さく首を振る。

「みなさん、気を遣ってるんですよ。美藤さんがお忙しい方だから」

「経営もほとんど息子に任せてるから、大して忙しくもないんだよ」

「そうなんですか?」

英里香は目を見張る。美藤は頷くと、軽く手を広げた。

「今は半分、隠居みたいなもんだ。だからまあ、英里香ちゃんみたいな綺麗な子からのお誘いは、大歓迎だよ」

美藤が普段から思っていることを率直に伝える。英里香が如才《じょさい》なく笑ったところで、テーブルに『ホワイトムーン オータムパルフェ』が届く。一日十食限定と銘打たれたスイーツは満月のような見事な球形で、その造形には英里香も目を丸くしていた。スタッフの説明を受け、熱いチョコソースを流し込むと、球状のアイスの中から、栗《くり》と胡桃《くるみ》が現れる。手を合わせて喜ぶ英里香を見ながら、美藤は「援助」の甲斐《かい》を感じていた。

「……でも、美藤さんみたいにお元気で、経営力もある方が隠居なんて、勿体無《もったいな》いと思います」

ひとしきりスイーツを愉《たの》しんだ後、英里香が真面目な顔をしてそんなことを言う。リップサービスだと分かっていても、自分好みの若い女に面と向かってそう言われるのは、なかなか得がたい快感だった。

「じゃあ、英里香ちゃんから仕事をもらおうかな」

美藤が冗談めかして言うと、英里香は口を押さえて上品に笑う。その目がわずかに真剣な色を帯びているのに気づき、美藤はおや、と眉を上げた。

「実は……ご相談というのは、お仕事のことなんです」

スイーツの皿が下げられたところで、英里香はそう切り出した。

「英里香ちゃんが、会社をやるなら手伝うよ」

「援助」している女性から仕事の相談をされるのは、美藤にとって珍しいことではなかった。先月も、「インフルエンサーのマネジメント会社をやりたい」という若い子に、資本金として三百万ほどポケットマネーで援助したばかりだ。

「私は、経営はちょっと……父が失敗してるので」

「ああ、そんな話をしてたな」

英里香の父親は地方で小さな旅館を営んでいたものの、英里香が大学に通い始めた頃には経営が傾きはじめ、コロナ禍が止《とど》めとなって廃業したという話だった。その不憫《ふびん》な身の上も、美藤が英里香を援助したいと思った理由だ。

「美藤さんには……私の大学の話、したことありますよね」

「たしか、令城大学だったよな。いい大学だ。羽田《はた》さんや渡《わたり》さんもそうだったろ」

令城大学は、令城地区にある私立大学だった。裕福な家庭や経営者らが子息子女を預ける傾向があり、首相や経団連会長も輩出していたはずだ。

「実は、私の母方の祖父が令城出身で、日本銀行に勤めていたんです」

「ほう、日銀に。ご立派じゃないか」

「ありがとうございます。今は老人ホームにいて、ほとんど話せないんですけど……」

英里香が悲しげに目を伏せるのを見ながら、美藤は同情するように頷く。美藤の周囲にも、仕事を辞めた途端にどっと老け込み、惚《ぼ》けが進んでしまう仲間がいた。

「ご相談というのは……その祖父に関することです」

英里香は顔を上げると、美藤を真正面から見据えた。その口元は固く結ばれていて、英里香の「相談」が真面目なものであることが察せられた。英里香は短い沈黙の後、口を開いた。

「美藤さんは、MSAってご存じですか」

「いや……NISAの親戚か？」

「私も、祖父から聞いて初めて知ったんですけど……」

英里香は控えめに前置きすると、自身のスマートフォンを机に置いた。

「MSAは、一九五四年に日本とアメリカがお互いの安全を保障するために、結んだ協定のことです。日本に米軍が駐留しているのも、学校給食にパンとミルクが出るようになったのも、この協定の影響らしくて――」

「あぁ、あれか」

美藤は思わず声を上げる。息子に院長職を譲った後、時間に余裕の出来た美藤は、自国の歴史――特に自らが生きた戦後日本の歴史について――書籍やインターネットで自主的に「学び直し」を始めていた。だが、書籍の小さな文字は老眼には厳しく、最近はもっぱら、大きな文字と自動音声で歴史をまとめている Youtube 動画を観ることが増えていた。そうした「戦後の歴史」動画の中に、「MSA協定」という単語は何度か登場していた。

「私が小学校に入った頃、ちょうど『学校給食法』というのができてね……給食で、コッペパンと脱脂粉乳《だっしふんにゅう》が出るようになったんだが、パンは硬いし、脱脂粉乳は臭くてまずいしで、とても食えたもんじゃなかったんだ。鼻をつまんで飲んでたよ」

「そうだったんですね」

「後で知ったんだが、あれはアメリカが自分のところで余った小麦や何やらを日本人に食わせるために法律を作ったんだよな。それで日本は小麦を安くもらえる代わりに、アメリカから武器を買ってた。確かそんな話だったろ？」

「さすが、よくご存じですね」

英里香はそう言って両手を胸の前で合わせる。美藤は自らが持つ「歴史家」の部分を英里香に示せて内心鼻高々だったが、同時に疑問も湧いていた。

「それで、MSAが日銀のお祖父《じい》様とどんな関係があるんだ？」

「……私の祖父は、日銀でMSA案件を担当していたんです」

英里香はこれまでよりぐっと抑えた声で、祖父の秘密を明かした。

「MSA協定は、元々、アメリカと日本がお互いの軍事的支援をすることが定められている協定だそうなんですが……戦後の日本では、この協定を根拠にして、美藤さんが仰っていたような農作物の取引や、産業育成の支援も行われていたそうなんです」

「ほう、産業育成も」

英里香が口にしたのは、美藤が今まさに興味を持って調べている「戦後日本の裏歴史」の話だった。まさか今日この場で英里香からそんな話が聞けるとは思わず、美藤は、盆と正月が同時に来たような気分を抱く。英里香はなおも続けた。

「祖父が担当していたのは、この産業育成支援の部分です。表に残っている記録では、三菱商事《みつびししょうじ》や日清製粉《にっしんせいふん》が小麦の取引のため米ドルの提供を受けていますが……祖父の部署では、国家予算に載っていない『MSA用の秘密資金』を使って、将来有望な企業へ投資を行っていたそうです」

国家予算に載っていない、裏資金。美藤はその言葉にピンとくるものがあった。

「つまり、お祖父様が運用していたのは……M資金か?」

「――本当にお詳しいんですね」

英里香が薄く微笑むのを見て、美藤は思わず身を乗り出す。これほど胸が高鳴るのは、何年ぶりだろう。M資金は、美藤の「学び直し」の中で、要所要所に現れる単語だった。

「これは、祖父の受け売りなのですが……いわゆる『M資金伝説』には、本当にたくさんの誤解があります」

前のめりになっている美藤を諭すように、英里香は静かな声で言った。その落ち着きが、美藤にはかえって真実味《しんじつみ》を感じさせる。

サンフランシスコ講和条約が結ばれた際、それまでGHQが管理していた「旧日本軍の隠し財産」が、日本に返還された。返還された隠し財産の総額は、現金や財宝を含めて時価数千億円。この受け渡しの際、GHQ経済科学局の局長を務めていたウィリアム・マッカートの頭文字を取って、その資金は「M資金」と呼ばれる。これが、美藤の知る「M資金伝説」の概要だった。英里香は切れ長の眼を美藤に向けると、落ち着いた声で続けた。

「祖父は私に、『隠退蔵物資事件《いんたいぞうぶっしじけん》』の真相も詳しく話してくれました。……美藤さんも、この事件のことは、ご存じですか？」

「いんたいぞう……世耕《せこう》事件のことか？」

「あっ……祖父も、そんな呼び方をしていたと思います」

「たしか、旧軍が戦時中に国民から接収してた莫大な量のダイヤが、終戦のどさくさで地下倉庫からなくなってたとか、そんな話だったよな」

「はい。その倉庫を管理していたのが、日銀です」

疑問に思っていたことが、パズルのようにつながっていく。美藤は、久方ぶりに脳が生き生きと活性化するのを感じていた。

「日銀の倉庫からダイヤがなくなったのは、国会の答弁にも残っている事実です。東京地検特捜部の前身となる組織ができたのも、この隠退蔵物資事件がきっかけです。ただ、彼らの捜査でも、全てのダイヤを見つけることはできませんでした」

「……そのダイヤの行方を、君のお祖父様は知っていた。そういうことか？」

英里香は何も答えず、ただ微笑む。その表情に、美藤は全身が泡立つのを感じていた。

「美藤さん。この後もう少しだけ、お時間いただけますか？」

英里香はそう言って、ハンドバッグから一枚の紙を取り出す。詳細を聞くまでもなく、美藤は頷いた。

『はい。一般社団法人アジア経営会議です』

英里香から渡された名刺にあった電話番号に連絡すると、一秒も待たず、利発そうな女性の声が応答した。美藤はその反応に内心面食らいながら、指示された通り、話を続ける。

「これから、一名でお伺いしたいんだが」

『一名様でございますね。お約束はいただいておりましたでしょうか？』

「児玉さまと、二十四時から」

『……少々お待ちくださいませ』

英里香から教わった通りの言葉を伝えると、受付嬢は、かすかに間を置いてそう言った。電話口からはフォスターの『Beautiful Dreamer』が保留音として流れ始める。美藤が汗ばむ手でスマートフォンを握り直したところで、保留音は唐突に途絶えた。

『お待たせいたしました。美藤さまでございますね？』

「……ええ」

こちらが名乗っていないにもかかわらず、受付嬢は美藤の名前を呼んでいた。美藤が平静を装って答えると、受付嬢は歯切れの良いアクセントで続けた。

『大変恐れ入りますが、児玉は本日急用にて不在にしております。ご伝言を承《うけたまわ》りましょうか？』

「ああ……では、『育成基金の件』とお伝えください」

『――かしこまりました』

受付嬢は意味深な間を置いて答える。儀礼的なやりとりの後、美藤は自分から通話を切った。

「……君の、言う通りだった」

美藤が伝えると、隣の英里香はかすかに笑った。

「今のが『受付』です。これからもう一通電話が来ます。その電話は、『審査』です」

英里香はそう言って、目の前にそびえたつ高層ビルを見上げる。美藤は今、英里香に誘われるまま、丸の内でも歴史あるオフィスビルの入口へと案内されていた。左手には東京駅の丸の内駅舎が、右手には皇居のお濠《ほり》が見える。この立地にオフィスを構えているというだけで、これから会う相手が只者《ただもの》ではないだろうことは察せられた。英里香はこちらに視線を戻すと、逡巡した後、美藤の手をそっと握った。

「大丈夫です。美藤さんは……私が知っている中で、一番の経営者です」

英里香は眼を潤ませて、静かに言う。その手はかすかに震えていた。得体の知れない組織を前に、英里香も不安なのだろう。美藤が口を開きかけたところで、ふいに鈍い音が聞こえた。

最近買い換えたばかりの、美藤のスマートフォンが震えている。画面には、「非通知」とだけ表示されていた。慣れない手つきで受話器が描かれた緑のボタンをタップすると、こちらが何か言う前に、若い男の声が聞こえた。

『美藤篤良さまでいらっしゃいますね』

「そうだが、あなたは――」

『MSA事業本部のアカイです』

「MSA……」

『振り返らず、そのままお答えください』

英里香の方を振り向きかけたところで、無機質な声がそれを制する。美藤は、自身の心拍数が跳ね上がるのを感じていた。

『貴方はこの基金を、どこで知りましたか？　また、紹介者はどなたですか？』

正体不明の相手は、電話越しに美藤の「審査」をはじめていた。焦りを覚えつつ、美藤は英里香から受け取った「メモ」を取り出す。そこには英里香の直筆で、「ＭＳＡ用」の想定問答集が書かれていた。

「……私の最も信頼し、尊敬している方から紹介されました。その方のお名前は、控えさせてください」

『――この基金をお受けになって、どのような目的に利用されますか？』

意味深な間を置いて、電話先の男は質問を続ける。美藤は深く息を吸うと、なるべく平静を装って答える。質問の内容は、英里香から受け取った「メモ」に書かれていた通りだった。

「日本および世界のために、企業を通し、貢献したく思います」

『如何《いか》ほどの資金を希望されますか？』

「当社に見合った額で、出来るだけ多くお願い致します」

『この基金導入にあたり、紹介者または関係者から手数料などを要求されていますか？』

「それらの要求は、一切されておりません」

美藤がそこまで答えたところで、電話の向こうに沈黙が流れる。「メモ」の方には、あと一つ質問が残っていた。息詰まるような沈黙の後、電話の男は声を発した。

『この資金をお受け取りになられた後、どなたかをご紹介していただけますか？』

「……そのようなことは、遠慮させていただきたいです」

再びの沈黙。「ＭＳＡの男」からの依頼を断るのには勇気が要《い》ったが、「メモ」によれば、これが「正解」の問答だった。自分の呼吸音だけが、やけに大きく聞こえる。美藤がスマートフォンを握り直したところで、ふいに男の声が聞こえた。

『——承知いたしました。これより、お迎えにあがります』

電話の男は、それ以上何も口にせず、たっぷり数秒の間を置いて電話を切った。英里香が心配そうにこちらの顔を覗き込んでくる。安心させようと美藤が頷くと、英里香は目を細めて笑った。だが美藤の背後を見た途端、その表情がこわばったのを見て、美藤はとっさに振り返った。

「美藤さまですね」

そこには、上等なスーツに身を包んだ長身の若い男が立っていた。男は冷徹そうな縁なし眼鏡をかけ、口を真一文字に結んでいる。突然現れた男に警戒心を抱きつつ、美藤は小さく頷いた。

「……美藤は、私だが」

男は頷くと、懐から革のカードケースを取り出し、コットン濃色の名刺を差し出した。

「アジア経営会議、事務局の高橋雄二と申します。こちらの方は？」

男は、英里香を睨むようにして尋ねる。美藤が答えあぐねていると、英里香が前に進み出た。

「美藤の秘書をしております、湊谷です」

「秘書、ですか」

「……ああ、契約関係の場には、いつも付いてきてもらっているんだ」

機転を利かせてくれた英里香に、美藤は話を合わせる。男は訝しげに英里香の全身を見回した後、長い間を置いて頷いた。

「……承知しました。オフィスで児玉様がお待ちです。どうぞこちらへ」

高橋と名乗った男は、そう言って美藤をビルの方へ案内する。男がカードキーをかざすと間もなくドアが開錠し、美藤と英里香はそのすぐ後につき、ビルの中へと足を踏み入れた。

ビルの一階は、高級そうな家具が設置されたワーキングスペースだった。受付嬢のいるようなエントランスを想像していた美藤は、その様子に面食らう。

「成田《なりた》から着いたグローバルのメンバーがコワーキングで作業しているので、少し騒がしいですが……美藤様の面談は、奥にある防音の役員室で行われますので、ご安心ください」

高橋の説明に、美藤は小さく頷く。スペースで打合せを行っているのは、その半数程度が外国人のようだった。

「海外にも、メンバーがおられるのですね」

「……全体会議が近いので、グローバルのメンバーが集まっています。このことはご内密に」

高橋は少し間を置いて美藤に答える。その視線の鋭さに、美藤は浮かれすぎたと反省する。秘密の目的を持つ組織に対して、あれこれ詮索《せんさく》するのは賢明ではないはずだ。

しばらく無言で廊下を歩くと、行く手に重厚な木製のドアが見えてくる。その手前で、高橋はピタリと立ち止まった。

「こちらが、役員室です。名刺はお持ちですね？」

「ああ……六枚、でしたな」

入室前に確認され、美藤は自身の懐をまさぐる。高橋は唇を固く結んだまま頷くと、前に進み出て、ドアを四度ノックした。

「美藤篤良さまをお連れしました」

高橋は厳格な口調でそう告げると、数秒間の間を置いて、ドアが開錠される機械音が響く。まもなく高橋はドアを引き、美藤を中へ招き入れた。

はじめに飛び込んできたのは、ガラス越しに見える皇居のお濠だった。菱《ひし》が広がる深緑色の水面を背にして、銀付き革の肘掛け椅子に、一人の男が座っている。その男の顔を見て、美藤は目を見張る。男の風貌は極めて若かった。鼻筋の通った彫りの深い顔立ちで、長い黒髪を無造作に垂らしている。年の頃は、今年で三十になる美藤の孫娘と同じくらいに見えた。男は、赤みがかったオークのエグゼクティブデスクを前にして、国産メーカーのノートパソコンに目を向けている。部屋の中央には、白いイームズチェアと、同じく白の折り畳み机がぽつんと置かれていた。何十年ぶりかに「審査される側」となった美藤がまともに動けずにいると、ふいに若い男が口を開いた。

「美藤さん、ですね」

「……はい」

「私は、鄭成平《ていせいひょう》と言います。台湾語では、チェン・チェンピンと発音します」

若い男は椅子に腰掛けたまま、流暢な日本語と中国語で挨拶した。奇妙な、それでいて只者ではない雰囲気の若者に何も答えられずにいると、背後から高橋が補足を加えた。

「鄭さまは、台湾の開発始祖、鄭成功《ていせいこう》さまの血筋を引くお方です」

「鄭成功の……」

台湾は、美藤にとって最も愛着の深い外国だった。韓国や中国などと違い、台湾は日本統治時代に対して感謝の気持ちがあり、親日家も多いと聞く。鄭成功は、その台湾における民族的な英雄であり、日本にルーツを持つことから、美藤が「学び直し」で興味を抱いていた偉人だった。

「お会いできて、誠に光栄です」

美藤は興奮と緊張を覚えつつ、本心からそう伝える。鄭氏は破顔して右手を振った。

「今日は、私が審査するわけではありません。だから、そんなに硬くならないで」

「これは失礼いたしました。しかし……鄭先生は、大変日本語がお上手なのですね」

「……私の祖父は、十二歳まで日本人として育ちました。その祖父に日本語を教わりましたから、かなり、ネイティブに近い発音が学べたのだと思います」

「ああ、それで……」

鄭氏の応答を聞き、美藤は台湾の元総統・李登輝《りとうき》のことを思い浮かべる。李登輝は自ら「二十二歳まで日本人だった」と公言し、日本外国特派員協会の会見でも、見事な日本語を披露していた。台湾では一九四五年まで日本語教育が行われていたため、そうした人が少なくないのだろう。

「児玉先生はご病気ですので、リモートであなたを審査します。児玉先生の準備が整うまで、高橋から、ＭＳＡに関する説明をお聞きください」

鄭氏がそう言ったところで、背後に控えていた高橋が進み出て、机に紙の資料を置いた。

「既にお聞き及びかもしれませんが、改めて、基金の概略についてご説明させていただきます。美藤様、どうぞこちらへ。秘書の方は……こちらへ」

美藤は言われるままに、資料の置かれた机の前に座る。用意された椅子は鄭氏よりグレードの低いものだったが、相手が鄭氏政権の生き残りとなれば、それも致し方ないと思う。

「はじめに、組織についてご説明いたします。我々が存在する根拠となっているのは、昭和二九年五月一日に公布された『日本国とアメリカ合衆国との間の相互防衛援助協定』、通称『ＭＳＡ

協定』と、同時に公布された『日米協定』です」

高橋の話を聞きながら、美藤は目を細めて資料の文字を追う。

「Mutual Defense Support Agreement——相互防衛援助協定とは別に、アメリカ国内には、Mutual Security Act——相互安全保障法という国内法が存在します。これは、被援助国に対し、自由世界の防衛努力を義務付けた法律です。日米協定には、この『自由世界の防衛努力』を根拠に、『農産物輸入』『経済措置』の協定も含まれています」

細かい表現こそ異なるものの、高橋の話は、英里香から聞いていた内容と一致していた。舌を嚙んでしまいそうな説明をすらすらとこなす高橋を見ながら、美藤は、この男も只者ではなさそうだと思う。事務局の高橋はなおも続けた。

「我々、一般社団法人アジア経営会議は、MSA協定における『経済措置』を実行するための組織です。我々は、アジアにおいて『自由世界』を防衛・維持するため、経済的な危機が発生するたびに、特別に選ばれた優秀な経営者に対して極秘裏に融資を行ってまいりました。現在は、未《み》曽《ぞ》有《う》のパンデミックとそれに伴う不況の打開のため、日米両国にとって役立つ経営者を選定し、資格があると思われる人物に対して、必要な資金を提供しております」

美藤は、高橋の説明に深く頷く。敗戦によって焼け野原と化した日本が、わずか三十年足らずで「Japan As No.1」と称されるまでに復興していく過程は、世界各国から奇跡と称されたが、戦後間もない頃に学生だった美藤には、どうしてこれほど短期間で日本が経済成長できたのか、疑問に思うところも多々あった。その背後に「MSA協定」と、秘密資産による融資があったと考えれば、多くの疑問が氷解する。高橋は美藤の目を見て頷くと、新たな用紙を差し出した。

「我々は日米両国よりMSA基金の管理を依頼された『管財人』であり、世界各国に存在する資金管理団体とのパイプ役を担っております。調査の結果、美藤様は、今後の日本経済を支える上で重要な経営者であると判断いたしました。つきましては、長引く日本の経済不況を打破するため、『産業育成基金』より、五百億円を無利子で融資したいと思うのですが、いかがでしょうか？」

「五百億……」

美藤は思わず声を漏らす。五百億円といえば、現在業界トップをひた走るHBCメディカルグループの半期の売上高に匹敵《ひってき》する金額だった。それだけ多額の融資を無利子で受けられれば、店舗の拡大や機材の刷新が一気に進められる。現在は業界二位の美藤クリニックが、業界トップへ躍り出るのも夢ではなかった。

「美容整形外科市場は、二〇二三年から二〇三〇年にかけて、六・三八％の年平均成長率で拡大し、二〇三〇年には、市場規模は七〇六億三千万米ドルに達すると予想されています。御社のグループには、この融資によって中国・韓国を中心とした外国勢力を打ち負かし、美容整形外科業界において、日本のプレゼンスを高めることを期待しております」

高橋は、縁なし眼鏡の奥からこちらを見つめる。美藤はその鋭い視線を受け止めながら、必死に頭を働かせていた。五百億の融資を銀行から受けようとすれば、年利が二％だったとして、年に十億もの金を利子として支払う必要がある。昨年度に最高益を達成した美藤クリニックは、今がまさに事業拡大のチャンスだったが、メインバンクの担当者はマス広告等の先行投資で痩せ細った美藤クリニックの財務状況を憎らしいほど正確に把握しており、気前よく融資してくれる様子はまるでなかった。しかし、銀行も商売なのだから、そうした態度を取るのは当然でもある。何百億もの金を無償で貸すと言っている、目の前の男たちが異常なのだ。美藤は顔を上げると、無礼を承知で一つ質問することにした。

「大変ありがたい話ではあるのですが……それだけ巨額の融資を無利子で受けるとなると、逆に不安になってしまうというか……私から、支払うべきものは一切ないのですか？」

美藤が尋ねると、鄭氏が高橋へ一瞬目配せする。

「その点については、今まさにご説明をさせていただくところでした」

高橋は鄭氏の言葉を受けて、すぐさま新たな用紙を取り出した。

「ご負担いただくものは、以下の二点です。まず、選考にご参加いただくためのエントリーフィー。こちらが二千万円」

美藤は、高橋が差し出した書類に目を落とす。書類には、必要な費用に加えて、その際に提出を求められる書類一式が事細かに記載されていた。

「次に、資金を極秘裏に運用するための金庫費用。こちらが五千万円となります。以上二点の費用をＭＳＡ資金の『管財人』へお支払いいただき、選考が完了した時点で、我々は美藤さま個人に、五百億円の融資を実施します」

美藤は書類を指で追いながら、かすかに頷く。五百億円もの資金を得ることを考えれば、この程度の出費は妥当に思えた。経営を息子に任せている今、法人の金を簡単に動かすことはできないが、七千万円程度であれば、美藤個人の資産でなんとか用立てることもできる。だが美藤には、まだ懸念が残っていた。

「その、選考というのは……」

『今まさに、ここで行われてきたことが選考です』

突然、しわがれた声が室内に響き渡る。声のした方へ目をやると、鄭氏が慎重に、自身のノートパソコンを美藤へ向ける。液晶画面には、坊主頭の老人が座る姿が映し出されていた。

『優れた経営者は、物事が持つリスクと利益とを天秤《てんびん》にかけ、行動するものです。五百億の融資と聞いて即座に飛びつかず、そのリスクに目を向けた貴方の姿勢は、評価に値します』

坊主頭の老人はかすれた声でそう言うと、画面越しにじっと美藤の目を見つめる。その体は車椅子に固定されていて、ぴくりとも動かない。その異様な迫力に美藤が何も言葉を発せずにいると、背後から高橋が補足した。

「アジア経営会議、名誉顧問の児玉吉太郎《きちたろう》先生です。児玉先生は、脊髄《せきずい》に抱えている難病により、首から下を動かすことができません。今回の選考には、こうした事情によりリモート参加となっております」

美藤は無言で頷きつつ、児玉の映る液晶画面をまじまじと見つめる。その風貌と名前から、美藤の頭には、ある歴史上の人物が浮かんでいた。そんな美藤の心中を見透かしたように、画面の背後にいた鄭氏が笑顔で告げる。

「児玉先生は、児玉誉士夫《よしお》の隠し子です」

「ああ……どうりで、似てらっしゃる」

児玉誉士夫は、美藤が好んで観る「戦後の裏歴史」系の動画で頻繁に登場する、大物右翼だった。戦中は「児玉機関」を使って中国大陸でアヘンを売り捌《さば》き、海軍に戦略物資を納入することで巨万の富と影の権力を得ていたと聞く。目の前の画面に映る男の坊主頭には、確かにその面影《おもかげ》があった。

『父は、世間的には三男二女をもうけ、全員が表社会の仕事へと進んだとされています。しかし、父が関わった裏の仕事はあまりに膨大で、一代で成し遂げられるようなものではなかった。

そこで非嫡出子である私が、その仕事の一部を継ぐこととなったのです』

児玉は首から上だけをかすかに動かしながら、唸るように言う。児玉誉士夫は戦後の電波行政にも関わっており、子孫はテレビ業界にいると聞いたことがあったが、「児玉機関」がその後どうなったのかは美藤も気になっていた。その隠し子から直接手がかりを聞くことができたことで、美藤は、興奮を隠せずにいた。

「すると……M資金というのは、やはり、児玉先生の資産も含まれているわけですか？」

不躾《ぶしつけ》だとは感じつつ、思わず尋ねる。児玉吉太郎氏は、重々しく頷いた。

『MSA資金——いわゆるM資金の出処には世間では様々な伝説がありますが、その実態は、隠退蔵物資事件で表舞台から消えた旧陸軍の資産、そして、父の組織「児玉機関」が上海《シャンハイ》から持ち帰った、旧海軍の資産を合わせたものです』

「……そうだったのですね」

児玉の答えは、美藤をますます舞い上がらせた。地道に追ってきた「M資金伝説」の真相を、生き証人から聞いている。そして今、美藤は、まさにその「M資金」を、経営者として手に入れようとしている。経営の一線から退いた美藤にとって、これほど刺激的な体験は他になかった。

「——さて。児玉先生も揃ったところで、契約のお話にまいりましょう」

エグゼクティブデスクに座っていた鄭氏が、両手でパンと音を立てる。途端に、役員室は静寂に包まれた。

「契約書にご署名いただき、管財人の高橋さんへ『エントリーフィー』と『金庫費用』をお支払いいただければ、契約は完了し、融資の審査に移ります。……美藤さん。何か質問はありますか？」

入室してから一度も笑顔を絶やさなかった鄭氏が、今は表情を引き締め、品定めするように美藤を見つめている。児玉は、不気味なほどの無表情で、画面の中央にとどまっている。美藤は生唾を呑み込むと、資料に目をやる。エントリーフィーに二千万。金庫費用に五千万。いずれも、払えない金額ではない。だが、安易に差し出せる金額でもなかった。

「……こんな大金、本当にご融資いただけるんですか？」

発言したのは、英里香だった。美藤は自身の内心を代弁するような言葉に驚きつつ、英里香の大胆さに慌てる。鄭氏は片眉を吊り上げると、美藤の背後へと視線を送る。短い沈黙の後、高橋が口を開いた。

「これだけの巨額融資ですから、皆様一度はご不安になられます。弊団体では、そうした皆様の不安を払拭するため、契約者の方々を、融資の前に我々の管理する金庫へお連れしています」

「その金庫って……」

「この先は、機密事項です。情報は、契約者の方のみにお伝えすることができます」

高橋はにべもなく言う。再び何か言いかける英里香を制して、美藤は弁解した。

「失礼いたしました。私の秘書は少し心配症でね……」

鄭氏は鋭い目つきで、英里香と美藤を順に見た。

「契約は、続けてかまいませんか？」

「ええ、ぜひともよろしくお願いいたします」

そう言って、美藤は鄭氏に深々と頭を下げる。じっくり数秒待った後、恐る恐る顔を上げると、鄭氏の表情には、再び笑みが戻っていた。

「それでは高橋さん、契約書を」

鄭氏はエグゼクティブデスクの上で両手を組んだまま、笑顔で高橋に指図する。高橋は対照的な仏頂面で、美藤の前に契約書を差し出した。

「こちらが秘密保持契約書、資金管理権譲渡契約書です。資金管理権譲渡契約書には、名刺の添付と割印が必要となります。印鑑をお持ちの場合は割印を、お持ちでない場合は、名刺と台紙にまたがる形でサインをお願いいたします」

美藤は言われるまま、用意していた名刺を台紙に置いてサインする。生年月日と住所、電話番号を記載したところで、高橋が新たな資料を配布する。そこには、各種支払い先の説明と、支払い先となっている旧財閥系銀行の口座が記載されていた。

「資金の秘匿性を高めるため、『エントリーフィー』と『金庫費用』の振込先は、管財人である高橋さんの名義となっています。そちら、何卒ご了承ください」

そう言って、鄭氏は軽く手を合わせる。金庫まで自前で用意しているのだから、MSAに法人口座が存在しないことはある意味当然に思えた。美藤が頷くと、背後に控えていた高橋が前に進み出て、恭《うやうや》しく頭を下げた。

「秘密保持契約書にもサインいただきましたので、これより、我々が管理する資金の金庫へ美藤さまをお連れします。つきましては、こちらをご装着いただけますでしょうか」

高橋の手に握られているものを見て、美藤はぎょっとする。高橋が差し出したのは、スパイ映画でハリウッド俳優がつけているような、仰々しいゴーグルだった。

「これは……」

「米軍でも採用されている、タクティカルマスクです。これから美藤さまには、このマスクを装着いただき、リムジンタクシーにてご移動いただきます。我々の所有する金庫の位置が、極秘となっている故の措置となります。何卒ご容赦ください」

「……わかりました」

拒否すれば、五百億円の権利を失うことになる。美藤は黙って頷き、高橋から得体の知れないゴーグルを受け取った。

「美藤さん……」

英里香が、不安げな表情で美藤を見つめている。美藤は気丈に笑ってみせた。

「大丈夫だ。この先は、私がこの目で確かめる」

美藤はそう言って、ずしりと重量感のある黒いゴーグルを身に着ける。内側に暗幕が貼られているらしく、装着すると途端に闇が広がった。

「せめてタクシーまでは、一緒に行かせてください」

英里香は濡れた声で言うと、美藤の両手を握る。緊張からか、その手は汗ばんでいた。

「それでは、お車へご案内いたします」

高橋の静かな声。美藤は英里香に導かれ、暗闇の中、出口へ向かった。


どのくらい時間が経っただろう。

高橋に介助されるような形で車に乗った美藤は、車内でヘッドホンを渡され、許可があるまで外さないよう指示されていた。ヘッドホンからは、チャイコフスキーの幻想曲『テンペスト』が延々と流れている。抒情的《じょじょうてき》な響きのある美しい曲だが、中盤には激しい嵐がやってくるような曲調の変化があるため、気持ちは全く落ち着かなかった。

「──美藤さま。聞こえますか?」

何度目かの嵐がやってきた頃、ふいに間近から声が聞こえた。美藤はすぐに応じようとするが、喉がうまく開かない。軽く右手を上げると、再び女性の声が聞こえた。

「ヘッドホンとゴーグルをお外しください」

言われるままに、二つの機器を外していく。眩《まばゆ》さに目を細めながら隣を見ると、すぐ隣に若く美しい女性が座っているのが見えた。女性は執事のような黒いスーツに身を包み、白い手袋を身に着けている。髪は大和撫子《やまとなでしこ》らしい黒で、その左目には、泣き黒子があった。

「MSA資金の金庫番を務めております、鞘師と申します。これより、金庫へご案内いたします。私の後に続いてください」

鞘師と名乗った美しい女性は、それだけ言うと軽い身のこなしで車の外へ出る。車内からは、鋳物《いもの》の門扉だけが見えた。美藤は長旅でこわばった筋肉をほぐしながら、やっとの思いでリムジンタクシーから這い出る。これほど負担を強いられる移動は久しぶりだったが、審査される身の今は、弱音を吐く訳にもいかない。鞘師は、人形のようなまなざしでこちらが出てくるのを見守った後、静かに口を開いた。

「これより先で見たものについては、一切の口外を慎《つつし》まれるようお願い致しします」

美藤が頷くと、鞘師は門の方へと向かう。門の背後には、真っ黒な外壁の、大邸宅が建っていた。その周囲は深い森に囲まれており、どことなく近寄りがたい雰囲気が広がっている。美藤が建物を観察する間に、鞘師は手際よく門を開き、そのまま奥の正面玄関へと向かう。老体に鞭打《むちう》って美藤が玄関に辿り着くと、開錠を済ませた鞘師が、扉を引いて待っていた。

「足元にお気を付けください」

美藤は鞘師の後について邸宅へ足を踏み入れる。玄関から短い廊下を進んで左へ曲がると、眼前に、百平米はあろうかというリビングダイニングが現れた。ソファやテーブル等、設置された家具はモダンなデザインで統一されている。建物もインテリアも見事の一言だったが、美藤には、この家に足を踏み入れてから、ずっと拭えない違和感があった。

「なんというか……モデルルームのようですな」

自ら呟いた後、美藤は自身が抱いていた違和感の正体に思い当たる。この邸宅には、一切の生活感がない。人が暮らしている気配が、建物からも家具からも、全く感じられなかった。

「そうですね。この部屋の存在自体、飾りのようなものですので」

鞘師はこともなげに言うと、リビングを横切って奥にある黒い扉へ向かう。

室内にもかかわらず、扉には鍵がかかっていた。鞘師は上着からいキーリングを取り出すと、扉の鍵を一つ、二つと開けていく。三つ目の開錠音が響いたところで、鞘師は振り返った。

「これより、金庫室へ向かいます。録画、録音が可能な機器は全て、こちらのトレイにお出しください」

有無を言わさぬ口調で言われ、美藤は携帯電話をトレイに差し出す。疑われるのは不本意だったが、目の前の鞘師は、アメリカの大統領相手でもきっと同じ態度を取るのだろう。鞘師は小さく頷くと、温度のない目で美藤を見た。

「金庫室は、地下深くにございます。足元に十分お気を付けください」

鞘師は再び忠告すると、踵《きびす》を返し、黒の扉を開ける。

扉の先は、真っ暗な階段だった。鞘師は上着からペンライトを取り出すと、先立って階段を降りていく。螺旋《らせん》状になった階段をしばらく降りていったところで、フットライトに照らされた、銀色の「壁」が見えてきた。

「十九世紀に創業した米国の金庫メーカー、モスラー社によって設計された金庫です。某銀行に置かれている『東洋一の大金庫』は、この金庫をモデルに設計されています」

「おお、これが……」

壁だと思っていたものは、金庫の扉だった。中央には、船の操舵輪《そうだ》のようなものがついており、その上下には銀色の太いパイプのようなものが設置されている。鞘師は、中央の「操舵輪」を無言で回し続けると、ふいに動きを止める。まもなくガシン、と重い金属音が響き、鞘師は静かに振り返った。

「扉は直径二メートル、重さは一トン以上ございます。危険ですので、少し離れてください」

美藤は鞘師の忠告に頷き、数歩後ずさる。足元を見ると、金庫の扉が動く先だけ、半円形に床の色が変わっているのが分かった。

鞘師は美藤が下がったのを確認すると、金庫のハンドルを両手で握り、全身の体重をかけて扉を引く。重厚な音を立てながら、金庫の扉はゆっくりと開き始めた。

「……お待たせしました。これより、倉庫の中へ案内します」

わずかに息が上がった様子で、鞘師はこちらに振り返る。開き切った金庫の扉は、五十センチ近い厚さがあるように見えた。金庫自体の迫力に気圧《けお》されながら、美藤は、鞘師について金庫の中へ足を踏み入れる。中にあるものが目に入った途端、美藤は息を呑んだ。

百平米はあろうかという金庫には、所狭しとジェラルミンケースが並んでいた。手前にあるケースは開錠されており、中には金地金、ダイヤモンド、翡翠《ひすい》、それに一万円札の紙幣がぎっしりと敷き詰められている。金庫に所蔵されている物の価値は、一見して数百億円を超えているように見えた。

「こちらの金庫には、一千億円相当の貴金属と現金がございます。美藤様には、こちらの一部をお振込みさせていただきます」

美藤は膝をつき、金庫に積まれたダイヤモンドを見つめる。

M資金は、本当にあったのだ。そして美藤は今、資金にふさわしい人間として選ばれている。

これに勝《まさ》る幸福は、きっと生涯ないだろう。

「――美藤さま、最後のご確認です。当金庫の維持費、そして選考にご参加いただくためのエントリーフィー。お振込みいただけますか？」

美藤は背後に立つ鞘師を仰ぎ見ると、大きく頷いた。

# 第五幕　詐欺 -MS- 第九場

「てか、連絡来なさすぎじゃない？」

長方形の奇妙なリビング。二人掛けのソファに寝そべっていたカンナが、出し抜けに言う。対面のソファには、先ほど美藤に電話を掛けた僕と綾子が、そのまま並んで座っていた。

「やっぱり、私の受付がいけなかったんじゃ……」

「いや、綾子さんの受付は完璧だったと思いますよ」

うなだれている綾子に、僕は本心から言う。「M資金詐欺」のシナリオが始まるまでは、綾子に電話応対が務まるかは不安だったが、いざ美藤から着信があると、綾子は普段とは別人のような流暢さで「一般社団法人アジア経営会議」の受付係を見事にこなしていた。

「それはそう。綾子の受付、キレキレだったもんね」

「あ、いえ、そんなことは……」

褒められ慣れていないのか、綾子は謙遜しながら肩をすぼめる。

「てか、あんなにスラスラしゃべれるなら、普段の営業とかも楽勝じゃない？」

「確かに。声に説得力ありましたし」

綾子を励ますつもりで言うと、綾子は、肩をすぼめて小さくなる。カンナが不思議そうに見つめる中、綾子はおずおずと口を開いた。

「私……父親に、お前は暗い、お前はブスだって、ずっと言われてて……それで、対面だといろいろ不安で、喋れなくなるんです」

「意味わかんな。ふつーに綾子かわいいけどね」

「えっ、あっ、えっ?」

「綾子、顔小さいし、睫毛長いし、パーツ全部いいじゃん。アオイくんも思うでしょ?」

「あっ、はい。可愛いお顔だと、思います」

僕は綾子を落ち込ませないよう、とっさに思っていたことを言う。言ってしまってから、自分の顔がどんどん赤くなるのが分かった。

「お顔て。推しのぬいかよ」

「推し活」用語を使いながら、カンナが可笑《おか》しそうに笑う。突然二人から容姿を褒められた綾子は、分かりやすく目を泳がせていた。

「昔のこと思い出してもしょーがないから、よさそうなこと考えよ」

カンナは身を起こすと、ソファの上で胡坐《あぐら》をかく。そのまま軽く身を乗り出すと、綾子の目を覗き込むようにして尋ねた。

「ね。綾子は、一千万あったら何に使う?」

「いっせんまん、ですか?」

「うん。うちら、今度のうまくいったら一千万もらえるじゃん」

カンナは「M資金詐欺」が成功し、僕らが一千万円を持ってここから出られることを全く疑っていないようだった。心配性の綾子は、その言葉に眉を寄せる。

「でも、まだもらえるって、決まったわけじゃないと思いますけど……」

「そういうのいったん置いといて、もらえたときのこと考えよ。こんな状況で現実とか見たら、ふつーに頭おかしくなるから」

カンナの口調はあくまで明るかったが、その言葉は辛辣《しんらつ》だった。もしかすると、カンナにとって普段の「推し活」は、「頭をおかしく」しないための手段だったのかもしれない。綾子はしばらく不安そうな顔をしていたが、カンナの勢いに押され、ぽつりとつぶやいた。

「健康ランド……」

「え？」

「健康ランドに、行きたいです」

思わぬ答えに、僕とカンナは思わず顔を見合わせる。

「え、なんで？」

カンナが至極《しごく》まっとうな疑問を発する。綾子の言う「健康ランド」が僕たちの知っているものと同じであれば、その夢は、一万円も使わず実現できるはずだった。

「名前がいいじゃないですか。健康ランドって……健康の世界に、行けそうで」

「健康の世界って、なんですか」

今度は僕が綾子に尋ねる。綾子は一瞬僕と目を合わせた後、すぐに目を伏せて続けた。

「ディズニーランドに行ったら、『ディズニーの世界』に行けるんですよね？　だから……健康ランドに行ったら、『健康の世界』に行けるんだろうなって……」

「あー、でも分かるかも。綾子、健康の世界行けてなさそうだもんね」

カンナは綾子の言葉に頷く。綾子の夢を理解できていないのは、いつのまにか僕だけになっていた。

「そうなんです。私、今まで、心身共に健康だったことがないので……それに……」

「それに？」

「私が知ってる、億万長者の方が言ってたんです。『人生の勝ち組は、健康ランドのそばに住んでる人たちだ』って」

「そんな億万長者います？」

僕が耐えかねるように尋ねると、綾子は意外にも頷いた。

「いるんです……テレビで尊敬する漫画家の方が、そう仰っているのを聞いて……だから私、もし、お金に余裕が出来たら、必ず健康ランドに行こうって決めてて……さすがに、そばに引っ越すのは、おこがましいので、まずは一回、行ってみようって……」

どうやら、「健康ランドに行きたい」という綾子の夢は、本人としては真剣に考えた末のものらしかった。健康ランドに行く余裕すらない今の綾子の暮らしぶりには心配が残るが、確かに、悪い目標ではないと思う。

「でもそれ、ふつーによさそうだね」

カンナに褒められ、綾子はぎこちなく笑みを浮かべる。少し安心したのか、綾子は珍しくカンナの方を見て尋ねた。

「……カンナさんは、何に使うんですか？」

「うち？　うちはね、友達のギャル集めてネイルの店やる」

「ネイル、ですか」

「そ。元々ネイルの店で働いてたから」

カンナは右手を軽く広げると、ピンクアッシュに染まった自分のネイルに目を落とした。

「元々うちらが働いていた店、全然店来ないおっさんが店長だったんだけど、うちらがお金のこと分かんないと思って、テキトーに経営してたんだよね。うちらの給料すごい低かったけど、現場出てこないおっさんはうちらの倍以上もらってて。だから『これ、うちらだけで店やったほうが良くない？』って前から言ってたんだよね」

カンナは、「詐欺部屋」に来る前の生活について、冗談めかして話す。その声は明るかったが、ネイル店の経営者がカンナたちに行っていたことは、搾取《さくしゅ》そのものに思えた。

「元々ってことは……その店は、もうないんですか」

「うん。コロナで夜の店とか全部自粛になったら、一番来てくれてたキャバの子たち全員来れなくなって。それで、補助金切れたタイミングでふつーにムリになって潰れた」

「……そうだったんですね」

話を聞きながら、僕はアスマとの会話を思い出していた。元々明るい人たちほど、苦しいことをおくびにも出さず、自力で事態を打開しようとする。その手段として「闇バイト」を選択した二人のことを、僕は安易に責められなかった。

「でも、開業って大変そうじゃないですか？　私だったら、怖くてできないです……」

「いきなりでかいお店作るのはうちらも無理だよ？　でも、最近は自宅サロンにしてやってる子もいるし、そういう子だと開業資金百万とかで済んでるから、はじめはちっちゃくやればいけるかなって思ってる。一千万あれば、しばらくは余裕でしょ？」

「それは……たしかに、そうですね」

「そんで、ちょっとずつお店大きくして、最終的にはうちらが元いた店よりでっかくすんの。経営とかやってるおっさんって、ギャルのこと全員バカだと思って舐めてるけど、ギャルみんなバカじゃないかんね。うちがそれ証明するから」

カンナは、自信を持って綾子の疑問に答えていく。その受け答えを聞きながら、はじめは不安がっていた綾子自身も、カンナの経営するネイル店に希望を持っているようだった。

「ね、アオイくんはどうすんの?」

「僕は――」

突然の物音に、僕は口を噤む。室内には、どこからともなくファンファーレが鳴り響いていた。カンナは顔を上げ、隣の綾子は不安げに周囲を見回している。音の出処を探していると、部屋の隅にあるディスプレイが唐突に点灯した。

『スウィンダラーハウスの皆様へ。運営より、大事なお知らせがございます』

ディスプレイには、道化の看守が表示されていた。その表情は、仮面で覆い隠されている。室内に残された僕たちが固唾《かたず》を飲んで見守る中、道化は自らの人差し指を天に向けた。

『おめでとうございます。皆様はたった今、売上一億円を達成いたしました』

その言葉を合図にして、再び室内にファンファーレが響き渡る。祝福を強制するような音色の中で、僕たちは、戸惑うように顔を見合わせていた。

「一億円……?」

「あのおじいちゃんが、七千万も振り込んだってこと?」

「……たぶん、そういうことだと思います」

報告自体は朗報と言うべき内容だったが、僕たちはまだ素直に喜べずにいた。道化の看守が持ってくる「良い報せ《しら》」には、何か裏があるのが常だったからだ。僕は警戒心を抱いたまま、画面の道化を見上げた。

「一億円の売上が達成できたなら、僕たちは解放されるってことですよね？」

「あ、そうじゃん。一千万は？」

「それと……スマートフォンとか、持っていかれたものも、返してほしいです……」

僕らが口々に要望を伝えると、道化の看守は両手を広げ、その掌を下に向けた。

『どうぞ落ち着いてください。皆様の願いは、全て叶います』

透き通るような声。その落ち着き払った口調には説得力があったが、極めて詐欺師らしい台詞だとも思う。道化は再び人差し指を立てると、穏やかな口調で続けた。

『皆様にはこれより、ある鍵をお渡しいたします。スマートフォン等、我々が没収していた所有物と、全員分の報酬は、皆様が鍵を開けた先にございます』

「……鍵とかじゃなくて、すぐほしいんだけど。あと、うちら出られてなくない？」

気が立っている様子のカンナが、道化に容赦なく指摘する。それでも道化は動じなかった。

『まもなく、この部屋の鍵を持った方々が現れ、皆様を解放します。皆様は、その方々と共に、報酬のある場所へ向かってください。報酬の鍵は、このディスプレイの裏にございます』

「ディスプレイの、裏？」

「あっ…………なんか、銀色なのが、あります……！」

前のめりに部屋の隅へ向かった綾子が、ディスプレイを見上げて、興奮した声をあげる。急いで綾子のそばへ向かうと、たしかに銀色のキーリングと鍵らしきものが、ディスプレイの裏に、黒色のテープで固定されているのが見えた。

「これ……はじめからあったんですか？」

「いいから早く取ろ。アオイくん、肩車して。綾子は後ろで支えてて」

「あっ、えっと、はい」

有無を言わさぬ口調で言われ、僕たちはカンナに言われた通りに動く。カンナより小柄な綾子の方が神輿《みこし》には適している気がしたが、僕は諸々をこらえて、一六〇センチ近いカンナをなんとか持ち上げる。

「もうちょっと右……おっけ、取れた！」

この部屋に閉じ込められてから一番の重労働の末、僕たちは鍵を手に入れていた。噴き出す汗をおさえながらソファに戻ると、道化は少し間を置いて話し始めた。

『私から皆様にお伝えすることは以上となります。皆様のチームワークは、これまでに参加したチームの中でも随一《ずいいち》のものでした。この経験を活かして、是非、外の世界でもご活躍ください』

「え、待って。なんかまとめようとしてない？」

「外の世界、出られてないんですけど……」

「この鍵、どこの鍵ですか？」

『――スウィンダラーハウスは、いつでも皆様をお待ちしております』

道化の看守は一方的にそう告げると、ディスプレイから姿を消した。

唐突な別れに、僕は画面を茫然と見つめる。先ほどまで道化が映っていたディスプレイには、青空の写真をバックに『GAME CLEAR』の文字が表示されていた。

「げーむくりあーって、何が？」

「……一応、チームで一億円は稼げたから、クリアってことなんだと思います」

部屋に閉じ込められた当初のことを思い出しながら、僕自身、半信半疑でつぶやく。カンナも綾子も、僕の声自体は聞こえたはずだが、納得いった様子は全くなかった。

「でも私たち、閉じ込められたままですけど――」

綾子が不安げに言いかけたところで、言葉が途切れる。その理由は僕にもわかった。部屋の外から、物音が聞こえる。複数人の足音に、鍵を差し込むような音。全員が口を噤んで耳をそばだてる中、突然、綾子の背後にあった「壁」が消えた。

「綾子、後ろ！」

「えっ？　後ろ……あぁッ！」

振り返った綾子は素っ頓狂な声を上げる。そこには、リブニットのワンピースを着た英里香が、光を背に受けて立っていた。

「あっ、えっ、英里香さん？」

「……ただいまって言った方が良かった？」

英里香はぴくりとも笑わずそう言った。言葉を失った綾子は、黙って頷いている。

「ど、どこから入ってきたんですか？」

若干のデジャブを感じながら、僕は英里香にそう尋ねる。英里香は背後を振り返ると、こちらから見えないところで「何か」を摑んだ。

「ここ、ドアノブ外されて壁とおんなじ色で塗られてるけど、ドアなの」

英里佳はそう言って、僕たちが「壁」だと思っていたものを見せる。どうやら、外開きのドアが開いたことで、壁が消えたように見えていたらしい。部屋の外には、駐車場のような場所に、仏頂面のイツキが立っているのが見えた。

「階段ないから、車輪のところに足かけて降りてください」

「車輪？」

「……ああ、まだ見てないんでしたね」

イツキはそう言うと、僕たちが出られるように、部屋から少し距離を置く。その隣には、少し疲れた笑顔のアスマが立っていた。

「ちょっと高くなってるから、気を付けてな」

アスマにエスコートされながら、いちばん壁際にいた綾子が部屋を降りていく。ここからではその構造は分からなかったが、どうやらこの「部屋」は、地上から一メートル近く高い位置にあるようだった。

「じゃ、レディファーストで」

アスマに促され、今度はカンナが「部屋」の縁に寄る。カンナは「え、待って、何これ」と小声で言いながら、一人で飛び降りるように部屋を出る。最後に残された僕は、とっさに机に置かれたままのタブレットを手に取ると、カンナに倣って、「部屋」を飛び降りた。

「これで全員脱出だな」

アスマが晴れやかな声で言うのを聞きながら、僕は背後を振り返る。

黒いコンテナに、白い牽引車《けんいんしゃ》。コンテナは、がっしりとした六つの車輪に支えられている。

僕たちが閉じ込められていた「部屋」の正体は、トレーラーハウスだった。

その全景を見ながら、僕の中でいくつかの疑問が氷解する。奇妙な細長いリビング、何度か起きた揺れ、ある時期から行けなくなった研修室。おそらくこの「ハウス」は、トレーラーとコンテナを分離することによって窮地を逃れたのだろう。

「まあ、はじめはビビるよな」

車両を黙って見つめている僕に、アスマが声をかけてくる。その手には、招待状のようなカードが握られていた。

「俺らは、神奈川の方で降ろされたんだよ。フルフェイスのヘルメット付けた外国人に『オツカレサマデス』とか言われて、これと鍵だけ渡されてさ」

カードには、タイプされた文字で『こちらの住所に、報酬と残りのチームメンバーが保管されています。救出し、ゲームを完遂《かんすい》させてください』と書かれていた。

「僕らは、みなさんを部屋から出す『出し子』なんですよ」

その隣から、イッキが自嘲気味に言う。イッキたちと「フルフェイスの男」を使うことで、道化の看守は、自らの姿を一切晒すことなく、チーム全員の解放を実現していた。その用意周到さに舌を巻きつつ、僕は部屋から持ち出したタブレットに目をやる。口を開きかけたところで、英里香の鋭い声が飛んだ。

「で、一千万はどこにあるの」

「えっと、それは……」

「この鍵で開くところに入ってるって」

僕が答えあぐねていると、隣からカンナが助け舟を出す。その手には、ディスプレイの裏から剝がした銀色のキーリングが握られていた。

「その鍵って、どこの鍵？」

「知らない。でも部屋ん中じゃないと思う。鍵付きのとこなんてなかったし」

英里香の棘がある問いかけに、カンナが負けじと尖った声で言う。この二人は一生そりが合わなそうだと思いつつ、僕は、ここから見える「鍵付きの場所」に目をやった。

「他に鍵付きっていうと……あそこじゃないですか」

指で示した先に、全員の目が一気に集まる。僕が指したのは、牽引車の運転席だった。

「運転席？」

「それじゃん」

英里香とカンナは、ほとんど同時に言うと、我先にとトレーラーヘッドへと向かう。少し遅れてアスマとイツキが、最後に僕と綾子が向かった。

「あっ、開いた！　やっぱアオイくん天才！」

カンナのハードル低めな「天才」認定を遠くに聞きながら、僕たちは牽引車へ駆け寄る。扉を開けたカンナはそのまま、フロアマットに置かれていたジェラルミンケースを運転席から取り出した。

「えっ、重……タバコくさ……」

カンナは思ったことを全部口に出しながら、ジェラルミンケースを地面に置く。僕はとっさに周囲を見渡すが、いまトレーラーハウスが停められているのはただっ広い河川敷《かせんしき》で、僕たち以外に警戒すべき人影はなかった。

「鍵、開きそう？」

「うん、待って……」

カンナは急《せ》かす英里香を受け流しつつ、キーリングにあった鍵をジェラルミンケースの錠前《じょうまえ》に挿《さ》した。バチンという威圧的な音を立て、ケースはついに口を開ける。その中には、一万円札の分厚い束が、びっしり敷き詰められていた。

「マジかよ」

「これ……本当に、六千万あるんですか？」

「なかったら困るでしょ」

綾子の素朴な疑問を、英里香がぴしゃりとはねつける。イツキはケースのそばにしゃがみ、据わった目で札を数え始めていた。

「あれ、なんか帯の色違わない？」

ジェラルミンケースを開けたカンナが、そう言って札束をいくつか拾い上げる。言われてみると、帯封《おびふう》された札束は、水色や黄色、ピンクなど、いくつかの色に分けられているようだった。数えてみると、色はちょうど六色になっている。僕がそれを指摘しようとしたところで、ふいにイツキが立ち上がった。

「提案あるんですけど、いいですか」

# 第五幕　詐欺－ＭＳ－第十場

「トレーラーハウス、ですか」

高橋雄二に関する聞き込みに向かう道すがら、綿貫は助手席の桑原に捜査の情報を共有していた。綿貫は頷きつつ、倉森から受けた説明を繰り返す。

「ああ。高橋は設置型のタイニーハウスを購入する前に、トレーラーハウス二台を購入していた。そのまま中を店舗にできるような、でかいのを二つ購入していたらしい」

「でも……あの空き地には、トレーラーハウスなんてなかったですよね」

「ああ、なかった」

話しながら、綿貫にはある光景が脳裏《のうり》に浮かんでいた。空き地へ向かう直前、綿貫たちは、四トン級のトラック二台とすれ違っていた。荷台には、深緑色のカバーがかけられていたが、工事機材を運ぶにしては、カバーがかなり大きかった。

「……あのトレーラーが、詐欺部屋だったのか」

「え？」

「移動する詐欺部屋」なんて、あまりに馬鹿げている。だが綿貫は、警察の捜査を撒くために、車両で移動しながら電話を掛ける詐欺師グループのニュースを確かに聞いていた。

「詐欺師グループは、亡くなった高橋雄二が所有していたトレーラーとタイニーハウスを、連結して『詐欺部屋』として使っていた。俺たちが見たプレハブは、切り離されたものだった。こう考えれば、辻褄《つじつま》が合う」

「じゃあ……犯人は、亡くなった高橋さんのふりをした上に、高橋さんの持ってたトレーラーも『詐欺部屋』として使い回してるってことですか」

桑原の声には、珍しく怒りがこもっていた。経済苦を理由に自殺した高橋が、自らの夢のために購入したトレーラーハウスを、詐欺師グループが「詐欺部屋」として奪い取っている。もしそれが事実なら、詐欺師らの行為は、あまりに非道だった。

「俺やお前が言ったことは可能性の一つだ。聞き込み中は、思い込みは捨てろ」

「……はい」

桑原の怒りを汲み取りつつ、上司として冷静な意見を伝える。聞き込み先は、もう目前に迫っていた。


コンテナハウス専門店「グリーンハーミット」は、神奈川県の郊外に本社を構える小さな会社だった。自社の店舗自体が洒脱なタイニーハウスになっており、駐車場のそばには、三軒ほどのコンテナがモデルハウスとして設置されている。綿貫たちは景観の邪魔にならないよう警察車両を駐車場の端に停めると、開け放しになっている店舗の入口へ歩を進めた。

「お仕事中すみません。倉森から捜査を引き継ぎました、警視庁の綿貫です」

綿貫は、入口そばでＭａｃのノートパソコンを開いている女性に声をかける。

「……あぁ」

ヒッピー調の服装をした若い女性は、綿貫が取り出した警察手帳を胡散臭そうに見ると、気《け》だるそうに立ち上がり、階段の方へ向かった。

「武史《たけし》さーん。警察来たよー」

若い女性が呼ぶとまもなく、屋根裏の方で男が返事をする声が聞こえた。明らかに無礼な女性の態度に桑原は不服そうだったが、綿貫はその表情を目で咎《とが》める。ある種の人々から、警察は蛇蝎《だかつ》のごとく嫌われている。この会社の社名を見た瞬間から、綿貫は今回の聞き込みに苦戦することを察していた。はじめから桑原ではなく自分が表に出ていたのも、そのためだ。

「あぁ、どうも。代表やってます浦崎《うらさき》です。狭いところですみません」

「武史さん」と呼ばれた男は、伸ばした長髪を掻きながら、木製の階段を降りてきた。代表を名乗るだけあって、警察相手でも人当たりは良い。だが綿貫は、浦崎の目が全く笑っておらず、油断なくこちらを観察していることに気付いていた。

「いえ。こちらこそ、お忙しいところすみません」

綿貫は浦崎に合わせて頭を下げる。わずかでも高圧的な態度を見せるのは危険だった。

「じゃあ、そちらのテーブルにかけてもらって」

浦崎は、中央のテーブルに綿貫と桑原を案内する。どうやら、ここが応接間ということらしい。綿貫と桑原が極彩色《ごくさいしき》の肘掛け椅子にかける間に、浦崎はティーカップを二つ用意し、ハーブティーを淹《い》れはじめる。浦崎が茶を淹れる間も、入口そばにいた女性はＭａｃのノートパソコンに向かっていた。

「東京からですよね。ここまで遠かったでしょ」

浦崎は、ティーカップを差し出しながら、フランクな口調でこちらに話しかけてくる。綿貫はハーブティーの礼を言いつつ、駐車場の方へ目を向けた。

「トレーラーハウスの実物を見たかったので……今日は来た甲斐がありました」

「駐車場にあったのも、御社のトレーラーハウスですか？」

これまで会話に入りあぐねていた桑原が、持ち前の明るさでそう尋ねる。浦崎は頷きながら、綿貫の対面に腰掛けた。

「そう。今売り出し中のトレーラーハウス。雄二さんが買ってくれたのと一緒ですよ」

浦崎の方から高橋雄二の名前が出たことで、桑原の表情が変わる。浦崎は、さっそく本題に入りたがっているようだった。

「……高橋雄二さんが、ハウスをご購入されたときのことは覚えてらっしゃいますか」

「もちろん、覚えてますよ。二〇一九年の夏、だったかな」

浦崎は駐車場の方を見つつ、少し遠い目をした。

「雄二さんは、元々都内のわりと有名なレストランで料理長やってたんだけど、ずっと自分のお店持ちたがってて。でも、都内の一等地で居抜きの物件なんて借りたら家賃ヤバいから、いろいろ調べた上で、うちのトレーラーハウスがいいって思ってくれたみたいだね」

「トレーラーハウスを店舗にするケースって、けっこうあるんですか？」

桑原のずけずけとした質問にも、浦崎は表情を変えず頷いた。

「全然ありますよ。テイクアウト中心の軽食屋さんとか、お店の脇にドッグランつけてドッグカフェとかね。そんなかでも、雄二さんとこのレストランは本当に素敵な使い方をしてくれてたから、うちのコーポレートサイトにも、導入例として紹介させてもらってたんです。カメラマン入れて、気合入れてデザインしてね」

浦崎はそこまで言ったところで、言葉を切る。

「でも……雄二さんが死んじゃったって聞いてからは、紹介コーナーごと閉じました。見るたび、つらくてさ」

浦崎は静かな声で言った後、目を伏せた。かける言葉が見当たらず、綿貫も沈黙を守る。桑原が心配げにこちらの表情を窺い始めたところで、ふいに浦崎が顔を上げた。

「ねえ刑事さん。刑事さんもさ、一応、国の人でしょ」

「……ええ」

浦崎の目に不穏な光が宿っているのを感じながら、綿貫は頷く。

「コロナ対策ってさ、結局なんだったの？」

浦崎は、綿貫の目をまっすぐに捉えたまま尋ねてくる。その表情は穏やかだったが、声には、抑えようのない怒りが滲んでいた。

「うちのお客さんって個人の方も多いけど……企業さんで取引してるのはイベント業界と飲食業界の人がメインだったんですよ。で、うちのクライアントのみんなも俺たちも、ここ数年、文字通り、死ぬほど苦しんだんですよ。わかります？」

そう話す、浦崎の口元は笑っていた。諦めとやり場のない怒りの込められた、ひどく悲しい笑みだった。沈黙する他ない綿貫に、浦崎は続ける。

「じいさんばあさんのためにさ……夢持って飲食始めた人たちのことも、学生さんたちのことも、あんなつらい目に遭わせる必要、あったと思います？」

「……自分の口からは、何も」

綿貫は、かろうじてそう答える。目の前にいる浦崎も、浦崎が関わってきた人々も、ここ数年は、これ以上ないほどの理不尽に耐えてきたのだろう。そんな人たちにかける言葉を、今の綿貫は持ち合わせてはいなかった。

「……公務員ってのも大変だね」

浦崎は、諦めたような笑みを浮かべたまま、静かに言う。その言葉からは、目の前にいるのに、はるか遠くから聞こえるような距離が感じられた。

「高橋さんのためにも、犯人は必ず捕まえます」

綿貫は、絞り出すように言う。浦崎は綿貫をしばらく無言で見つめた後、わずかに頷いた。

「……雄二さんの写真、たくさん撮ったから、たぶんどっかには残ってると思うよ」

重い空気を振り払うように、浦崎は立ち上がる。そのまま入口の方へ向かうと、ヒッピー調の服を着た女性に声をかけた。

「亜希《あき》ちゃん。雄二さんとこのトレーラーの写真、持ってない?」

「亜希ちゃん」と呼ばれた女性は、しばらく考えるような間を置いた後、綿貫たちを出迎えた際とは別人のような機敏さで室内を探し始める。少し型の古いＭａｃＢｏｏｋを立ち上げてしばらく黙って見つめた後、女性は浦崎の脇をつついた。

「武史さん、これ。サヤちゃんも写ってるやつ」

「ああ……これ、そのまま印刷してもらっていい?」

「うん」

女性は浦崎の言葉に頷くと、ＭａｃＢｏｏｋを操作する。まもなく、部屋の隅の方でプリンターの作動する音が聞こえはじめた。

「刑事さん。雄二さんとこのトレーラーの写真、残ってました。デザインも、サイトに載せてたときと一緒です」

浦崎はプリントアウトされた用紙を手に、再びテーブルに戻ってくる。用紙には、トレーラーハウスの前に高橋雄二と若いウエイトレスの女性が立つ写真がプリントアウトされていた。写真の上部には、「お客様によるトレーラーハウスの活用例」というタイトルが書かれている。写真下部には、「店主の高橋雄二さんと、看板娘のサヤカさん」というキャプションがついていた。

「綿貫さん、これ……」

桑原が、震える指でウエイトレスの顔を指す。

そのウエイトレスの左目には、泣き黒子があった。

# 第六幕　共謀 -Collusion- 第一場

「やった、広いとこじゃん」

影石綾子が神経質に戸締りを確認している間に、カンナは部屋の奥へ進み、角のソファで弾んでいた。綾子たちが案内された部屋は明らかに大人数用で、優に十人は座れるスペースがある。

「でも……広すぎません？」

「こんくらいの方がいいっしょ。うちら、あんな狭いとこに一カ月もいたんだよ？」

「それは、そうですけど……だからこそ、落ち着かないっていうか……」

『スウィンダラーハウス』を脱出してから二カ月後。綾子とカンナは、再び密室に集まっていた。カラオケボックスに来たのは、歌いたいからではない。他の誰にも、話を聞かれたくないからだ。ただの近況報告だったとしても、「あのハウス」にいたメンバーで話す場合は、場所と言葉を選ぶ必要があった。

「綾子、新しい仕事は順調そ？」

「そうですね……前の仕事よりは、順調です」

あのハウスへ閉じ込められていた一カ月間、綾子たちは携帯機器を没収されており、外の世界とは音信不通状態となっていた。その結果、綾子は契約社員として雇用されていた保険会社から当然のごとく解雇されており、カンナの勧めもあって、カンナの友人も勤めているコールセンターに再就職していたのだった。

「綾子、めっちゃ受付の電話上手だったもんね。うちの友達も褒めてたよ、『綾子ちゃん、即戦力すぎてヤバい』って」

「……ほんとですか？」

掛け子の経験が役に立っているなんて、職場では口が裂けても言えない。それでも、褒められるのは素直に嬉しかった。

「うん。クレーマーの対応とかもめっちゃうまいって。綾子、そういう人たち苦手そうなのにすごくない？　うちだったら、キレ返しちゃって無理だわ」

カンナはどこまでも率直な口調で言う。綾子は、外の通路に誰もいないことをドアのガラスごしに確かめると、小さな声で話しはじめた。

「私……元々、怒鳴られるのとか本当に無理で、特に男の人から大きい声出されると、完全に固まっちゃってたんですけど……あの部屋から帰ってきてからは、大丈夫になったんです」

「え、なんで？」

「……一千万が、家にあるので」

綾子は逡巡した後、カンナにだけは本当のことを言うことにした。

「どんなに理不尽なこと言われても、『家帰ったら、一千万あるし……』『いざとなったら、全然辞められるし……』って思ったら、耐えられるようになったんです。なんていうか、その……心に、余裕が出来て」

「あーね。一千万のお護《まも》りだ」

「はい……誰にも言えない、お護りです」

「――失礼します」

ノックと同時に、盆を持ったカラオケボックスの店員が入ってくる。即座に綾子は口を閉じ、誰とも目が合わないよう俯いた。

「ご注文お持ちしました……メロンソーダの方？」

「はーい」

「ウーロン茶の方？」

「あ、はい……」

「ごゆっくりお楽しみください」

ウェイターはドリンクを提供すると、一礼して部屋を出て行く。綾子が戸締りを再び確認したところで、黙っていたカンナが堰《せき》を切ったように話し始めた。

「てかさ、ビトーのおじいちゃん、あんな嘘みたいな話によく七千万出したよね」

「ビトーのおじいちゃん」とは、美藤クリニックの代表、美藤篤良のことだった。美藤は綾子たちがチームで仕掛けた「M資金詐欺」のシナリオに嵌《はま》り、七千万円もの大金を騙し取られたはずだが、綾子たちがあの部屋を脱出した後も、美藤クリニックのCMは、相変わらずTVや動画サイトで流れている。被害届は、まだ出されていないようだった。

「……でも、分かる気がします」

綾子はウーロン茶にストローを挿しながら、遠慮がちに話しはじめた。

「嘘でもいいから夢を見させてほしいって思うこと、あるじゃないですか」

あの部屋に閉じ込められている間、綾子は『M資金』のシナリオを読みながら、これは、「高齢者向けの夢物語」だと感じていた。自分が生きてきた世界の「秘密」を教えてもらった上で、「あなたは素晴らしい」と、若者や偉い人に言ってもらえる。中身の詳細は違っていたが、その構造は、綾子が普段熱心にやっている「乙女ゲーム」に似ている気がした。

「今を忘れられるなら、嘘でもいいって……最後まで騙してほしいって思うこと、あると思うんです。たぶん……美藤さんも、そういう気持ちだったんじゃないかなって」

カンナはメロンソーダを飲みつつ、しきりに頷きながら話を聞いてくれる。それから身を乗り出すと、綾子の目をじっと見て言った。

「綾子さ、ほんとにホスト行ってない？」

「え？　行ったこと、ないですけど……」

「じゃあ行かない方がいいよ。ホス狂の才能あるから」

「ホス狂の、才能……」

カンナの忠告を聞きながら、綾子は目を泳がせる。実際のホストに行ったことはなかったが、ホスト系の乙女ゲームにはハマった経験があった。

「うん。今なら一千万も出せちゃうし」

「……そうですね、気を付けます」

乙女ゲームの「ガチャ」を全力で回せば、百万円単位のお金を消費することは簡単にできる。綾子は机の一点を見ながら、本当に気を付けようと思った。

「あそうだ、本題だけど……イツキくんが言ってたやつ、行く？」

カンナはドアの方に視線をやった後、これまでより低いトーンで尋ねてくる。

『スウィンダラーハウス』から脱出した直後、イツキは今回の利益を元手に、「新しい詐欺部屋」

を作るつもりであること、興味があるメンバーはイッキに連絡してほしいことを切り出していた。最悪の場合、脱出後にメンバー間で金の奪い合いになると思っていた綾子は、表面上は紳士的なイッキの提案にほんの少し安心していたが、やっと詐欺から解放された直後に、また詐欺をしようという気には全くなれなかった。他のメンバーも近い気持ちを抱いていたようで、その場では誰も答えを出せず、カンナからの提案で全員がＬＩＮＥのＩＤを交換した後、あのハウスにいたメンバーは解散していたのだった。

「私は……行かないです」

綾子は元々考えていたことを伝える。カンナはじっと目を見て、続きを待っていた。

「今の仕事も、それなりにやれてますし……」

「し？」

「……人を騙すのは、嫌なので」

「だよね」

綾子が絞り出した答えに、カンナは深く頷いた。

「うちも、お金はもっとあった方がいいけどさ、おじいちゃんおばあちゃん騙してお金取るのはさすがに違うかなって。一千万もあればネイルの仕事は全然できるし……やっぱ、人喜ばせてお金貰った方が、人生楽しいじゃん」

カンナの言葉に、綾子は心から頷く。カンナと綾子は本当に様々なものが違っていたが、大切にしていることは同じだった。今の仕事も勿論楽しいことばかりではなかったが、少なくとも、誰かを騙したり、陥《おとしい》れたりはしていない。これ以上、誰かを騙してお金を稼いだとしても、幸せな人生は送れない。綾子はあの部屋を出てから、何度もそう思っていた。

「他の人、誰か行くかな？」

「……アスマさんは行かないと思います。見た目はチャラいですけど、根がいい人なので」

「認めたくないけど、それはそう」

カンナは目だけで笑って頷く。脱出後に金の奪い合いにならなくて済んだのは、体格のいいアスマとイツキに、その気がなかったことが大きかった。もしアスマが力づくで全員から一千万を奪おうと思えば、できないことはなかったはずだ。

「英里香は行きそうじゃない？」

「そうですね……『詐欺くらい』って、言ってましたし……」

綾子にとって、英里香は最後まで苦手な人物だった。自分に自信があって、それでいて、人から何かを奪うことに躊躇がない。どんな過去があったかは知らないが、英里香には彼女自身の人生だけを良くするために、「仕事」をやり続ける覚悟が決まっているように見えた。

「あと、アオイくんは絶対行かないね」

最後に出てきた名前に、綾子は少し動揺する。綾子が、あの環境でもノイローゼにならず仕事を完遂できたのは、アオイの存在が大きかった。アオイに淡い好意を抱いていた綾子は、アオイの行動を無意識に追っていて、その結果、あることに気付いていた。

「……アオイさんは、行く気がします」

「え、なんで？」

「たぶん、あの人は――」

綾子は小さく息を吸うと、自身の「仮説」をカンナに伝えた。

## 第六幕　共謀 -Collusion- 第二場

僕はスーツの襟を正すと、目の前の家に目をやった。

表札にあるのは、「柳瀬」の文字。自宅の住所は、世田谷区奥沢《おくさわ》。名簿に載っていた場所は、どうやらここで間違いない。僕は動悸が速まるのを感じつつ、インターホンを押した。

数秒の間を置いて、返事の声がかすかに聞こえた。玄関ドアの磨りガラスには、女性らしき小さな影が映っている。まもなく内鍵の開く音がして、引き戸が数センチだけ開いた。

「……はい」

引き戸の隙間からは、気弱そうな女性の顔が覗いていた。髪は真っ白で、上下ともにくすんだ灰色の服を着ている。僕は、想像していたよりもずっと弱々しいその姿に、少なからず動揺していた。

「柳瀬昭子さまですか?」

「そう、ですけど……」

「城萬信用金庫のアカイです。補償金の件で参りました」

アオイはそう言って、駅前の印刷屋で作ってきた偽の名刺を差し出す。柳瀬昭子は、架空の名前と肩書が書かれたその名刺を、ぼんやりと見つめていた。

「城萬信用金庫っていうと……」

「以前、柳瀬さんがキャッシュカードを盗まれてしまった信金です」

「……あぁ」

答えを聞いた途端、柳瀬の表情が沈痛なものに変わる。僕はその顔を見て、胸が締め付けられるような痛みを感じていた。だが、今ここで帰るわけにはいかない。僕は息を吸うと、自ら考えた「シナリオ」を進めた。

「キャッシュカードが盗難された件で、補償に関するお知らせがあります。少し込み入った内容となるのですが、ご説明させていただいてもよろしいでしょうか？」

「補償っていうと……お金が、返ってくるということですか？」

「はい。簡単に言えば、そういうことになります」

詐欺で盗まれた金を、信用金庫が補償するなんてことはありえない。それでも僕は、彼女の言葉に笑顔で頷いた。

「そういうことでしたら……」

柳瀬昭子はわずかに緊張の解けた顔をすると、引き戸を開き、僕を招き入れた。一度騙された人間は、何度でも騙される。複雑な思いを抱えつつ、僕は柳瀬家の敷居を跨《また》いだ。

「ちょっと、片付いていないんですけど……」

「あ、大丈夫ですよ。こちらで結構ですので」

僕は答えながら、柳瀬昭子の家が本当に荒れてしまっていることに気付く。玄関先の床にも埃《ほこり》が溜まっており、居間には、食べかけの食事が片付けられることなく置かれていた。

「この前、息子たちが来たんですけどね……詐欺に遭ったって言ったら、怒られてしまって」

居間の方を見たまま、柳瀬昭子はぽつぽつと話しはじめた。「心配された」のではなく、「怒られた」という言葉に、僕は穏やかではないものを感じていた。

「息子さんは、なんと仰ったんですか」

「……警察も分かんないのかって。そんなにボケてるなら、こんなとこに住んでても危ないだけだから、言われた通り、ホームに入れって」

息子から受けた叱責を思い出す柳瀬昭子は、ひどく苦しそうな顔をしていた。

「でも、そうですよね。ここは、主人と、息子たちとも過ごした場所なので、なかなか踏ん切りがつかなかったんですけど……もう、ホームに入った方が、いいですよね」

柳瀬昭子の話す声は、小さく震えていた。

「こんなこと、私の立場で言うべきことではありませんが……」

僕は意を決して、小さな背中に話しかける。柳瀬昭子はこちらを振り返ると、困ったように目を細めた。彼女の顔をまっすぐ見られないまま、僕は続けた。

「息子さんたちが、もっとたくさん、連絡してくれていたら……柳瀬さんは、今回のことも息子さんにご相談できたんじゃないですか。詐欺師に騙されるまで、ずっと一人にさせておいて……『ボケてる』なんて言い方は、あんまりじゃないですか」

柳瀬昭子は小さな目で僕をじっと見つめると、泣き出しそうな顔で笑った。

「そんなこと言ってくれるのは、もう、信金さんだけです」

彼女はまた、僕の嘘を信じていた。僕はたまらない気持ちになって、持ってきた紙袋を静かに差し出す。馬鹿なことだとは分かっている。それでも、やらないわけにはいかなかった。

「こちら……当金庫からの補償金、八百万円です」

「え？」

「今回は特例措置として、現金でご用意させていただきました。どうかお受け取りください」

僕は早口に言うと、ほとんど押し付けるように、紙袋に入った現金を柳瀬昭子に渡す。小さな目を白黒させている柳瀬昭子に向かって、僕は玄関先で頭を下げた。

「この度は、誠に申し訳ございませんでした」

僕も、あの道化も、完全に間違っていた。柳瀬家の玄関タイルを見つめながら、強く思う。

夫に先立たれ、息子たちからも見放された老人から金を盗む人間が、義賊である訳がない。

もし、上の世代が下の世代を見放したことが罪であり、詐欺で騙すことが罰だとするなら、僕たちは、罰する相手を間違えている。その実感だけが、今の僕には確かにあった。

顔を上げると、柳瀬昭子の何か言いたげな表情が見えたが、これ以上、会話を交わす訳にはいかなかった。何があっても、このシナリオは完遂させなくてはいけない。僕は全てを打ち明けたい気持ちに駆られながら、踵を返し、柳瀬家を後にした。


斜線の入った名簿に目を落とす。次の目的地は、上用賀《かみようが》にあるマンションだった。

住む場所も「騙され方」も違うため、柳瀬昭子と同じシナリオは通用しない。

僕はエントランスにあるインターホンの前に立つと、名簿に書かれた部屋番号を押した。

『――はい』

「簡易書留のお届けです」

僕は帽子のひさしを上げ、明るい笑顔で伝える。配達員の制服は、フリマアプリで手に入れていた。簡易書留の受け取りには、受取人の印鑑か署名が必ず要る。インターホンからは、しばしの間、沈黙が流れた。

『……どなたからの、書留ですか？』

「高橋雄二さまからです」

『雄二？』

僕が名前を告げると、エントランスに再び静寂が訪れる。この反応は想定通りだった。僕は一定の間を空けると、できるだけ自然な声で尋ねた。

「……高橋恒雄さまのお宅ですよね？」

「……ええ、そうです」

動揺を感じる沈黙の後、高橋恒雄は答える。僕は逸る気持ちを抑えて、ただただ不思議そうな顔をする。これ以上の問いかけは逆効果となるはずだった。しばらく我慢比べのような沈黙が続いた後、エントランスの扉が開いた。

「ありがとうございます」

僕は管理人室を横切り、マンション内のエレベーターへと向かう。高橋恒雄の住む部屋は、十二階の1201号室だった。住民とはすれ違わないまま、高橋恒雄の自宅前へ辿り着く。僕はドアの前で深呼吸をすると、張りつけたような笑顔でインターホンを押した。

『――はい』

「簡易書留のお届けです」

『……今、開けます』

内鍵を開ける音がして、まもなく玄関のドアが開く。扉の隙間から顔を覗かせたのは、真っ白な髪をした老人だった。その目には、警戒の色が浮かんでいる。僕は用意しておいた茶封筒を取り出すと、差出人の名前が見えるよう、高橋恒雄に差し出した。

「お名前、間違いありませんね？」

「間違いありませんが――」

相手が答えかけたところで、僕はドアを引き、玄関の中へと踏み込む。突然距離を詰められた高橋恒雄は、後ずさり、驚愕《きょうがく》の表情を浮かべていた。

「な、なんだあんた……おかしなことを考えてるなら、警察を呼ぶぞ！」

「呼べますか？」

後ろ手にドアを閉めながら、僕は静かな声で言う。高橋恒雄は息を吞んだ。

「呼べないですよね。六百万盗まれても、呼んでないんだから」

高橋恒雄は小刻みに震えながら、僕の顔と封筒とを何度も見比べていた。今すぐに、通報される様子はない。僕は努めて静かな声で、話を続けた。

「高橋さんに危害を加えるつもりはありません。僕は、本当のことを知りたいだけです」

本心からの言葉だと伝わるよう、僕は両手を軽く掲げ、相手の目を見つめる。極度の緊張で、高橋恒雄の目はわずかに潤みはじめていた。

「……あんた、何者なんだ」

「スウィンダラーハウスの、元住人です」

用意していた答えをぶつけると、一瞬、高橋恒雄の表情が変わる。その反応を見て、僕は自分の仮説に自信を抱いていた。

「あのハウスと、雄二さんについて……お話、聞かせていただけますか？」

長い沈黙の後、高橋恒雄は頷いた。

# 第六幕　共謀 -Collusion- 第三場

この家に客が訪れるのは、何年ぶりだろう。

高橋恒雄は、そんなことを考えながら二人分の紅茶をリビングに運んでいた。

アオイと名乗った青年は、黒い帽子を脱ぎ、背筋を伸ばして座っていた。見た目は静かな優《やさ》男《おとこ》という印象で、容貌と物腰からは、一億円もの被害を出す詐欺事件に関わっていたとはとても思えない。だが恒雄は「彼女」から受けた情報で、この青年が「ハウス」にいたことを既に把握していた。

「ありがとうございます」

玄関での物騒なやりとりなどなかったかのように、アオイ青年は丁寧に礼を言った。恒雄は声を出さずに頷き、自らもソファに腰掛ける。

「それで、話というのは？」

お互いが紅茶に口をつけたところで、恒雄は切り出す。アオイ青年は静かに口を開いた。

「高橋さんは……あのハウスを運営していた『共犯者』のひとりですね」

「どうして、そう思われるんですか」

「ハウス」について、白《しら》を切るのはやめておいた。自宅にまで現れた以上、ある程度のことは摑んでいるはずだ。今は、「どこまで摑まれているか」が問題だった。

「中にいるときから、不思議には思っていたんです。僕たち、詐欺の電話を掛け始めたばっかりなのに……初日から、こんなにうまくいくかなって」

「貴方たちの電話が上手で、初日からうまくいっただけかもしれない」

「はじめは僕もそう思ったんです。ただ、ハウスを出てから、おかしなことに気付いて」

そう言って、アオイと名乗った青年は鞄からタブレット端末を取り出す。その端末には、名簿のある部分が表示されていた。

「これ、ハウスで使ってた詐欺の名簿です。高橋さんの家族のところ、見えますか？」

名簿には「息子　雄二　飲食店経営」の文字が、女性らしい丸みを帯びた字で書かれていた。

「……この名簿が、どうかしましたか？」

その筆跡を見ながら、あの子は、私の息子については嘘を書かなかったのだと思う。様々な思いが去来する中、恒雄はアオイ青年の顔を黙って見つめる。アオイ青年は再びタブレットに触れると、オンラインの報道記事を表示する。記事の見出しには『伊勢原で一酸化炭素中毒　一人死亡　レストランの男性店主か』と書かれていた。

「思い出されたくないことかもしれませんが……こちら、雄二さんですよね」

そう言って、アオイ青年は記事の一点を指す。その指先には『死亡していたのは、伊勢原市在住の自営業・高橋雄二さん（41）』と書かれていた。

「もし、これが息子さんなら……高橋さんは、亡くなった息子さんから掛かってきた電話を信じて、六百万円ものお金を支払ったことになるんです」

アオイ青年は、奇怪な事実を静かに告げる。恒雄が黙っていると、さらに言葉を続けた。

「高橋さんに電話を掛けたメンバーにも確認したんですが……高橋さんは、息子さんからの電話を、全く疑っていない様子だったと言ってました。三年前に亡くなった息子さんから電話が突然来たのに、です」

話を聞きながら、恒雄はその日かかってきた電話の声を思い出す。雄二を名乗る青年の声は低く冷淡で、雄二のものとは似ても似つかなかった。それでも恒雄は、あの黒いバンを運転し、言われた通りの場所へ現金六百万円を運んでいた。

「……ここからは、僕の推測です」

アオイ青年は声を落とすと、再び恒雄の目を正面から見つめた。

「高橋さんは、道化の看守と協力して、毎回『はじめの被害者』の役割を担っていたんじゃないですか。初日に成功者が出て、簡単に大金が手に入ってしまえば、ハウスの住人は詐欺に前向きになります。高橋さんは、そのために『サクラ』を演じていた。だから、六百万円もの金を盗まれても、警察に通報しなかった」

アオイ青年は当時の記憶を辿るよう、目を伏せながら話を続けた。

「僕たちが乗せられていたトレーラーハウスは、二台ありました。仮に、道化の看守自身が運転していたとしても……最低あと一人、運転手が要ります。その運転手を高橋さんがやっていたとすれば、話の筋は通ります」

「……あんたの目的は何だ」

自身の推理を披露するアオイ青年に、恒雄は低い声で言った。この男が、あのハウスの中にいたことは分かっている。問題は、なぜハウスを脱出できた後に、わざわざ恒雄の住居を訪れたかだ。最悪の可能性を考えながら、恒雄は交渉を始めた。

「あれだけ長い間閉じ込めおいて、一千万程度の金で許せというのは、虫のいい話だ。それは私も分かっている。金であれば、一億程度なら、すぐに用意してやれる」

恒雄の口にした数字に、誇張はなかった。恒雄はハウスから住人が解放されるたびに、一千万円以上の報酬を「彼女」から受け取っていた。もし、アオイ青年の要求が金ならば、これまで得てきた報酬を差し出すだけで済む。厄介なのは、金で済まない場合だった。

「お金は要りません」

アオイ青年はこちらの思考を読んだかのように、まっすぐに澄んだ目で言った。

「お聞きしたいのは、どうしてこんなことをしたのかです」

「そんなこと、聞いて何になる」

「僕は……本当のことを知りたいんです」

この三年、散々詐欺の片棒を担いできた恒雄には、青年の向ける濁りのない目が、ひどく懐かしいものに見えた。自分も、昔はこんな目をしていたのだろうか。二度と戻れない時代を想いながら、恒雄は、青年の願いに一部応えることにした。

「……私もあんたくらい若い頃は、金なんかより大事なものがあると信じていた。理想に燃えて、学生運動の集会に参加したこともあった。だが、同じ理想に燃えた『同志』の連中も、最後には現実に呑まれていった」

恒雄は、自身と同世代で経営者になった連中の顔を思い出しながら、実感を込めて言う。

「君らはもう、名前すら知らないかもしれないが……私が大学に入った頃は、全共闘運動が花盛りでね。あの運動に関わった連中には、行動力があって、鼻っ柱の強い連中が多かった。人に言われるままに働くなんてまっぴらごめんだという思いで、社会に出た後は、事業を始めた連中もいた。……私もその一人だ」

　恒雄の頭には、同世代で登り詰めた経営者たちの顔が浮かぶ。「飲食業界でトップを取って、飢《う》えと貧困をなくしたい」と嘯《うそぶ》きながら、壮絶な「ブラックバイト」の実態が明らかになり、謝罪に追い込まれた男。学生運動の煽りで東大入試が中止になったのをいいことに、「一九六九年入学の一橋《ひとつばし》卒です」と事あるごとに触れ回り、東大学閥に入り込んだ政商の男。現在のこの国を作り上げたのは、良くも悪くも我々の世代だという自負が恒雄にはあった。

「はじめは理想に燃えて社会を変革する気概で事業に取り組んでいた連中も、資本主義のシステムに取り込まれ、搾取する側へと回っていく。そういう連中を苦々しく思いながら、私は、手の届く範囲の人を救うつもりで、小さなコンサルティング会社を経営していた」

「コンサルティング会社、ですか」

「ああ。立ち上げた頃もよくそんな顔をされたよ」

　驚いたような顔をするアオイ青年に、恒雄は苦笑しながら言った。

「まだ、『コンサルティング』という概念が入ってきたばかりの頃だったからな。はじめは珍しがられたが、八〇年代にマッキンゼーの連中がメディアでやたらと持ち上げられた頃から軌道に乗って、バブルが崩壊した後は、『立て直し屋』だの『事業再生請負人』だのという肩書で、ありあまるほどの仕事を受けた。世間一般で言う高齢者になった頃には、家族が暮らしていくには充分な貯《たくわ》えもあった。……雄二から相談を受けたのは、その頃だ」

　雄二の名前を出したことで、アオイ青年がわずかに前のめりになる。恒雄は、長らく閉ざしていた記憶の扉を開けた。

「雄二の相談は、自分の店を持ちたいというものだった。相談というより、宣言だな。もう雄二の意志は固まっていて、私にはただ報告だけしに来たような口ぶりだった。それでも、私は反対した。仕事柄、飲食店経営の難しさは嫌と言うほど知ってるからな」

恒雄は逡巡した後、当時雄二に伝えたことをアオイ青年にも伝えることにした。

「『飲食店コンサルタント』なんて名乗る連中が山ほどいるのは、それだけうまくいっていない飲食店があるからだ。世間で開業した飲食店のうち、開業から二年で潰れる店が五割、開業三年で潰れる店舗が七割、十年後まで営業している飲食店は一割程度しかない。私は、自分の息子に、そんな危険な賭けに出て欲しくはなかった」

恒雄はそこで言葉を切る。あの日、自分は息子に何と言ってやればよかったのだろう。恒雄の話を聞いた雄二は、来る前よりも意固地になって、「俺の店はうまくいく」と言い残し、この部屋を出ていってしまっていた。

「それでも……雄二さんは、ご自身の店を持たれたんですね」

「ああ。喧嘩《けんか》別れのようになってしまったから、それから連絡はなかったが……雄二は一人で開業資金を用意して自分の店をオープンした。トレーラーハウスを店舗に使った、洒落た店だ。テレビにも取り上げられて、それで私は雄二の店の場所を知った」

「お店には、行かれたんですか」

「一度だけね。雄二には何も言わず、こっそり行った。パスタの美味しい、良い店だったよ」

恒雄は当時を思い出し、ほんの一瞬、笑みを浮かべた。雄二の店を訪れたあの日が、自分にとっては、最後の幸せな記憶かもしれない。

「テレビにも出てた看板娘の子が応対してくれたから、その子にだけは雄二の父親だと明かして、もし困ったことがあったら連絡してくれと名刺を渡した。二〇一九年の秋のことだ」

恒雄の脳裏には、初めて会った際に彼女が見せた、向日葵《ひまわり》のような笑顔が焼き付いていた。当時は、恒雄の名刺に書かれた電話番号にあんな連絡が来ることも、今のような「事業」を始めることも、全く考えもつかなかった。

「二〇一九年に、開業されたんですね」

アオイ青年は、神妙な顔で言う。来《きた》るべき悲劇を察したような表情だった。

「あんたも承知の通り、次の年からはコロナ禍が始まった。政府が四月に出した『緊急事態宣言』のおかげで、出歩くことは不謹慎になった。要請に従わず店を開けてる店舗は、お上の敵になった」

恒雄は目を閉じると、自身の内にある最も暗い記憶を呼び起こした。

「宣言が出てから、一か月ほど経った日のことだ。開店休業状態だった、事務所の電話が突然鳴った。……表示されたのは、私の知らない、携帯番号だった」

恒雄の脳裏には、彼女の声がよみがえっていた。

「電話先の声は、若い女性だった。震える声で『……お父さんですか』と言われて、何か尋常ではないことが起きていることだけは私にも分かった。私が何度もどうしたんだと尋ねると、その子はかろうじて、『雄二さんが……』と言った」

電話を掛けてきたのが以前雄二の店で会った看板娘の彼女だったことは、その後現場に着いてから知った。変わり果てた雄二のそばで、彼女は一人、震えていた。現場に到着した刑事に問われ、恒雄は、信じたくない気持ちを堪え、倒れているのが雄二だと認めた。

「息子は……雄二は、自宅で死んでいた。死因は一酸化炭素中毒による窒息死だと、現場の刑事に言われた。遺書はなかったが、現場の状況的に、自殺だろうとも言われた。動機は、本人にしか分からない。だが……息子が苦しんでいたのは確かだ」

コロナ禍が始まって以降、雄二が強い焦りと不安を抱いているのは、ブログやSNSの投稿を見て恒雄も知っていた。開業時にした借金が一千万円近く残っていること、生き甲斐《いがい》だった料理と、お店に来てくれる常連客との会話もできず、ひどく気が塞《ふさ》いでいることなどを、雄二はお店のSNSやYoutubeチャンネルで赤裸々《せきらら》に語っていた。

仕事柄、助成金制度に精通していた恒雄は、行政の支援を頼れば運転資金は確保できることを、はじめは電話で、電話で連絡がつかなくなってからはメールで、何度も雄二に伝えていた。だが、雄二からの返信は、一度もなかった。

雄二が生き続けることだけを考えれば、経済的な困窮を免れる方法は、確かにあったと思う。恒雄の知る経営者の中には、悪どいコンサルタントと共謀し、詐欺まがいの申請書で公金の助成を受け、私腹を肥《こ》やしたような連中もいたのだ。だが雄二は、そうした支援に頼ることなく、「最悪の選択肢」を、たった一人で選んでしまった。

「しばらくは、自分自身をひたすらに責めた。もっと強引にでも、思いつめることはないと、助かる方法は必ずあると、言ってやるべきだったと悔いた。だが……いくら後悔しても息子は帰ってこない。抜け殻《ぬけがら》のように暮らしていたところで、またあの子から電話があった」

「あの子？」

「雄二の遺体をはじめに見つけた、看板娘の彼女だ」

恒雄は当時の電話を思い出す。彼女の声は、以前とは別人のように硬かった。

「彼女は、リンドウサヤカと名乗った。それで初めて、私は彼女の名前を知った。彼女は、以前会ったときのお礼を丁寧に伝えてくれた後、雄二の店が、トレーラーハウスが、今どうなっているかを尋ねてきた」

かすかに眉を寄せたアオイ青年に、恒雄は話を続けた。

「雄二は自ら命を絶つ前に、例のトレーラーハウスを、店舗のあった東京から秦野の空き地に移していた。店の立ち上げで世話になった方々に、迷惑をかけないための配慮だろう。息子は独身で、うちには他に子どもがいない。私の妻は早くに亡くなって、雄二の家族は私だけだ。店を再開するのは難しいが……雄二の所有していたものは、手続きを踏めば私が相続することになる。そんなことを説明すると、彼女は一応、納得したようだった」

アオイは沈痛な表情で恒雄の話を聞いていた。その真面目そうな面持ちに彼女を重ねつつ、恒雄は、当時の気持ちを明かした。

「……話をしながら、私は、彼女のことが心配になった。雄二が亡くなったことで、彼女は働き口を突然失っている。今日、こんな電話を掛けてきたのも、仕事が見つからず、困っているからかもしれないと思った。それで私は、仕事のことをそれとなく尋ねた」

恒雄は、そこで言葉を切る。彼女の名誉のためにも、言葉は選ばなくてはいけなかった。

「彼女は言葉を濁したが、今は『夜の店』で働いていると言っていた。『このご時世でも、人が集まるところはあるから』と」

アオイ青年は、明白にショックを受けた顔をしていた。元々、真面目な性格なのだろう。彼女も、アオイ青年も、「するはずでなかった仕事を強いられた」という点では、同じ被害者なのかもしれない。恒雄は息を吸うと、かすかに震える声で続けた。

「私は、それを聞いて……涙が出るほどすまないと思った。年寄りの都合であんなに良い店が潰れて、潰れた店で働いていた子は、夜の仕事に身を落としている。あまりにも、むごい話だと思った」

決して本人に伝えはしなかったが、恒雄は彼女の話を聞いて、戦後日本で米兵たちを客に取った「パンパン」の女性たちを想起していた。他に仕事がないから、身を売るしかない。自分が生まれ育ったこの国は、若い女性にそこまでさせるほど貧しくなったのかと、暗澹《あんたん》たる気持ちになった。だからこそ恒雄は、彼女の話を聞かない訳にはいかなかった。

「私は……償《つぐな》いのつもりで、私にできることがあったら、何でも言ってくれと伝えた。……あの子はずいぶん間を置いて、『手伝ってほしいことがある』と言った」

恒雄は、そこまで伝えたところで押し黙る。今思えば、彼女が用意した「シナリオ」は、恒雄が電話を受けた瞬間から始まっていたのかもしれない。

「その提案が、『スウィンダラーハウス』だったんですね」

アオイ青年は、黙る恒雄に核心を突く質問をぶつける。恒雄は観念するように頷いた。

「アイディアは、彼女のものだ。私は、彼女の願いを実現するための裏方に過ぎない」

「でも……やっていることは、詐欺ですよ。しかも、高橋さんと同じ高齢者相手の詐欺です。どうしてそんな提案、引き受けたんですか」

アオイ青年は、まだ信じられないという顔で尋ねてくる。恒雄は冷めてしまった紅茶に口を付けた後、静かに答えた。

「はじめは、私も驚いた。そんなこと、やるべきじゃないとも言った。だが、彼女の目的を知って、認めざるをえなくなった」

「目的、ですか」

「雄二を絶望させた社会への、復讐だ」

恒雄は静かな怒りを込めて言った。

「彼女は、雄二をこの世から奪ったものに、復讐しようと決めていた。『雄二さんが遺《のこ》してくれたものを使えば、完全犯罪に近い形で、計画は実行できる』とも言われた。私は、彼女に力を貸すことで、償いをしようと決めた」

トレーラーハウスを使って、移動式の詐欺部屋を作る。掛け子と受け子はSNSで手配し、自分は絶対に顔を見せない。彼女の提案はシンプルではあったが、極めて強力な「事業」のアイディアだった。恒雄は数十年培ってきたコンサルタント能力で実現のための助言を行い、彼女のアイディアを、安定して月に一億以上稼ぐ『ビジネス』へと発展させていた。

「……でも、高橋さんと同じ世代を騙して金を奪うんですよ。罪もない人の、大事なお金を」

「無くなっても、大して困らない金だ」

彼女と相談し、ターゲットは、五百万円以上の預金を持つ高齢者層に絞ると決めていた。結果として、ターゲットたちは、面白いほど簡単に金を吐き出し、受け子や出し子として参加した若者の多くは、普通に働いていては得られない大金を得ている。当初は疑念を抱いていた恒雄も、今は自身と彼女が行ってきた「事業」の正しさを信じていた。

「……愛する息子も、孫もいない。そんな状況で、金だけ持ってて何になる？」

恒雄は、雄二を喪《うしな》ってからずっと抱いていた言葉を吐露する。苦悶《くもん》の表情を浮かべるアオイ青年に、恒雄はさらに続けた。

「世間も銀行も『老後の資金』だなんだと言うが、我々はもう、充分老いた後じゃないか。私の金なんてものは全部息子に渡してやるべきだったんだ。いらないと言われても、押し付けてでも……渡してやるべきだったんだ」

話しながら、自然と語気が強くなる。恒雄にとってこの計画は、彼女と共に戦った、雄二の「弔い合戦」でもあった。

「元々同志だなんだと言い合っていた連中も、老いてからは、今だけ、金だけ、自分だけを考えるよう変わっていった。若い連中の悲鳴を『昔はもっと大変だった』と切り捨てるような連中も増えた。情けないじゃないか。『自己否定』の精神はどこへいったんだ」

恒雄は、学生時代に同志たちと盛んに議論し合っていた単語を口にする。自分は「学生」という恵まれた身分にあるからこそ、その立場を否定することによって「加害者性」を克服し、社会的弱者と連帯できる。これこそが、学生運動を支えた「自己否定」の思想だった。恒雄は現代において、この「学生」の位置に「団塊の世代」という言葉がほとんどそのまま当てはまると考えていた。「社会的弱者との連帯」が、今ほど求められている時代はない。この計画は、恒雄がたった一人で続けている「運動」の続きでもあった。

「彼女の話を聞いて、私はもう一度、学生時代に抱いた理想を目指すことにした。貧富の差がない、平等な社会の実現だ。そのための障害が我々自身なら、喜んで、犠牲になるべきだ」

恒雄は立ち上がると、ソファの背後に隠してあったボストンバッグを持ち上げる。バッグの中には、これから「被害者」として現場へ持っていくための、六百万円が入っていた。

「こんな大金、我々が持っていたって仕方ないんだ！　もし欲が邪魔して渡せないなら……私が代わりに配ってやる」

アオイ青年は、立ち上がった恒雄を警戒するように見つめながら、一瞬、玄関に目をやる。外廊下で、数人の男女が話している声が聞こえた。どうせまた、隣の家族が旅行にでも行くのだろう。恒雄は玄関前の喧騒を無視して話を続けた。

「この計画は、未来のためにやっていることだ。我々が実行している計画こそが、今、この国に必要な、『本物の革命』なんだ!」

恒雄が言い切ると同時に、扉の開く音がした。

反射的に廊下の方へ目を向けると、白髪交じりの筋肉質な男が、浅黒い若者を引き連れて廊下を進んでくるのが見えた。その背後では、マンションの管理人をしている初老の女性が、不安げな顔でこちらを覗いている。恒雄は何が起きているのか分からぬまま、正面に視線を戻す。いつの間にか立ち上がっていたアオイ青年は、まっすぐにこちらを見つめて言った。

「高橋恒雄さん。あなたを逮捕します」

## 第六幕　共謀 -Collusion- 第四場

「高橋恒雄。詐欺の容疑で逮捕する」

浅黒い顔の若者は緊張した様子でそう告げると、高橋恒雄に手錠をかけた。その背後には、逃走経路を塞ぐ形で、綿貫さんが立っている。綿貫さんは、チームを組んでいた頃と変わらない油断のない目でこちらに見ると、一度だけ深く頷いた。僕は、泣き出したくなるような気持ちを抑えながら、深く頷き返す。

僕——藤村《ふじむら》葵《あおい》の前職は、警官だった。

国家公務員採用一般職試験に合格後、警察学校での研修を経て、僕は警視庁捜査二課へと配属された。僕が初めて配属された現場で、チームを組んだ上司が、綿貫さんだった。綿貫さんは、いわゆる準キャリアとして警部補にはなったものの、全く現場を知らない僕に、あらゆる現場の基礎を叩きこんでくれていた。

全てが狂ってしまったのは、配属から一年が経とうとした二〇二一年の暮れだった。僕は突然、神奈川県警の斉木という刑事から呼び出しを受け、取調室で「容疑者」として事情聴取を受けた。何よりも恐ろしかったのは、斉木が僕に告げた「容疑」の全てに、はっきりと心当たりがあるということだった。

大学一年生当時の僕は、他人のために新たな銀行口座を作ることが、場合によっては詐欺罪にまで発展する重い罪であることを知りもしなかった。

神奈川県警の斉木刑事は、僕が警視庁の警部補だと分かった途端、陰湿で攻撃的な口調で僕を尋問し続けた。心身ともに限界に達しかけたところで、身柄の引き取りに来てくれたのが、やはり綿貫さんだった。僕は、その頃から少し白髪の増えた綿貫さんを見つめながら、最後に警官として綿貫さんと交わした会話を思い出していた。


「大丈夫か」

「……すみません。本当に、ご迷惑おかけして」

「しばらく顔は出すな」

綿貫さんは後部座席に座る僕に短く指示した後、険しい顔で覆面車両を出した。

「藤村には、辞めてもらうしかない」

玉川警察署へ向かう道すがら、綿貫さんは静かに言った。唯一の味方だと思っていた綿貫さんに断言され、僕は言葉を失う。だが、自分のやってしまったことの大きさを考えれば、綿貫さんの判断は当然だと思った。

「口座の譲渡で捕まった容疑者は、犯罪収益移転防止法違反で立件される線が九割だ。だが、中には、詐欺罪であげられたケースもある。現役の警官が詐欺罪で捕まったとなれば、とんでもないスキャンダルになる。だからお前には、今すぐ辞めてもらうほかない」

「でも……」

自分に選択肢がないことは分かっている。それでも、努力に努力を重ね、やっと手にした警察官の職は、おいそれと諦められるようなものではなかった。綿貫さんはフロントミラーごしに僕の目を見ると、重々しい口調で言った。

「お前が『正直な人が報われる社会にしたい』なんて大層な考えを持って、捜査二課を志望してたのは知ってる。知識もあって頭も切れる。将来はでかいサンズイの案件も任せられるような刑事になると、俺は思ってた」

綿貫さんは無表情でハンドルを握ったまま淡々と話を続ける。

「でも、駄目なんだ。うちの課も、もう随分前からサンズイなんてやってる場合じゃなくなってる。今の世の中は、本当に何も知らねえ人間が詐欺の片棒担がされるほど、詐欺に塗《まみ》れてる。お前の件がまさにそうだろ」

綿貫さんに指摘され、僕は思わず言葉に詰まる。僕は、警官を志した際と同じ気持ち——困っている人たちを助けたいという気持ちで、先輩のために新たな銀行口座を作っていた。だがその行為は、結果として、詐欺の片棒を担いだに過ぎなかった。綿貫さんは少し間を置き、再び話し始めた。

「若い頃の間違いは誰にでもある。だがな、今の世の中は『まだ若いから』と許してくれるほど甘くない。十代だろうが二十代だろうが、『叩いていい奴』だと思われれば、名前も顔も、全部ネットに晒して叩かれる。二度と立ち上がれなくなるまでな」

綿貫さんの声からは、寂寥《せきりよう》感と静かな怒りが感じられた。綿貫さんはフロントミラー越しに僕を見ると、諭すように続けた。

「だからお前は、今すぐ辞めろ。元警官でも、無職の若者が就職前にやった罪なら、そこまで大きくは報道されない。ストレートニュースと、新聞の三面記事程度で済む。今はとにかく、世間にとってつまらない存在になれ。それで守れるものもある」

綿貫さんの口調はぶっきらぼうだったが、その言葉からは、僕の人生を、今だけでない将来のことまで、考えてくれていることが伝わってきた。

これ以上、綿貫さんや他の警察官に迷惑をかけることはできない。僕は奥歯を噛みしめた後、振り絞るように言葉を発した。

「……わかりました」

何も知らないことがこれほど罪深いことだと、当時の僕は知らなかった。今は知識も付き、後悔の気持ちも溢れるほどあったが、やってしまったことは変えられない。口座譲渡の件が立件されれば、おそらく僕は、懲戒免職の処分を受けることになる。綿貫さんに迷惑をかけないためにも、警察は、自ら辞める必要があった。

僕の返事を聞き、綿貫さんは一度だけ頷く。それからしばらくは、誰も何も言わなかった。

「それと……辞めるお前に、話がある」

多摩川を越え、神奈川の県境を越えたあたりで、綿貫さんは出し抜けに言った。なんとか涙を堪えていた僕は、それを悟られないよう、わずかに顔を上げた。

「――藤村。日本で『おとり捜査』が認められる場合と、そうでない場合の差は何だ」

綿貫さんは前方を見据えたまま、警察学校の教官のような質問をしてきた。僕は突然のことに戸惑いつつ、頭の隅からなんとか記憶を引き出す。

「……捜査が『機会提供型』と認められる場合、日本でも『おとり捜査』は認められています。捜査が『犯意誘発型』である場合は、違法とされるケースが多い認識です」

「もっと分かりやすく説明しろ」

綿貫さんは短く言う。嫌な教官を演じているらしい綿貫さんに、僕は根気強く説明した。

「『機会提供型』は、はじめから犯人に罪を犯す意思があり、『おとり』がその犯行の機会を提供する型式です。元々麻薬の売人をしている容疑者に路上で接触し、麻薬を購入して犯罪事実を摑むようなケースが、『機会提供型』にあたります」

綿貫さんは、僕に何をさせたいのだろう。そんな思いを抱きながら、僕は説明を続けた。

「『犯意誘発型』は、『おとり』の罠《わな》にかかった時点で初めて、犯人が罪を犯す意思を持ち、それを実行させる捜査です。捜査対象者に声をかけることで薬物使用の意思を芽生えさせ、実際に使用したところを検挙するようなケースがこれにあたります。『犯意誘発型』は、本来犯罪を抑制すべき捜査機関自身が犯罪を作り出すことから、問題が大きいとされています」

「さすが準キャリアだな」

綿貫さんは口を歪めて笑った。

「今さら知識があっても、仕方ないです」

綿貫さんに合わせて僕は力なく笑う。僕が今持っている知識は、ほとんどが国家公務員試験のため大学三年以降に身につけたものだった。元々勉強自体は得意だったため、知識量には自信があったが、時計の針が戻ることはない。警察を辞めれば、こんな知識が役立つ場面もないだろう。

「話ってのはそこなんだ」

綿貫さんはそう言うと、ウィンカーを出し、速度を落として高架下をくぐる。高架線には「東京外郭環状道路 TOKYO RING ROAD」の文字が書かれていた。

「お前は警察を辞めるしかない。だが俺は、お前に捜査を続けてほしいと思っている」

「……どういうことですか」

少しずつ、車両が速度を落とし始めているのを感じながら、僕は尋ねる。綿貫さんは車両を止めると、運転席からこちらを振り返った。

「お前には、特殊詐欺捜査のためのSになってほしい」

「Sって……マトリが使う、Sのことですか」

「ああ、そのSだ」

日本において、最も盛んに「おとり捜査」を行っている組織が、厚生労働省麻薬取締部、通称「マトリ」だった。そのマトリが、自身の捜査に協力するスパイに付ける呼称が「S」だ。予想を超えた提案に、僕はしばし言葉を失う。綿貫さんは視線を前方に戻すと、落ち着き払った声で話を続けた。

「この高架下から少し行った先に、『ガレージハウスSW』って建物がある。うちの課と元四課の連中が合同捜査を続けた結果――あの建物が、神奈川県と東京都世田谷区、目黒《めぐろ》区で頻発している、特殊詐欺の拠点である可能性が浮上した。藤村には、あの建物の住民と接触してほしい」

「待ってください……それは、特殊詐欺の『S』としてですか？」

「そういうことになる」

「そんなこと……今の法律で、可能なんですか」

「可能かどうかで言えば、可能だ。理由は、お前自身が説明してる」

綿貫さんはそう言うと、かすかに見える黒い長方形の奇妙な建物を目で示した。

「あの建物には、SNSの『闇バイト募集』を見てきた連中が集まっている。つまり、あの建物にいる連中には、元から犯罪まがいのバイトをやる意思があるんだ。その人間が詐欺を行った後に逮捕へ動けば、『機会提供型』のおとり捜査に当てはまる」

綿貫さんの説明は、理には適《かな》っていた。だが、問題は山ほどある。僕は喉の渇きを覚えながら、すぐに浮かぶ疑問をぶつけた。

「でも……どうやって潜入するんですか」

「お前が闇バイトの募集に応募するのが妥当な線だが、闇バイトの応募には、個人情報の提出が求められる。……警察の立場として、ニセの身分証を今すぐ用意するのは流石に難しい。まずは、あの建物の住人に近づくことだ。あの建物は、定期的にミスターイーツで大量注文をしてる。ミスターイーツの配達員としてなら、顔を合わせるところまでは行けるはずだ」

「でも……」

「今すぐ決めろとは言わない。動き出すのは、口座譲渡の件が落ち着いた後だ」

混乱した頭で、僕は綿貫さんの言葉をなんとか理解しようとする。僕が譲渡してしまった口座は神奈川県警の管轄内で起きた詐欺事件で使用されており、事件に使われてしまった以上、立件は免れない状態だった。有罪となれば、僕は「前科者」ということになる。綿貫さんの話を受けずに暮らしたとしても、このままいけば、僕に訪れる未来は極めて暗かった。

「藤村。俺はな、この詐欺に塗れた世の中を変えるには、今より踏み込んだ捜査が必要だと思ってる。『おとり』が実を結べば受け子や掛け子だけじゃない、番頭や金主にまで捜査の手が伸ばせる。……この犯罪は、根から絶やさないと駄目なんだ」

綿貫さんは運転席から振り返り、僕の目をじっと見つめて言う。ここまで気持ちを込めて話す綿貫さんを見るのは、初めてだった。僕は前方にかすかに見える黒い影のような建物を見つめた後、静かに頷いた。

「高橋恒雄さん。あなたは高橋雄二が経営していた飲食店の元従業員、林堂紗耶香《さやか》と共謀して、数十件以上に及ぶ詐欺事件に関与した。間違いありませんね?」

浅黒い顔の若者が、高橋恒雄に向かって尋ねる。僕はその若者が、退職した僕に代わって綿貫さんの相棒になった「桑原」だろうと推測する。直接の面識はなかったが、桑原に関する話は綿貫さんから何度か聞いていた。

僕が起こした口座譲渡の事件については、「銀行側を欺いて新たな口座を作ったこと」が詐欺にあたるとされ、僕は詐欺罪で立件された。その上で、口座を作るまでの過程や事情に情状酌量の余地があると認められ、僕は「懲役一年、執行猶予二年」の判決を受けていた。

刑事を辞め、判決を受けてからの生活は極めて苦しいものだったが、「捜査に協力する」と言ったその日から、綿貫さんは、僕の口座に「当面の捜査費」としてお金を振り込んでくれていた。綿貫さんは、その費用が「官房機密費から出ている」などと言っていたが、それが嘘なのはすぐに分かった。綿貫さんは、嘘をつくのが上手くはない。僕は、綿貫さんの恩に報いるため、執行猶予があけたその日から、綿貫さんの「S」として活動を始めていた。

綿貫さんの提案したミスターイーツの配達員として「ガレージハウスSW」に潜入する作戦は、想像よりもずっと早く功を奏していたが、作戦には極めて大きな問題が二つ発生していた。

一つ目の問題は、潜入と同時に僕が監禁され、携帯機器を奪われてしまったことだった。あらゆる可能性も考慮して、僕は捜査員と分かるような情報は持ち込まず、スマートフォンを唯一の録画機器として持ち込んでいたが、はじめに全員の機器が没収されたことで、録画や録音による証拠の獲得は難しくなってしまっていた。

二つ目にして最大の問題は、僕が潜入した「詐欺部屋」に、詐欺を行う意思のない者――影石綾子がいたことだった。綾子がもし逮捕された場合、僕と綿貫さんによる潜入捜査は「機会提供型」ではなく、罪を犯す意思のない綾子を、犯人と共に詐欺へ巻き込んだ「犯意誘発型」と認められる可能性が高くなる。僕は、僕自身と綿貫さん、そして綾子が犯罪者となってしまうことを避けるため、綾子を含む全員が部屋から脱出することを目指して行動するようになっていた。

紆余曲折《うよきよくせつ》ありつつ脱出自体はなんとか成功したが、詐欺部屋では、ほとんど捜査の証拠となるものを手に入れられなかった。僕は一矢報いるため脱出時のどさくさで詐欺の名簿とシナリオの入ったタブレットを持ち出すと、詐欺部屋での一部始終の情報と共に、綿貫さんへと渡していた。そして、警察の捜査と、詐欺部屋にいた僕の証言を統合する中で浮上した容疑者が、「高橋恒雄」と「林堂紗耶香」だった。

「林堂紗耶香の居場所をお教えいただけますか」

黙秘を続ける高橋恒雄に、今度は綿貫さんが尋ねる。高橋恒雄は黙ったまま、僕の目をじっと見つめていた。僕が高橋恒雄から引き出した「供述」によれば、スウィンダラーハウスの首謀者は、林堂紗耶香だ。林堂を捕まえるまでは、このゲームに勝ったとは言えない。僕が両目を逸らさず、まっすぐにその視線を受け止めると、高橋恒雄は、口を開いた。

「伝える代わりに、条件がある」

# 第六幕　共謀 -Collusion- 第五場

鉄製の門扉を開け、漆黒の大邸宅へと進む。今日は獲物である同伴者を待つ必要もない。林堂紗耶香は、元々旅行用に買った黒のキャリーケースを引きながら、黒塗りの邸宅へと歩を進めた。

入口の扉に手を掛ける。扉の鍵は、開いていた。紗耶香は小さく息を吐くと、玄関の敷居を跨ぐ。短い廊下を進んで左へ曲がると、眼前に見慣れたリビングダイニングが現れた。モダンで、生活感のない高級家具。誰もいないことを確認し、ソファに腰掛けようとしたところで、ふいにテレビが点灯した。

『おつかれさま。遠かっただろ？』

液晶画面に表示されていたのは、雄二さん――高橋雄二の姿だった。目尻の下がった、人の良さそうな丸顔。一目見ただけで、「この人なら大丈夫だ」と思わせてくれる優しい笑顔。

「そうですね……ちょっと、疲れました」

紗耶香は、画面の中の雄二に答える。この部屋にあるものは、全て嘘だと分かっている。今ここでは、紗耶香の発した言葉だけが真実だった。

『少し休むといい。ここ一か月のサヤちゃんは、随分がんばってたからな』

そう話す雄二は、顔から上だけが動いていた。その声は聞き慣れた声に似ていたけれど、何かが決定的に違う。紗耶香は液晶を叩き割りたい衝動に駆られながら、言葉を発した。

「いつまでやるんですか？　──神室さん」

名前を呼んだ途端、雄二の姿は画面から消え、モーションキャプチャー用の機材を頭に付けた神室真嗣の姿が現れる。神室は紗耶香を認めると、少年のような笑みを浮かべた。

『びっくりした？』

神室は恐ろしいほど無垢な声で言った。紗耶香は、その質問に黙って俯く。いま口を開けば、自分を抑えられなくなると思ったからだ。神室は紗耶香の内心には全く気づきもしない様子で、最新技術に目を輝かせていた。

『すごいよ、ディープフェイク。なりすましたい人の動画食わせれば、表情も口調もＡＩが学習して再現してくれる。金と技術があるグループはどこも使い出すだろうな』

神室は話しながら、ヘッドセットを外す。「Ｍ資金詐欺」のシナリオで美藤篤良の面談を担当した児玉吉太郎は、ネット上に残る児玉誉士夫の動画をＡＩに読み込ませることによって神室が生み出した、架空の人物だった。美藤は「どうりで似てらっしゃる」なんて言っていたけれど、本人のディープフェイクなんだから、似ているに決まっている。

神室の使用しているディープフェイク技術には、「顔以外の部分がほとんど動かせない」という欠点があったものの、この欠点は難病という設定によって上手く誤魔化《ごまか》すことができていた。いずれ技術が進歩すれば、この欠点も消えるだろう。

『地下にいるから、降りてきてよ』

画面の中の神室は、薄ら笑いを浮かべて言う。手にしている機材には、神室の傘下にあるグループが共通で使用している「M」の文字が刻まれている。紗耶香は、そのロゴマークを目で追いながら、無言で頷いた。

キャリーケースを持ち上げ、螺旋階段を降りていく。地下空間には、紗耶香の浅い呼吸が反響していた。脳裏には、この階段を美藤と降りていった日の記憶が浮かぶ。

美藤篤良は、紗耶香たちが作り上げた架空の「M資金投資」話を信じ込み、七千万円もの大金を「高橋雄二」の口座へ振り込んでいた。もしあの振り込みが三年早く行われていたら、雄二は、死なずに済んだかもしれない。

紗耶香が雄二と初めて会ったのは、四年前――二〇一九年の春だった。当時の紗耶香は都内の大学に入ったばかりで、英文学を学びながら、これまで受験勉強ばかりで出来なかったアルバイトに挑戦しようと意気込んでいた。雄二の店に応募しようと決めたのは、求人サイトに書かれていた店名――『創作料理　As U Like』が、紗耶香の好きなシェイクスピア作品を由来にしていたからという、ごく単純な理由だった。

書類通過の連絡を受け面接に向かうと、雄二は紗耶香が来てくれたことをとても喜んでくれた。「誰も来てくれないかと思ったよ」と笑う雄二の顔を見ながら、紗耶香は直感的に、「この人とならきっとうまくいく気がする」と思った。

紗耶香の直感は、半分だけ当たっていた。雄二が始めた創作料理店『As U Like』は、トレーラーハウスを使った洒脱な店舗と自慢の創作料理が話題となり、オープンから数月で行列のできる人気店になった。初めは紗耶香一人だったアルバイトも、人気が出るにつれ少しずつ増え、テレビで取り上げられた次の月には、アルバイトは七人にまで増えていた。新しい子が入るたびにお店では歓迎会が開かれ、雄二が飲み過ぎてしまった日は、飲めない紗耶香が運転して、雄二を自宅に送って帰ることもあった。目が回りそうなくらい忙しい毎日だったけれど、今振り返れば、何もかもが輝いていた日々だった。

暗雲が立ち込めはじめたのは、大学一年生としての最後の月、二〇二〇年三月頃だった。首都圏では新型コロナウイルスの感染者が少しずつ増え始め、四月七日には、初めての緊急事態宣言が政府から発出された。「外出の自粛」が政府から推奨されたことと、「飲食店」が感染の原因になっていると連日報道されたこともあり、『As U Like』を訪れるお客さんの数は、目に見えて減っていった。

緊急事態宣言が出て一週間が経った頃、雄二は紗耶香たちアルバイトを集めると、深々と頭を下げ、「いったん店を閉めるから、来月からは雇えない」と言った。顔を上げた雄二は、泣いていた。

学生が紗耶香だけだったこともあり、他のアルバイトの子たちは、「店長は悪くない」と慰めながら、一人、また一人とお店を去って行った。自分にとって初めてのアルバイトで、お店にも、雄二にも思い入れのあった紗耶香は、他のアルバイトの子たちがいなくなった後も、店舗に一人残り続けていた。

面接を受けた日と同じように、店長と二人だけになった紗耶香は、「店長は、これからどうするんですか」と静かに尋ねた。雄二は悲しそうに笑って、「この店、せっかく動かせるからさ。いったん神奈川の田舎に引っ込むよ」と言った。それが、雄二と交わした最後の会話だった。

あの日以降、紗耶香には、過去の日付を見ると「二〇二〇年五月十日」より前かどうかを確認する癖がついていた。その日より一日でも昔であれば、雄二はまだ、生きている。

その日を境にして、紗耶香を取り巻く世界は色彩を失っていた。

「あぁ、サヤちゃん。おつかれさま」

神室の声で、紗耶香は現実に引き戻される。神室は扉の開いた金庫の中に立ち、ボストンバッグを肩にかけていた。神室はバッグを無造作に降ろすと、ジッパーを開ける。

「またカジノで勝っちゃってさ。減らしたいのにまた増えたよ」

神室はそう言うと、資源ごみを扱うように分厚い札束を取り出した。

「賭け事なんて、今さらしてもしょうがないんじゃないですか」

紗耶香は愛想笑いを浮かべて静かに言う。最近の神室は紗耶香たちが「仕事」をしている間、日本中の闇カジノで法外な金額をかけて違法賭博《とばく》に興じていた。

「生きてる実感がほしいんだよ」

神室は紗耶香のずっと奥を見つめながら、夢遊病者のように言う。その言葉で紗耶香の脳裏には「あの日」の光景が再びよみがえる。

あの日紗耶香が雄二の部屋を訪れたのは、五月になってから『創作料理 As U Like』のSNS投稿が一切なくなっていることに不安を感じたからだった。家に来るのは、最後に入ったアルバイトの子の歓迎会以来だったけれど、何度か訪れていたこともあり、部屋には迷わず着くことができた。それでも、紗耶香が着いた頃には、全てが手遅れだった。

雄二は、玄関のすぐそばで、自らを抱くようにして倒れていた。紗耶香はひどい眩暈に苛《さいな》まれながら、警察に、救急に、雄二のお父さんに、ほとんど半狂乱の状態で電話を掛け続けた。知っている人――雄二のお父さんの声を聞いて、ほんの少しだけ落ち着いた紗耶香は、倒れたままの雄二の傍らに、スマートフォンが置かれていることに気付いた。雄二のスマートフォンには、同じ番号から、異常な数の着信履歴が残っていた。

「賭け事ってさ、賭けちゃいけない金を賭けるから面白いんだよな。だから、腐るほど金があると、そんな面白くないんだよ」

紗耶香には興味がない様子で、神室はほとんど独り言のように話し続けていた。その言葉に、紗耶香は抑えようのない怒りを覚える。

電話番号を調べた結果、紗耶香は、雄二に死ぬ間際まで電話を掛け続けてきた相手が、「ソフト闇金マクベス」という悪質な闇金融であることを知った。紗耶香は、雄二の死が自殺として処理された後も、葬儀が終わった後も、あらゆる手段で闇金グループについて調べ続け、「ソフト闇金マクベス」の元締めが関東圏一帯で特殊詐欺の「金主」として君臨する神室真嗣であることを突き止めていた。

雄二を死なせた人たちに、その報いを受けさせる。

その一心で紗耶香は、今日この日まで「ゲーム」を続けていた。

神室の組織した特殊詐欺グループでは、金主に会うことができるのは、現場を取り仕切る番頭だけだった。紗耶香は、ゲームの主催者――「道化の看守」として番頭の役割を担うことで、神室に上納金を直接渡す立場となり、着実に神室からの信頼を得てきた。

今回の上納金――四千万を格納したキャリーケースには、ペティナイフが隠されている。今日は二〇二三年五月十日。雄二の命日だ。神室が目を離した瞬間に、紗耶香は、全ての決着をつけるつもりだった。

この人を勝者のままにしてはいけない。紗耶香は決意を固めると、運んできたキャリーケースのハンドルを握った。

「神室さん。今回の上納金の件ですが……」

「ああ、いらない」

「え？」

「サヤちゃんの言う通りだよ。今さら金なんて、あっても仕方ない」

神室は軽く右手を挙げると、蠅《はえ》を追いやるようにキャリーケースを振った。紗耶香は、ひどい眩暈を感じながら、なんとか声を振り絞る。

「上納金は、グループの取り決めじゃ……」

「俺がトップなんだから、俺が要らないって言うならいいだろ」

紗耶香の言葉を遮って、神室は冷めた口調で言う。紗耶香は言葉を失っていた。

「それよりさ、サヤちゃんの好きな人の話聞かせてよ。この前言ってた『雄二さん』の話」

神室はこちらの動揺を気にも留めない様子で、話を続ける。神室が口にしたのは、紗耶香が最も避けてきた話題だった。

「コロナでうまくいかなくなって、お店畳んじゃったんだろ。それからその人、どうしたの」

紗耶香が上納金を渡しに来るたびに、神室は「サヤちゃんの話を聞かせてよ」としつこく尋ねてきていた。初めは取り留めのない話題をしていた紗耶香は、前回の上納で神室から「好きな人はいないの」と中学生のような質問をぶつけられ、考えぬいた末、雄二の話をしていた。もし神室が雄二のことを覚えていて、紗耶香と家族に謝罪してくれたなら、計画は実行せずに済む。紗耶香は肝心な部分――雄二の最期《さいご》だけを伏せて、神室に雄二の話をしていた。その結果として神室から返ってきた答えが、雄二の動画で作った、ディープフェイクだった。

「……雄二さんは、死にました」

紗耶香は言葉を絞り出す。キャリーケースを身体に寄せ、紗耶香はさらに続けた。

「あなたがやってた、闇金の取り立てに遭いながら……雄二さんは、死んだんです」

紗耶香の声は、自分のものとは思えないほど震えていた。明かしたからには、ここで全てを終わらせなくてはいけない。紗耶香は後ろ手に、キャリーケースの外ポケットを探りはじめた。

「それでサヤちゃんは、俺を殺しに来たんだね」

神室は、親戚の子どもに話すような柔らかい声で言う。紗耶香は思わず、目を見張った。

「これでも相当恨まれてるからね。自分を殺そうと思ってる奴のことは、わかるんだよ」

神室は小さく肩をすくめると、紗耶香に冷たい笑みを向けた。

「で、どうしたら満足？　この金庫から、二億くらい出してあげようか。死亡保険の相場って、そんなもんだよね」

神室は神室らしいやり方で、紗耶香に「和解」を提案していた。その内容を聞きながら、この人は正気じゃないと思う。神室は、自分以外の存在を、徹底的にモノとして扱っているようだった。

「俺はさ、サヤちゃんは頭もいいし趣味も合うから、殺したいとは思ってないんだよね。だからサヤちゃんが反省して俺にごめんなさいしたら、許してあげてもいいと思ってる。……まあ、ごめんなさいのときは、それなりのことをやってもらうけどね」

神室が話し続ける様子を見ながら、紗耶香の背筋に震えが走る。この人は、育ち過ぎた子どもだ。それも、残酷な子どもだった。紗耶香はこれから、この男の玩具《おもちゃ》にされる。それは、想像するだけでおぞましい未来だった。

「私は……」

紗耶香は消え入りそうな声でつぶやく。言うべきことは分からない。それでも、声をあげなくては、押し潰されてしまう。紗耶香が浅く息を吸い込んだところで、突然、上から音が聞こえた。

「―堂！　――ヤカはいるか！」

男の声。確信は持てなかったが、声は紗耶香を呼んでいるように聞こえる。途端に、神室から爬虫類《はちゅうるい》のような瞳孔が紗耶香へ向けられた。

「お前が呼んだの？」

神室は、ぞっとするほど冷たい声で言った。

「違う、私じゃ……」

「サヤちゃん、思ったより頭が悪いんだね。俺たちは共犯者だよ？　俺が捕まればお前も捕まる。今さらこんなことやったって何の意味もないのに」

神室が異様な早口で話し続ける間、地下空間には何人分もの革靴の足音が響き始める。螺旋階段からは、数人の部下を連れた白髪交じりの男が、勢いよく降りてきていた。

「警察だ！　両手を上げろ！」

白髪交じりの男は大声で叫びながら拳銃を構え威嚇する。紗耶香と神室は、言われた通り、静かに両手を上げた。

「お前は……神室か？」

白髪交じりの刑事は、少し驚いたような声で言った。この刑事は、神室のことを知っている。

神室の方は一瞬、思い出すような素振りを見せた後、古くからの友人に再会したような笑顔を見せた。

「あぁ、刑事さん。これはね……誤解ですよ」

神室は白髪交じりの刑事に両手を広げると、猫撫《ねこな》で声《ごえ》で言った。

「ここにあるものは何だ」

刑事は神室の呼びかけには一切応じず、拳銃を神室に向ける。その目は神室と金庫内部にある貴金属を交互に睨んでいた。紗耶香は、自分から警戒の目が逸れた一瞬の隙をついて、キャリーケースの外ポケットからペティナイフを取り出す。神室は紗耶香に背を向けたまま、刑事に向かって弁解を始めた。

「僕もいろいろあってビジネスの幅を広げましてね。金融の他に、古物商と金地金の取り扱いも始めたんです。いったん部屋に行かせてもらえれば、許可証もお見せしますよ。だから刑事さん、その物騒なものは――」

流暢すぎる神室の抗弁が、突然止まる。紗耶香の両手には、生温かい血が滴《したた》っていた。

「……嘘はもう、やめましょう」

紗耶香は、持てる力を振り絞って、神室の背にナイフを突き立てていた。刑事たちの叫ぶ声。神室は口を開けたまま首を捻り、紗耶香と、ナイフの突き立てられた背中を、穴が開くほど見つめていた。

「お前……」

「生きてる実感、ありますか」

紗耶香は神室の両目を見据えて言う。神室を刺した瞬間から、声の震えは止まっていた。この怪物には、必ず報いを受けさせる。紗耶香はナイフから、決して両手を離さずに続けた。

「雄二さんに、謝ってください……生きてる、うちに」

紗耶香は、その背中が赤黒く染まっていくのを見ながら、神室に告げる。刑事たちが飛びかかるように迫る様子が、やけにゆっくりと見えた。浅黒い顔の刑事は紗耶香を神室から突き放すと、紗耶香の腕を後ろに回し、冷たい手錠を両手に掛けた。

「林堂紗耶香……殺人未遂容疑の現行犯で逮捕する」

浅黒い刑事が紗耶香に逮捕を告げる声は、なぜか小さく震えていた。何が悲しいのだろう。紗耶香は妙に冷静なままの頭でそう思いながら、再び神室の方を見つめる。刺された神室は、白髪交じりの刑事の方へ、這い寄るように進んでいた。

「刑事さん……」

救急の電話を掛け終えた刑事は、膝を折り、神室の声に耳を傾ける。神室は何度か荒い息をした後、刑事の膝に手を掛け、かすかに笑みを浮かべた。

「俺は……被害者だよ」

絞り出すような声。その一言を残して、神室は金庫室の床へ崩れ落ちた。

# 第七幕　騒乱 -Riot- 第一場

取調室の林堂紗耶香は、至って落ち着いた様子だった。

調書を見るまでは、この女が殺人未遂と詐欺の容疑で起訴されているとは、誰も信じないだろう。綿貫は林堂の黒目がちな眼を見据えると、静かに切り出した。

「神室の容態、気になるか」

「いえ。やるべきことはやりましたから」

林堂の返答に思わず口を歪める。まるで医者のような口ぶりだが、こいつがやったことは刺殺未遂だった。大したタマだと思いつつ、綿貫は表情を引き締める。

「先週、企業経営者の美藤篤良から、正式に被害届が提出された。届出内容は、投資詐欺。美藤は『アジア経営会議』を名乗る団体と接触し、いわゆる『M資金』を元手に五百億円を無利子で融資する投資話を受けた。その投資を受けるには『エントリーフィー』等の諸費用として計七千万円が必要と説明され、美藤は言われた通りに七千万円を振り込んだ。だが、それ以降一切の反応がないため不審に思った美藤が『アジア経営会議』へ再び連絡すると、団体はオフィスごと消滅しており、美藤は詐欺に遭ったとして、警察に被害届を提出した。この事件について、何か言いたいことはあるか」

「なんでそんな馬鹿話に騙される人が、七千万も持ってるんでしょうね」

「……そういうことを聞きてえ訳じゃねえんだ」

綿貫は思った以上に厄介な女だと思いつつ、別の角度から取り調べを続ける。

「たしかに、美藤の騙された『M資金』投資話は馬鹿らしい作り話ではあるが、美藤は信じるに値する証拠があったと主張している。その証拠が、数百億円を超える貴金属だ。美藤は、その団体の関係者に連れられ、東京から一時間半程度の距離にある邸宅で『M資金』と見られる財宝の山を見たと主張している。美藤の主張を総合すると、美藤が連れていかれた邸宅の様子は……神室とお前の隠れ家だった邸宅と酷似している」

林堂紗耶香と神室真嗣には、関東圏で行われた未解決の詐欺事件に関する大量の嫌疑がかかっていた。「美藤クリニック」前院長・美藤篤良の事件は、その氷山の一角に過ぎない。刑が確定するまでには、かなりの年月を要するはずだ。

「――一つ、約束してくれますか？」

しばらく黙っていた林堂は、突然そう言って人差し指を立てた。綿貫が頷くと、林堂は落ち着いた口調で話し始めた。

「この詐欺の首謀者は、神室です。私は神室に騙されて全ての事件に関与したに過ぎません。この前提を受け入れてくださるのであれば、捜査には一部、協力します」

綿貫は林堂のマネキンのように整った顔を睨む。林堂が口にした条件は、先に逮捕された高橋恒雄が、林堂の居場所と引き換えに提示した条件と全く同じだった。綿貫は諸々の事情を勘案した上、林堂の提案に頷く。警察としても、今回の中で最も大きなホシは神室だ。神室の余罪が暴かれるのであれば、多少の交渉は受け入れる用意があった。

「それで……あの大金は、何なんだ」

「トリックは何もありません。ただ詐欺で稼いだだけです」

林堂は、表情を変えずに短く言った。

「稼いだって……あれ、全部をか」

にわかには信じがたい話だった。神室が隠れ家としていた邸宅の金庫には、現金五八二億六千万円と、三百億円相当の金地金、二百億円相当の宝石類が保管されていた。それだけの額を、個人が集められるとは思えない。

「神室は……『金主』として、自身が『種金』を渡した詐欺グループから六割の上納金を得ていました。関東圏では、常に数十チームの『詐欺部屋』が稼働していて、各チームがひと月に数千万の上納金を上げています。神室が特殊詐欺を始めたのは今からちょうど二十年前ですから、あの程度の金が集まるのは、何もおかしくありません」

林堂は、淡々とした口調で語る。現場に放置されていたキャリーバッグには、四千万円の現金が入っていた。仮にあれだけの現金が毎月十チームから集まって来たと考えれば、月の収入は四億、年で換算すれば五十億程度の金が手に入ることになる。たしかに林堂の言う通り、二十年の年月があれば、金庫にあっただけの財産は稼ぎ出すことが可能だった。

「つまりあれは……今の神室の『金置き部屋』か」

二十年前、綿貫が事情聴取を担当した際、神室は、警察の目につかないよう一億円の現金を都内にあるマンションの一室へ運び込もうとしていた。二十年の時を経て、神室が使っていた「金置き部屋」は肥大化し、あの邸宅と金庫にまで変貌したということらしい。

「『M資金』のシナリオは、はじめは夢見がちなおじいちゃんにしか刺さらない詐欺だったらしいです。ただ、何度も詐欺を繰り返していくうちに、神室は本当に『M資金』と呼べるだけの資産を築いたんです。美藤に伝えた投資額も、払おうと思えば払えます」

嘘から出た実《まこと》と言うべきだろうか。林堂の語る言葉は信じがたいものばかりだったが、話の筋は通っていた。

「交際クラブで働いていたのは、詐欺のためか」

「いえ。『マクベス』のことを調べるためです」

林堂は詐欺についてははっきりとした口調で否認したが、「もう一つの罪」については認めるつもりのようだった。綿貫は林堂に先を促す。

「雄二さんが取り立てを受けていた『ソフト闇金マクベス』について調べるうちに……この闇金をやっているのはいわゆる半グレで、表の仕事もやってるって分かったんです。『南青山ウィンザー倶楽部』は、神室の作った半グレグループのフロント会社でした。それで、この交際クラブでも何かあるんじゃないかと思って、働き始めました」

「それで、成果はあったのか」

「交際クラブに登録している経営者の一部が、クラブに登録してしばらく経った頃に、詐欺に遭っていることが分かってきました。M資金詐欺と、イラクディナール詐欺です」

林堂は淡々と答える。「イラクディナール詐欺」は、イラクの通貨・ディナールが将来的に高騰するという謳《うた》い文句《もんく》で、日本の銀行でほぼ取り扱いのないディナールを割高に購入させる一昔前に流行った通貨詐欺だった。

「……交際クラブの登録者を、詐欺の顧客にもしていたのか？」

「そうですね。登録者の名簿を、詐欺の方でも一部そのまま使ってました」

交際クラブに登録するのは、金銭に余裕があり、欲を持て余している富裕層の男性が主だ。その名簿は、投資詐欺の顧客名簿としても有効に機能するだろう。交際クラブが原因で詐欺に遭ったとして、男性側はその事実を世間には公表しにくい。極めて悪質だが、詐欺のスキームとしてはよくできていた。

「働いてた人間は、そのことを全員知っていたのか？」

「いえ。普通に大手のサイトにも求人出してたので……何も知らないで働いてた人もいたと思います。明らかに、グループの方から来てるんだろうなって人もいました」

「お前は、何がきっかけで詐欺の事業に気付いたんだ」

「働き出して少ししたら、コンシェルジュ向けのＬＩＮＥグループに、『副業しませんか？』ってメッセが届いたんです。身バレなし、高収入のバイトで、必要なのは元気と笑顔って」

「それが、特殊詐欺の仕事だった」

「はい」

あまりに堂々とした勧誘の手口に、綿貫は閉口する。林堂は、これまで大量の詐欺を実行してきた詐欺の番頭でもある。その話は全てがそのまま信用できるわけではなかったが、今は優先的に確認すべきことがあった。

「高橋恒雄を詐欺に誘ったのは、その後か」

「そうですね。その頃、私たちとは別のチームが、警察対策で大型のバンで走り続けながら詐欺の電話を掛けるって手口をやっていて……それで、雄二さんのお店のことを思い出したんです」

「……高橋恒雄からは、反対されなかったのか」

「はじめはされました。でも、雄二さんが亡くなったときのこと……神室のことも伝えたら、お父さんは、味方になってくれました」

そう言って林堂は、今日の取り調べで初めての笑顔を見せた。綿貫はその笑みに、人を惹《ひ》き付ける魔力を感じる。林堂は昔を懐かしむように遠い目をした。

「雄二さんのお父さん……私が『交際クラブの仕事をしてる』って言ったら、泣いてたんです。それで、本当に昔の人なんだなと思って」

林堂は、口元に笑みを浮かべたまま続けた。

「だって、お金がなくて夜のお仕事やったことある子なんて、私の周り、いくらでもいますよ。そのくらいでこの国はおしまいだって泣くんだったら……この国は、随分前に終わってます」

淡々と供述する林堂の話を聞きながら、綿貫は、治安の底が抜け始めていると感じる。おそらく、林堂は嘘偽りない実感を述べているのだろう。だからこそ、その言葉は重かった。

「……高橋雄二とお前は、恋愛関係にあったのか」

綿貫が尋ねると、林堂はふいに華やかな声で笑った。

「何が可笑しい」

捜査において、人物の関係性は重要な手がかりになる。林堂は高橋雄二の死をきっかけに犯罪を犯しており、この二名の関係性は押さえておく必要があった。林堂は上品に口元をおおうと、面白がるような目をこちらに向けた。

「刑事さんも、恋愛ドラマ観てるおばさんみたいなこと言うんだなと思って」

林堂は軽蔑《けいべつ》したように笑った後、ふと真剣な表情を見せた。

「純粋な恋愛なんて、暇な人たちにしかできないですよ。そんなことやってたら、将来何もできないおばさんになって、死ぬしかないじゃないですか」

今の若い世代にとっては、損得関係を抜きにした恋愛自体が珍しいものになっている。林堂はそう言いたいようだった。

「なら、お前と高橋雄二の関係は、何だったんだ」

「雄二さんと私は……冷たい言い方すれば、ビジネスパートナーです」

綿貫は、その言葉に違和感を覚える。林堂にしては、含みのある言い方だった。

「冷たい言い方じゃなければ何だ」

「……戦友、です」

林堂はしばらく間を置いた後、ぽつりと言った。その顔は至って真剣で、今度はこちらを茶化《ちゃか》している訳ではなさそうだと思う。

「雄二さんは、私にとって戦友でした」

林堂は、ここでないどこかを見つめて言った。

「でも、死んじゃったから……残った人で戦ってたんです。雄二さんが、報われるように」

林堂は静かに続ける。その目には、大粒の涙が浮かんでいた。

綿貫は上着からハンカチを取り出すと、何も言わずに林堂へ差し出す。林堂はハンカチに目を向けた後、小さく首を振る。意地でも警察の世話にはなりたくないようだった。

「……高橋雄二は、どうして国の支援を一切受けなかったと思う」

長い沈黙を経て、綿貫は林堂に質問する。そう尋ねたのは、綿貫のハンカチを頑なに使おうとしなかった林堂に、国の飲食店向けの支援金を一切使わなかった高橋雄二の姿が重なって見えたからだった。国の支援を活用すれば、高橋雄二は、悪質な闇金融には手を出さずとも済んだはずだ。直接口に出しはしなかったが、その点が綿貫はずっと気になっていた。

「刑事さんは……一度自分を捨てた人たちのこと、信用できますか？」

林堂は、綿貫をまっすぐに見て言う。その眼光は、彼女の使用したナイフのように鋭かった。

「私は、できないです」

林堂はそれだけ言うと、口を噤んだ。

高橋雄二は、自分を「国から見捨てられた人間」だと思っていた。だからこそ、国の支援には距離を置き続けていた。林堂が暗に伝えてきた見方に、綿貫は、反論することができなかった。

高橋雄二と同様かそれ以上に、林堂の意志は固い。これ以上、話を聞くのは難しいだろう。綿貫は小さく息をつくと、林堂へまだ伝えていなかったことを伝えた。

「神室の容態だが、命に別状はないそうだ」

「……それは、残念です」

林堂は、にこりともせずに言った。


手探りでスイッチを見つけ、暗い自室に明かりを灯《とも》す。

狛江《こまえ》市に立地する、１ＬＤＫの質素なアパート。二十三区外ということもあり、家賃は六万円と極めて安い。自宅に睡眠以外の用事がない、男やもめの綿貫には、この環境で充分だった。時刻は二十二時を少し越えたところだ。スーツを脱いでハンガーに掛けながら、綿貫は林堂の言葉を思い出していた。

『雄二さんは、私にとって戦友でした』

昨年暗殺された元首相は、新型コロナウイルスに伴う混乱を「第三次世界大戦」と表現していた。聞いた際には何を大げさなと思ったものだったが、認識を改める必要があるのかもしれない。

　コロナ禍で行われたことは、局地的な戦争だった。その「戦争」に巻き込まれた人々は、人知れず、苦しんでいる。そして一部の「兵士」は、かつて社会から弾き出された「兵士」たちと合流し、自らを排除した社会へと牙を剝いている。林堂の供述を聞きながら、綿貫にはそんな感覚が芽生えていた。

　ふいに個人用のスマートフォンが鳴る。着信画面には、「アオイ」の三文字。綿貫は内鍵が閉まっていることを確認すると、緑のマークをスライドした。

『綿貫さん、先ほどは出られずすみません』

　電話口から聞こえてきたのは、綿貫の元相棒、藤村の声だった。

「どうした、何かあったか」

『それが……イツキさんから、催促の電話があって』

「イツキっていうと、小野寺樹か」

　藤村が潜入した「詐欺部屋」の情報は、全て共有されていた。小野寺は都内の有名私立大学に通う大学四年生で、父親は外資系金融会社に勤務している。生活に困っているような様子は一切なかったが、詐欺の「ビジネス」には、最も積極的な態度を取っていた。

「はい。次の『詐欺部屋』を一緒にやらないか誘われていて……もう少し、考えさせてほしいと伝えてあります」

「お前はどうしたいんだ」

『――行こうと思っています』

　藤村は、少し間を置いて答えた。

「またシャバが恋しくなるぞ」

綿貫は冗談めかしつつ、綿貫を気遣う。「詐欺部屋」への潜入は危険と隣り合わせであり、部屋によっては軟禁に近い目に遭う。簡単に何度も勧められるものではなかった。

『それでも……行かなきゃいけないと思ってます』

藤村の思いがけず真剣な声に、綿貫は表情を引き締める。

『一度の間違いは、誰にもあると思うんです。僕も間違いましたし……あの部屋にいた人たちもほとんどはそうです』

藤村はためらうように言葉を切ると、少し間を置いて続けた。

『でも、誰かが傷つくと分かって、それでもやめない人のことは……誰かが止めなきゃいけないんです』

藤村の声は静かだったが、そこには確かな決意が感じられた。綿貫は、自分の「捜査官」を選ぶ目は間違っていなかったと強く思う。

「捜査費は出しておく」

綿貫はエールのつもりで短く言った。綿貫がそうと決めれば藤村の「捜査費」は出る。綿貫自身が振り込みに行くだけだからだ。今の給与で所帯もなければ、アルバイト程度の金を捻出することは可能だった。しばらく黙っていた藤村は、言いづらそうに尋ねてきた。

『前から言おうと思ってたんですけど……捜査費の出処って、綿貫さんですよね？』

事実を言い当てられ、綿貫は沈黙する。今さら明かしても藤村に気を遣わせるだけで、あまり格好もつかない。ここは方便が必要だった。

「いや……M資金だ」

とっさに嘘をつくと、電話口の藤村は小さく笑った。
『つくならもっとマシな嘘をついてください』
元部下に叱られ、綿貫は口を歪めて笑う。
唯一許される嘘があるとすれば、それは他人を救う嘘だ。綿貫はそう信じていた。

# 第七幕　騒乱 -Riot- 第二場

「お前、自分の立場分かってんのか？」

神奈川県警の取調室。真島竜二は、態度の悪い丸眼鏡の警官に相応の態度で応じていた。

当初真島の取り調べを担当していたのは警視庁所属のヤクザのような丸坊主だったが、事件の発生範囲が神奈川県にまでわたると分かってからは、神奈川県警の刑事が出張《でば》ってきていた。取り調べを引き継ぐ際、坊主が露骨に不愉快そうな顔をしていたことを見ると、こいつは、警察内でも厄介者なんだろう。

「完黙だってな。一流の犯罪者気取りか？　チンケな詐欺の受け子がよ」

丸眼鏡の警官は、人を不愉快にさせるのが上手いようだった。元々取り調べをしていた坊主も柄が悪いという意味ではこの男と同じだったが、あの坊主には、犯罪者への敬意のようなものがあった。神奈川県警へ引き継ぎされるまで完全な黙秘を貫いた真島に、坊主の男は「お前みたいに気合入ったホシは久々だった」と賛辞に近い言葉をかけてくれていた。

「いいか。受け子はな、何も知らずにやっても詐欺の正犯扱いになるんだ。正犯、分かるか？　共犯じゃない、犯罪の中心人物ってことだ」

刑事の口調は真島を小馬鹿にし切っていて、真島はその話し方で大嫌いだった歴史教師を思い出す。真島が黙ったままでいると、丸眼鏡の刑事は続けた。

「つまりな、受け子ってのはいちばん割に合わない犯罪なんだ。お前は賢い奴が考えたシナリオを一生懸命覚えて、その通りにやっただけなのに、捕まればほとんど主犯扱いになる。ただの操り人形なのにな」

丸眼鏡のねっとりとした気色悪い声を聞きながら、真島は相手の意図に気付き始める。どうやらこいつは、真島のプライドを傷つけるような挑発を続けることで、口を開かせ、自分は操り人形ではないと言わせたいらしい。真島は口を真一文字に結ぶと、丸眼鏡を睨んだ。

「……気に食わねえ眼だな」

丸眼鏡は低い声でつぶやくと、小さな目で真島を睨み返す。こいつは、警察という立場を使って威張るだけの狐だ。度胸も据わっていないし喧嘩慣れもしていない。真島は冷笑した。

「……何笑ってんだよ！」

先に声を荒らげたのは、丸眼鏡の方だった。机を叩く丸眼鏡に、真島はますます笑みを大きくする。この程度の相手なら、問題なく「完黙」を続けられそうだ。

「名前くらい、自分で名乗ったらどうなんだ。え？」

丸眼鏡の男は、わざとらしい溜息をついた後、また低い声で尋ねてくる。真島が何も言わないのを見ると、丸眼鏡の男はまた溜息をついた。

「口が利けねえみたいだから、俺が手本を見せてやる。……俺はな、神奈川県警捜査二課、警部の斉木だ」

丸眼鏡が名乗った苗字に、真島は目を見張る。神奈川県警、警部の斉木。斉木と名乗った男は、真島の変化には気づかない様子で続けた。

「俺にもな、お前くらいの歳の息子がいるんだよ。よく出来た息子でな、今は神奈川大学を出て神奈川県庁で働いている。……お前みたいなクズと関わらないで、コツコツ真面目に勉強してきたおかげだな」

真島は高校を中退した後、十年近い泥沼のようなアルバイト生活を経て、今年で二十五歳になっていた。真島が退学する原因となったあの斉木も、今は大学を出て働いている頃だ。

「おい、真下。お前はどうなんだ。お前は、お前の家族は、人に言えるようなこと何か一つでもやってきたのか？　何もないから、そうやって黙ってんだろ？　なあ？」

真島がこの偽名を使ったのは、あの婆さんに対してだけだった。黙っていれば、このまま誤解させたままでいられるかもしれない。「真下竜一」のまま、嫌疑不十分で逃げられるかもしれない。だがそれは、真島の芯にある何かが許さなかった。

「……島だ」

「あ？」

斉木と名乗った刑事は、真島に挑発的な声を上げる。真島は深く息を吸い込むと、あらんかぎりの敵意を込めて、丸眼鏡の奥にある斉木の小さな目を睨んだ。

「俺の名前は……真島竜二だ」

一銭の得にもならないことは分かっている。それでも真島は、本当の名前を告げた。丸眼鏡の奥の、斉木の小さな眼が見開かれる。気づくと真島は立ち上がっていた。

「バスケも駄目だ、詐欺も駄目だ……てめえらは、俺が何やってたら満足なんだ」

真島は斉木から一切目を逸らさず、斉木の椅子へと近づく。斉木は水面の金魚のように、口を何度も開けては閉じていた。

「黙ってちゃわかんねえだろ……言ってみろよ！　なあ！」

真島は斉木の襟首を摑み、そのまま椅子から立ち上がらせる。途端に斉木は悲鳴を上げた。

「暴力、暴力を振るわれた！　誰かぁ！」

途端に廊下の方が騒がしくなる。この程度の何が暴力だ。真島はせせら笑ったが、廊下の足音は、確実に大きくなっていた。このままどうせ捕まるなら、本物の暴力を見せてやろう。真島は覚悟を決めると、斉木の鼻柱を思いきり殴りつけた。

「おいどうした！」

「おいお前、何やってる！」

斉木の悲鳴と共に、数人の警官が取調室に入ってくる。真島は構わず、斉木を殴り続ける。周囲の雑音は、また聞こえなくなっていた。

## 第七幕　騒乱 -Riot-　第三場

「オツカレサマデス」

いつも通りの挨拶をして、現金の入ったバッグを受け取る。

SNSで集められたらしい若者は、こちらを奇異な目で見つめてから、無言で立ち去る。周囲に誰の人影もなくなったことを確認した後、田岸謙三はヘルメットを脱いだ。

少し日本語が不自由なふりをしておくだけで、多くの日本人は、勝手に田岸と距離を置く。誰にも身分を明かしたくない田岸にとっては、これほど都合の良い擬態対象はなかった。

ベンチに腰掛け、受け取った五百万円の現金を脇に置く。

スマートフォンを開くと、ニュースサイトの一面に神室真嗣の逮捕に関する記事が表示されていた。神室は記事の中で「詐欺の帝王」と表現され、これまで一度も逮捕されたことはなかったものの、関わった詐欺事件は千件以上にのぼる可能性があると記載されていた。記事を通読した後で、田岸は、一つの時代が終わろうとしていることを肌で感じる。

田岸が神室の名を知ったのは、経済産業省の同僚の逮捕がきっかけだった。その同僚は、国家公務員であるにもかかわらず都内のタワーマンションを自宅にしており、やけに羽振りがいいと省内部でも噂になっていた。その同僚が密かに「師事」していた男が、神室だった。

同僚は、神室のグループから購入した「シナリオ」を使って、新型コロナ対策の給付金詐欺に手を染めていた。逮捕を知った当初は、あまりの事実にあらゆる罵倒の言葉が浮かんだが、同僚の供述がメディアで明らかになるにつれ、田岸は、同僚への危険な共感が湧いてくるのを感じていた。

田岸が入省した年、経済産業省では、覚せい剤取締法違反で課長補佐が逮捕されていた。その人物が覚せい剤に手を染めた理由は、激務をこなすためだった。

同じ大学を出て外資系企業に入社した同僚が一千万を超える給与を得る傍らで、官僚は、事前通告を前日夜に寄越す無能な議員の質問に付き合わされ、朝四時まで答弁書を作成し、年功序列で控えられた公僕としての給与を得ている。そうして心と体の壊れた同僚の一部が犯罪に手を染めるのを、田岸は特別おかしなことだとは思わなかった。

田岸は、今自分たちが所属している「システム」が砂上の楼閣であるという実感を日ごとに感じていた。そんなときに出会ったのが、神室だった。

神室は、「特殊詐欺こそが、社会を正常化するシステムである」と田岸たちに語っていた。この社会に元々存在していたシステムは神室がちょうど大学を卒業した二〇〇〇年頃から崩壊していて、神室の作った「新しいシステム」こそが、古いシステムの崩壊で「救われなかった人々」を救済しているのだと神室は語っていた。国のためになるとは一切思えない答弁書を作る毎日の中で、神室の言う「システム」に田岸が救いを求めるまでは、そう長くはかからなかった。

『スウィンダラーハウス』は、神室が構築した「システム」の、一つの到達点だった。

使い捨ての掛け子、受け子、出し子を足のつかないSNSアカウントで募集し、ゲーム風のUIで管理することによって、若い世代を罪悪感なく詐欺というビジネスに励ませる。番頭からの指示もリモートにしてしまうことによって、番頭が捕まるリスクも避ける。

独特の人脈を持った番頭――林堂紗耶香が「ハウス」を自ら用意したことによって、このシステムは完璧なものになったかに見えたが、その林堂は、田岸が把握していない何らかの要因で神室に「反乱」を起こし、神室と共に逮捕へ追い込まれていた。

田岸は、林堂と唯一顔を合わせた「仕事」の現場を思い出す。林堂は常に冷静沈着な人物で、ライダーへ指示する際もほとんど感情を表に出すことはなかったが、「あの日」だけは様子が違っていた。

あの日、二子玉川駅そばの公園で指示通り待機していた田岸は、突如林堂にテレグラムのメッセージで呼び出され、『これからヘルメットを脱いで改札前に来て、私の彼氏のふりをしなさい』と命令されていた。神室以外の全員に外国人のふりを通していた田岸は相当面食らったが、何か特別な事情があるのだろうと察し、林堂の指示通り二子玉川駅改札前に向かい、恋人風の会話を装った後、直通の複合施設「二子玉川ライズ」の中に消えていた。施設に入った途端に林堂は態度を変え、すぐに元の予定通り、公園へ向かうよう指示をしていた。

今考えると、あの日が分岐点だったのかもしれない。これまで一度も現場に現れることのなかった林堂は、「人手不足」であの日だけは現場に現れ、張り子の役割を演じていた。神室と林堂の構築した『スウィンダラーハウス』の鉄壁はそう簡単に崩れるものではなかったが、あの日だけは、その鉄壁に隙が生じていた。

神室は林堂について「趣味の合う頭のいい子」と話していた。田岸はそこまで他人を褒める神室を見たことがなかったが、同じシェイクスピアのファンであること、躊躇なく老人を騙していく容赦のない性格が神室の琴線《きんせん》に触れたらしい。神室は自身の隠れ家に何度も呼び寄せるほど林堂を気に入っているようだったが、まさにその林堂の手によって、神室は斃《たお》れていた。

神室に欠点があったとすれば、それは、「金」にゴールを置いたことだと田岸は考えていた。神室は金を集めるためのシステムを作り出すことが天才的に上手かったが、金を集めた先に実現したい世界を持っていなかった。だからこそ神室は、「M資金」と見紛《みまが》うまでの金を集めたところで行き詰まり、その金に埋もれて斃れていった。

田岸は、神室と同じ轍《てつ》を踏むつもりはなかった。金は、使うためにあるものだ。田岸は神室が確立した「システム」を用いた上で、集めた金を、「古巣」の人々へ撒く準備を始めていた。海外を経由し、資金洗浄さえ済ませてしまえば、「個人献金」は問題なくできる。清廉潔白さを求められ、今にも窒息しかけている「彼ら」は、田岸の申し出を、きっと断れはしないだろう。そうなれば、田岸は比喩《ひゆ》ではなく、真の意味でこの国の「システム」に影響を与えられるようになる。田岸は、連日のニュースを眺めながら、自らにそのチャンスが巡ってくることをほとんど確信しつつあった。動乱は必ず来る。肝要《かんよう》なのは、崩壊するシステムから抜け出し、新たなシステムを創造する側に回ることだ。田岸はテレグラムを立ち上げると、目をかけていたある後輩のアイコンを選択した。

「もしもし。イツキくん？　ちょっと話があるんだけど」

田岸はスマートフォンを耳に当て、次の「案件」の準備を始めた。

# 終幕　-Epilogue-

「被告人を懲役二年に処す。ただし、刑の執行を四年猶予する」

被告人席の桝井伸一郎は、裁判長の言い渡しを聞くと、視界から消えてしまうほど深々と頭を下げた。傍聴席の最前列では、母親らしき女性がハンカチで目頭を押さえ、そのまま倒れ込むように礼をする。その隣で憮然《ぶぜん》とした顔をしているのは、父親のようだった。

僕は判決を聞き終えたところで、傍聴席をあとにする。今この場所に、僕が誰かを知る人はいない。それでも、あまり長くは居たくなかった。

桝井伸一郎の裁判は、逮捕から約半年後の二〇二四年に行われていた。受け子の裁判自体、今時珍しくもないこともあって、東京地方裁判所に集まった傍聴人はまばらだった。僕はエスカレーターに乗りながら、「もう一つの裁判」のニュースを確認する。

『受け子に懲役十年　取調中に暴力振るう』

ニュースサイトには真島竜二の裁判結果がセンセーショナルな見出しで表示されていた。僕は、暗い気持ちでその記事を開く。真島の取り調べと家庭の事情については、綿貫さんを通じて詳しく聞いていた。柳瀬昭子が被害者となった事件をはじめ、数件の事件に受け子として関与した真島は、詐欺罪と公務執行妨害罪で懲役十年を求刑されていた。詐欺罪に懲役刑が求刑されること自体は少なくないが、初犯の場合は、僕や桝井のように執行猶予付きの判決が出ることがほとんどだ。公務執行妨害があったことを加味しても、初犯で実刑、それも十年というのは、あまりに重いと思う。それでも、ネットニュースのコメントは「真島叩き」一色だった。

上部に表示された「こういうやつはどうせ親もクズ」というコメントに、僕は「Ｂａｄ」ボタンを押す。真島が捕まったのは、僕のせいでもある。全ての人を救うことは、僕にはできない。それでも真島の判決には、やるせないものを感じていた。

一階に着くと同時に、スマートフォンが震え出す。着信画面には、「イッキ」の文字。

僕は大股で裁判所のロビーを横切ると、建物から出てしばらくしたところで通話に出た。

「もしもし」

『――前にお伝えした件、考えてくれました？』

こちらが電話に出ると同時に、イッキは本題を切り出した。僕は周囲に誰もいないことを確認すると、改めてスマートフォンを耳に当てる。

「まだ、悩んでいたところです」

『悩むことなんて、ないと思いますけど』

すぐに返ってきたのは、イッキらしい言葉だった。僕は、潜めた声で言葉を返す。

「……真島のニュース、見ましたか？」

『ああ、実刑食らってましたね。受け子やるのは馬鹿だと思いますよ』

イッキは何の感慨もない様子で言った。

『俺は掛け子以外は絶対やらないです。アオイさんが今度やるのも、掛け子です』

「……掛け子でも捕まる可能性はありますよ。発信機のこと忘れたんですか？」

僕は、できるだけ感情を抑えて言う。イツキは面倒そうに「あぁ」とつぶやいた。

『ああいうダルいことやられないように、次は海外からやろうと思うんです。アオイさん、パスポート持ってますか？』

「持ってますけど……」

『じゃあ決まりです。アオイさん、俺のハコで掛け子やってください』

イツキは強引にそう告げる。僕が答えあぐねていると、イツキは畳みかけるように続けた。

『わざわざ言いませんでしたけど、俺、アオイさんのことは買ってたんですよ。地頭いいなと思ったし、男の方が楽じゃないですか』

「……英里香さんは連れてかないんですか」

『ああ、エリカさんは連れてきますよ。あの人は容赦ないし、中身男なんで』

イツキはこともなげに言う。こちらが何も言わずにいると、イツキは続けた。

『アオイさんは分かってると思いますけど……結局、今の世の中って地頭良くて容赦ない人間が勝つようにできてるんですよ。だから、エリカさんとアオイさんが来てくれたら、うちのチームは安泰です』

イツキの言うことは一面的には真実かもしれない。だからこそ、僕はイツキを止めなくてはいけないと思っていた。イツキが僕を疑っている様子はない。あとは切り出すタイミングだけだ。

『新しいシナリオもこっちで用意したんです。新札切り替えのタイミング狙ったネタです。アオイさんがやるって言うなら、シナリオ先に教えますよ。どうですか？』

イツキは勧誘のため、これまで見せてこなかった「新しい詐欺」の尻尾《しっぽ》を見せる。僕は息を吸い込むと、用意していた言葉を告げた。

「お話、詳しく聞かせてください」

# 主要参考文献


『悪魔のささやき「オレオレ、オレ」―日本で最初に振り込め詐欺を始めた男』藤野明男／光文社
『石つぶて 警視庁二課刑事の残したもの』清武英利／講談社
『警察用語の基礎知識』古野まほろ／幻冬舎
『警視庁捜査二課』萩生田勝／講談社
『ゲーミフィケーション〈ゲーム〉がビジネスを変える』井上明人／NHK出版
『詐欺の帝王』溝口敦／文藝春秋
『常識として知っておきたい裏社会』懲役太郎、草下シンヤ／彩図社
『捜査指揮』岡田薫／KADOKAWA
『パパ活女子』中村淳彦／幻冬舎
『振り込め犯罪結社 200億円詐欺市場に生きる人々』鈴木大介／宝島社
『暴力団』溝口敦／新潮社
『闇バイト 凶悪化する若者のリアル』廣末登／祥伝社
『ルポ 特殊詐欺』田崎基／筑摩書房
『老人喰い 高齢者を狙う詐欺の正体』鈴木大介／筑摩書房
『M資金 欲望の地下資産』藤原良／太田出版
「令和4年における特殊詐欺の認知・検挙状況等について（確定値版）」警察庁発表資料
「追跡〝ルフィ〟事件～匿名・流動型犯罪の衝撃～」NHKスペシャルHP

この物語はフィクションであり、登場する人物、および団体名は、実在するものといっさい関係ありません。なお、本書は書下ろし作品です。

——編集部

切りとり線

## あなたにお願い

この本をお読みになって、どんな感想をお持ちでしょうか。次ページの「100字書評」を編集部までいただけたらありがたく存じます。個人名を識別できない形で処理したうえで、今後の企画の参考にさせていただくほか、作者に提供することがあります。

あなたの「100字書評」は新聞・雑誌などを通じて紹介させていただくことがあります。採用の場合は、特製図書カードを差し上げます。

次ページの原稿用紙（コピーしたものでもかまいません）に書評をお書きのうえ、このページを切り取り、左記へお送りください。祥伝社ホームページからも、書き込めます。

〒一〇一—八七〇一　東京都千代田区神田神保町三—三
祥伝社　文芸出版部　文芸編集　編集長　金野裕子
電話〇三(三二六五)二〇八〇　www.shodensha.co.jp/bookreview

◎本書の購買動機（新聞、雑誌名を記入するか、○をつけてください）

| | | | | | |
|---|---|---|---|---|---|
| ＿＿新聞・誌の広告を見て | ＿＿新聞・誌の書評を見て | 好きな作家だから | カバーに惹かれて | タイトルに惹かれて | 知人のすすめで |

◎最近、印象に残った作品や作家をお書きください

◎その他この本についてご意見がありましたらお書きください

100字書評

スウィンダラーハウス

| 住所 |
| --- |
| |
| なまえ |
| |
| 年齢 |
| |
| 職業 |
| |

**根本聡一郎**（ねもと・そういちろう）

1990年生まれ。福島県いわき市出身。東北大学文学部を卒業後、小説の執筆とゲーム制作を始める。Kindleダイレクトパブリッシング（KDP）を活用して発表した電子書籍『プロパガンダゲーム』が話題となり、2017年に双葉社より書籍化され、デビューを果たす。同書は発売以降重版を重ね、2022年に舞台化される。著書に『ウィザードグラス』(双葉社)、『宇宙船の落ちた町』(角川春樹事務所)、『人財島』(KADOKAWA)がある。

スウィンダラーハウス

令和6年6月30日　初版第1刷発行

著者　根本聡一郎《ねもとそういちろう》

発行者　辻 浩明

発行所　祥伝社《しょうでんしゃ》

〒101-8701　東京都千代田区神田神保町3-3

電話　03-3265-2081（販売）

03-3265-2080（編集）

03-3265-3622（業務）

印刷　堀内印刷

製本　ナショナル製本

 ISBN978-4-396-63662-3 C0093

祥伝社のホームページ・www.shodensha.co.jp